マーガレット・アトウッドのサバイバル

MARGARET ATWOOD'S SURVIVAL

ローカルからグローバルへの挑戦

a Challenge from Local to Global

松田雅子＝著

目次

【凡例】

・本文中で紹介のみにとどまっている書籍については、書誌情報を割愛した。
・邦訳があるものは参照させていただいたが、文脈に応じて訳文に手を加えたところもある。

序論　マーガレット・アトウッド小説研究の視点

カナダの作家マーガレット・アトウッドは、近年、インターネットで配信された『侍女の物語』のドラマがトランプ政権下で視聴者の絶大な支持を受け、世界中から大きな関心が寄せられている作家である。アトウッドは、一九六一年に詩集を出版した後、詩集二〇冊、長編小説一八冊、短編小説集一〇冊、童話七冊、批評書一一冊を次々に発表し（二〇二〇年現在）、カナダを代表する小説家・詩人・批評家として大きな業績を積み重ねていった。文学は社会的現実に根差しており、重要な社会的機能があると考える彼女の作品は、政治的なメッセージ性が極めて強いが、それと同時にアトウッドはストーリー・テラー、SF作家、漫画家、画家であり、その多彩な才能を創作において遺憾なく発揮している[1]。娯楽的な要素もふんだんに盛り込まれており、新作が出るたびに読者の注目を集め、代表作はすでに、学校の教科書や大学のシラバスなどにも取りあげられている[2]。近年はノーベル文学賞受賞の呼び声も高まり、築きあげられた壮大な作品世界に対して、一般読者からもアカデミズムからも、国内外の評価は極めて高い。

一九八六年に行なわれたアトウッドへのインタビューのなかで、ジェフ・ハンコックは「人々があなた自身や作品について書きたがるのは、なぜだと思われますか」という問いを作家に投げかけている。それというのも、すでにその時点で、アトウッドの作品について五冊の批評書に加え、多くの批評論文、卒業論文、新聞記事などが書かれており、それを積みあげると約二フィートの高さになるほどだったからである。(3) また、伊藤も「この作家のテクストをめぐっては多くの本や論文が生み出され、その数は実に毎年平均五〇本を超える状況となっている。まさにアトウッドの解釈世界は、尋常ではなく巨大化し、それは国際的にちょっとした繁栄産業といった様相を呈している(4)」と述べている。

二〇一七年、アメリカにトランプ政権が誕生すると、福音主義に重きを置いた、独裁的な傾向の強いその政治姿勢に懸念を抱いた人々は、ディストピア小説『一九八四年』(一九四九)とともに再び『侍女の物語』を紐解きはじめた。さらに『侍女の物語』の続編は、出版からわずか一ヵ月後ブッカー賞まで受賞するという快挙を成し遂げる。「批評が創作に追いつけない(5)」という彼女に対するコメントがあったが、そのことがいっそう現実味を帯び、創作意欲がますます加速しつつある稀有な作家である。カナダの自然のなかで育ち、トロントで大学教育を終え、アメリカに留学した彼女が、その生活のなかで、また異文化との接点のなかで、切実な問題として取りあげてきたテーマは、フェミニズムの問題、植民地だったカナダの文化的な自立、そして近年グローバル・クライシスをもたらしている地球環境問題である。

一　フェミニズム

作家としてスタートしたアトウッドが、まず最初に取り組んだのはフェミニズムの問題であった。初期の作品として、『食べられる女』や『浮かびあがる』を発表し、女性の自立やアイデンティティの確立を取りあげた。一九八五年にはアメリカの未来社会を描いた『侍女の物語』を出版した。『侍女の物語』は出版されるとたちまち大きな反響を呼び、すぐに全米でベストセラーとなり、旋風を巻き起こした。同年に二度目のカナダ総督文学賞、二年後にはアーサー・C・クラーク賞を受賞した。一九九〇年にはドイツ人の映画監督フォルカー・シュレンドルフによって映画化もなされた。

カナダというローカルな場から出発し、旺盛な創作意欲を発揮して、やがてグローバルな問題へと着実に世界を広げていったアトウッドだが、最近その作品受容に大きな、衝撃的ともいえる出来事が起こった。代表作である『侍女の物語』の出版から三〇年ほど経った二〇一七年、アメリカ共和党のトランプ政権下で、作品に描かれているのとまったく同じような事態が、実際に起きるかもしれないという懸念が浮上してきたのだ。そのようななかで、前述のように、ネット動画配信サービスを行なっている「Hulu」が、この作品をドラマ化し、二〇一七年四月から『ハンドメイズ・テイル／侍女の物語』として、インターネットで配信した。サスペンスに満ちたそのドラマは、作品としても非常に高い評価を受け、視聴者の圧倒的な支持と共感を得ることができた。[6] それを受けて、アトウッドはこの作品の続編を書くことを発表する。[7] そして、文学作品と社会、歴史と未来との関わりを考察するのに恰好の、壮大な社会的実験が始まった。

一九八五年『侍女の物語』出版当時、第四〇代アメリカ大統領であったロナルド・レーガンは、キリスト教福音派などの保守的なキリスト教徒の票を集めようとして、人工妊娠中絶の禁止を公約した。この動きを見たアトウッドは、このままアメリカがキリスト教原理主義に席巻される社会になったらどうなっていくだろうかと危惧し、『侍女の物語』の構想を練り始めた。一七世紀アメリカのピューリタン神権政治で魔女裁判が行なわれたという暗い歴史を繰り返さないようにという思いも、執筆の大きな動機となった。

歴史について哲学者の鹿島徹は、「過去とは人間の実存可能性の貯蔵庫なのであり、人間は各自が自己の将来のありかたを選びとるさいに、遺産として蓄積されたそれら過去の生のありようを無自覚にも反復することになる」[8]と述べている。社会のレベルにおいて、このような「反復」がどんな事態を招く恐れがあるかを、アトウッドは作品のなかで、史実に忠実に再現してみせた[9]。そして、驚くべきことには、それが三〇年後のアメリカ社会で、現実になるかもしれないという恐れが、ひしひしと感じられるようになったのである。このことがもつ意味は極めて重要であるといえよう。

社会現象ともなった視聴者の圧倒的な支持に応えて、アトウッドは『侍女の物語』の続編を執筆しようと決意する。その理由については「熱烈なファンのためだけではなく、小説の世界と酷似したアメリカの現実社会との奇妙な対比をもっと表現したかったから」だと述べている[10]。このような意図で書かれた続編を分析することによって、社会と文学作品の関わりを、もう少し深く解明することができるかもしれない。なお、アトウッドは「この本は宗教に反対しているのではなく、独裁政治の隠れ蓑として宗教が使われることに反対している。このふたつは全く別のものである」と述べている[11]。

二　カナダ女性を描いた作品からグローバルな視点へ

アトウッドが生まれ育ったカナダは、一九六七年に建国一〇〇周年を迎え、カナダ独自の文化的アイデンティティ確立の動きは爆発的な盛りあがりを見せた。ちょうどそれと軌を一にするかのように、新進作家として『食べられる女』でデビューしたアトウッドも次々とカナダの女性たちを描いた作品を発表していく。こうして一九六〇年代のカナダ文学ルネッサンスの潮流に乗ったアトウッドは、文学界をリードする作家として大きく成長する。それと同時に、米ソふたつの大国の狭間で暮らす国民の一人として、両国に主導される現代社会を目の当たりにすることで、現代文明に対する彼女の批評眼もますます研ぎすまされた。

エポックメイキングな作品となった『侍女の物語』で、アトウッドは国際的な名声を得る。さらに、二〇〇〇年には、『昏き目の暗殺者』によってイギリス最大の文学賞であるブッカー賞を受賞し、二〇世紀の掉尾を飾った。それまで、『侍女の物語』（一九八五）『キャッツ・アイ』『またの名をグレイス』の三作品がブッカー賞の最終候補に挙げられてきたが、世紀の終わりに、ようやく受賞を果たすことができたのである。そして、さらに二〇一九年には出版してわずか一ヵ月で『遺言』[12]によって二度目のブッカー賞受賞という快挙を成し遂げている。

カナダ文学というローカルな場から出発したアトウッドは、カナダの女性たちの生き様を描いてきたが、やがて『侍女の物語』や『オリクスとクレイク』などでグローバルな視点から創作するという大きな飛躍を遂げていく。いかにしてそれが可能になったのか、それには主に次のふたつの要因が考えられる。

まず第一に、文学批評によって、現状の社会的、心理的分析を行ない、それを手掛かりに進むべき道筋のヴィジョンを描き、カナダ人のいわば「犠牲者的な立場」からの脱却を一歩一歩現実のなかで実現していったこと、さらに、そのような「想像力のもつ社会的な力の源泉」を大学時代の恩師ノースロップ・フライに学ぶとともに、精神的なリーダーとしての文学者の役割について、彼から大いに啓発を受けたことである。

本書では、アトウッドがたどった道筋を、主要な小説作品と評論集を分析することで明らかにしたいと考える。『サバイバル——現代カナダ文学入門』には、カナダ人の精神的な地図を描き、それを手掛かりに、植民地における犠牲者としてのメンタリティからの脱出を図ったアトウッドの方法論が描かれている。この方法は、環境問題を抱える現代の社会にとっても、そこからどのようにサバイバルし、抜け出していくことができるのか有益な示唆を与えてくれる。将来のビジョンを描きそれを指針にして前進するというやり方は、原則的であるけれども、数字や図形に還元することのできない、言葉で築かれた精神世界にとっても有効だと期待されるからである。

歴史的には、カナダという国は旧イギリス帝国の植民地であり、過酷な自然と闘って築かれてきた移民の国である。さらに、第二次世界大戦後、世界の大国となった隣国アメリカ合衆国の圧倒的な影響力のもとで、カナダが独立して存続できるかは深刻な問題でもあったという[13]。また、英連邦のなかでも、イギリスやオーストラリアとは異なり、ニュージーランドとともに、対米自立を方針とするカナダ独自の国策も国民の生き方に大きな影響を与えている。[14]

カナダおよびそこで育まれた「カナダ文学」について思いを巡らせた『サバィバル』上梓の意図を、アトウッドは次のように記している。

……読者は鏡をのぞきこんで、作者ではなく自己自身を見つめる。前景である自分自身の像の背後に、自分の生活している世界が、文学の中に映されているのを見つめるのだ。ある国あるいは文化が、そのような芸術作品のもつ鏡を欠いているとしたら、その国や文化がどのようなものなのか、どうやっても知ることはできない。[15]

道に迷った人間が必要とするものは、その領土の地図だ。自分自身の位置を記した地図があれば、それで他のいろいろのものとの関係から、自分がどこにいるのかわかる。文学とは鏡であるばかりではない。それは地図、心の地理でもある。われわれの文学は、そうした地図のひとつである。……われわれには、こんな地図がなんとしてでも必要である。ここがわれわれの生きている場所なのだから、ここについて知る必要がある。ある国または文化を担う一員として、自分たちのいる場所つまりここについての知識を分かちあうことは、贅沢ではなくて必要不可欠なことなのである。このような知識なしには、われわれは生き残れはしないだろう。[16]

文学の役割は自分の姿と自分が置かれた環境に対し鏡を掲げるばかりではなく、心の地図を示すことであるという。それこそが、生き残るための手段として、必ずや必要なのである。こうした分析に基づいて、植民地主義からいかに抜け出し、自立することができるか、その道筋を明らかにするために、彼女は小説という芸術形式を選んだ。

『サバィバル』では、カナダ人を「犠牲者」や「圧迫された少数民族」「略奪される者」と定義している。そして、カナダ文学に描かれた犠牲者の立場を、弱い方から四つのレベルに分類し、段階的に少しずつ上昇していくことができると論じる。最終的には、「犠牲者としての体験を意識的に検討することによって、その体験を超越しようとする、そういうより現実的な欲望が出現してくる[17]」と述べ、アトウッド自身の作家としての創作活動の原点を明らかにしている。

三　地球環境問題

こうして、アトウッドはカナダ作家として着実に活躍の場を広げていったが、その間に地球環境問題が地球と人類の未来にだんだんと大きな影を落とすようになってきた。人類の滅亡という黙示録的な未来世界が、遠く地平線の彼方に、ぼんやりとではあるがその姿を現し、確かな足取りで近づいてきているのだ。

人類のサバイバルが問題となってきた二一世紀に、アトウッドは仕舞っておいた戦略を再び取り出してきた。「文学は心の地図である。これがなくては、われわれは生き残れないだろう」というかつてのカナダにおけるローカルな方針を、地球全体に広げてグローバルに展開しようとしている。その意味で、現在最も注目すべき作家の一人であるといえる。

カナダ女性を描き、宗主国からの文化的自立をめざす小説に健筆をふるった後、アトウッドが環境問題に取り組んでいるのは、地球環境を守ることが、これからの人類にとって極めて重大な問題となり、文学者が率先して取り組むべきであるという思いからだ。国ごとではなく、ともに協力し合い、世界的な規模で解決の道を探らなければ、人類の未来が危うい状況となっている。若者たちは新たな気候変動対策を求めて、活発な行動を起こすようになっているが、中高年世代は依然として、経済優先の思考形態から抜け出すことができないでいる。[18] このような現状を変えていく方向性をシニアの一人として模索しているのだ。

かつて、カナダ文学のキーワードを「サバイバル」と定義したアトウッドは、文学作品を分析することで、人々の心理を明らかにし、その文化的自立への道筋を示してきた。この手法を地球環境問題にも応用し、人類の未来のヴィジョンを示すことで、サバイバルへの道を探ろうとしている。

今から一〇年前の二〇一〇年、環境問題を現代が直面する最大の課題として、「環境と文学」をテーマに、国際ペン大会が東京で開かれた。二一世紀の気候変動と地球環境の危機的状況に憂慮の念を抱いた世界の文学者たちが、今、自分たちにできることは何なのか議論を深めようと東京に集ってきた。アトウッドはカナダの文学者集団であるカナダ・ペンの基盤を築いた一人で、当時国際ペンの副会長を務めていたが、東京大会に基調講演者として招聘され、講演・対談・パフォーマンスなど多彩な活動を展開した。

講演では、まず「物語を作り伝達する能力」がこれまで人類のサバイバルにとって重要な役割を果たしてきたことを再確認した。そして、作家たちがみずからの物語のなかに環境危機のテーマを織り込み、そのイメージ喚起力によって、人間の心のなかに環境保全のための回路を作っていくことが必要だと文学のもつ力を力説した。[19]この講演をはじめとして、阿刀田高氏や浅田次郎氏との対談や、当時出たばかりだった『洪水の年』(二〇〇九)のプロモーションとしてバンドの歌と演奏を織り交ぜながら、プロの俳優と作家自身によるドラマティック・リーディングを行なった。[20]これらの一連の活動によって、彼女はその創造性の高さと先進性、パースペクティブの広さを、日本の読者や観客の心にしっかりと刻みつけて帰って行った。

幼いころからアトウッドは、昆虫学者だった父の研究のために大自然のなかで生活し、その独特の野性的な生活から大きな影響を受けた。さらにカナダ出身の動物作家アーネスト・シートンやエルスワース・イエイガーらの自然や野生動物を描いた作品にも親しんできた。その結果、環境問題に対して極めて意識的なスタンスをとるようになる。[21]自然環境に対する興味は成人してからも変わることなく続き、現在は希少鳥類保護の会のメンバーでもある。さらに環境問題に対する関心は現代の社会問題と結びつき、温暖化、遺伝子工学、食の問題、化学物質による環境汚染、メディア環境、身体感覚など、現代の世界が直面するテーマを取りあげ、人類のサバイバルに向けて解決の道を模索している。

そのような作品の代表といえる小説が、『オリクスとクレイク』(二〇〇三)である。この作品は『洪水の年』や二〇一三年に発表された『マッドアダム』とともに、「マッドアダム三部作」を構成する。アメリカ合衆国を中心としたグローバル企業の飽くなき利潤追求の結果、温暖化が極限まで進んだ世界で、狂気に駆られた科学者の生物テロによって人類は滅亡の時を迎える。代わって彼が遺伝子工学によって創造した新人類に、わずかに生き延びるチャンスが残されている。昨今重大な問題となっている感染症やパンデミックについても、すでにこの小説のなかで描かれているといえる。

この作品は典型的なSF未来小説の雰囲気を醸し出しているが、同時に、現代社会におけるさまざまな社会問題が提起されている。作家自身はみずから「思索小説」と呼び、現在の延長線上にある未来がどのような社会になるのか、思索の糸口となる小説として位置づけている。未来がたとえどんなに困難なものであったとしても、「想定外」として思考停止に陥ることなく、想像力を精一杯駆使して「想定内」の射程に引き寄せ、解決の道筋を少しでも探ろうとしている。

この作品では、未来社会における科学者と人文学者の社会的役割が対比的に示され、企業の利潤追求に直接貢献する科学者の優位には歴然たるものがある。科学を駆使するものが資本を手に入れ、資本をもつものが科学を手に入れるのである。完膚なきまでに科学が資本主義の「侍女」となってしまった未来世界では、人文学者は、グローバルな市場で新製品販売を促進させるために科学者たちに協力せざるを得ない。

人文学者たちは科学の暴走を食い止めることができないばかりではなく、広告宣伝に携わることで科学者と同様、資本主義に呑み込まれていく。その研究は軽視され、手も足も出ない人文学者は、時代の急速な流れをただ傍観するのみであるが、結末では新人類のサバイバルは、人文学を専攻した一人の男性に託される。このようなプロットには、バイオテクノロジーが社会を席巻していく潮流に対して、何とかしなければという責任を感じながらも、有効な手段をとることができないヒューマニストのもどかしさが、象徴的に表されているといえるだろう。

環境問題に関しては、二〇〇八年に発表された評論集『負債と報い――豊かさの影』にも触れておかねばならない。そこでは、個人の人生における負債と罪の応報という問題に取り組んできた文学の伝統を確認しつつ、みずから小説家としての創作を織り交ぜ、経済的視点、倫理的な視点から、自然と人間との関係をもとに環境問題について分析している。自然に対する宗教的な畏敬の念がないがしろにされ、経済優先の思想とその結果として生じた環境問題のつけが次世代に回っていく現状と、解決のための時間はまだわずかではあるが残っていることを、物語によるイメージ化によって訴えている。さらに、現代の科学技術の発展のありさまを、人類は「欲しいものを何でも挽き出してくれる挽き臼」を手に入れたが、誰もその止め方を知らないという、民話に使われたわかりやすい比喩で表現した。

この作品は、創作と評論の境界を越えていると考えられ、アトウッドの批評活動の新しい局面を切り拓くものである。それはあたかも、『オリクスとクレイク』で全うすることができなかった人文学者としての社会的責任を、作者みずからが身をもって果たそうとしているかのようである。カナダというローカルな場から発信するアトウッドは、創作と評論活動を重ねるなかで、グローバルな問題を展望するみずからの文化的な想像力を涵養し、現代社会のグローバル・クライシス分析にその力を存分に発揮している。

四　本書の狙い

このようにマーガレット・アトウッドの国際的な評価は非常に高い。それにもかかわらず、日本国内では、アトウッド研究はまだその緒に就いたばかりであるといえるだろう。翻訳書の出版や、論文の発表は着実に増えているものの、まとまった研究書はまだ数冊という状態である。[22]本書ではこのような状況のなかで、とくに小説家としての代表作である五つの長編小説を選び、評論集と関連づけながら分析を試みるものである。取りあげる作品数こそ少ないが、アトウッドの膨大な作品のなかでも、中核ともいえる作品群を分析することで、その創造世界を解明していく糸口を見出したい。それによって、アトウッドの世界の全体の流れを多少なりとも描くことができればと考えている。さらに、『侍女の物語』の続編である『遺言』についても言及する。

本書では、一九八〇年代から国際的に注目されるようになったアトウッドの長編小説の代表作として、『キャッツ・アイ』『またの名をグレイス』『昏き目の暗殺者』『侍女の物語』『オリクスとクレイク』の五作品を取りあげる。最初の三作はカナダ女性の生き方を探究した作品である。植民地における女性自身のアイデンティティの確立を求め、犠牲者的な立場から抜け出す方法を模索した。三作品はそれぞれ、『サバイバル』で分析されている「麻痺した芸術家たち」「嫌気のさした移民――犠牲と失敗」「家族の肖像――三世代小説」という項目に対応するテーマを扱っているので、作品分析のなかで『サバイバル』と関連づけて論じる。また、ノースロップ・フライの原型批評的要素がアトウッドの作品のなかで、どのように用いられているかを分析し、神話、宗教、文学の関連性とその意味について考察する。

一方、『侍女の物語』と『オリクスとクレイク』『遺言』は、現状を踏まえながらそれに続く未来を構想する「思索小説」であり、それぞれの作品では、宗教的独裁政治とバイオテクノロジーがテーマとして取りあげられている。個々の作品を分析すると同時に、評論集『負債と報い』で展開される主張との関連性を論じていく。

具体的には、『サバイバル』でカナダ文学の役割がどのようなものとして考えられているか確認する。さらに第二章で自伝的な小説『キャッツ・アイ』を取りあげ、主人公のイレイン・リズリーが幼いころに女の子のグループ内でいじめられた原体験を克服し、女性同士の絆や友情をどのように結んでいこうとしているかについて分析する。さらに、カナダにおける女性芸術家の自己形成について考察を深める。

この作品でアトウッドは、自己の体験を描きながら、女性たちがいかに分断されているかについてアプローチしている。女性の断絶の問題は、現代の女性たちが今もなお直面している難問で、女性の社会における進出を考えるときの大きな障壁となっている。アトウッドの幼年時代の自由な生活と、その後トロントの子ども社会に溶け込もうとした必死の努力にもかかわらず遭遇してしまった壮絶ないじめなどが、アトウッドに女性の社会的関係について深い洞察をもたらしたといえる。このような状況を作家がいかに捉えているかを考察することで、ひいては現代の女性たちの状況を変えていく糸口を見出すことができるのではないだろうか。

第三章では『またの名をグレイス』について論じる。この小説では、一九世紀オンタリオ州での有名な殺人事件が取りあげられている。地主の館に奉公していた女中のグレイス・マークスが関わったとされる事件の真相解明を求めながら、最後まで実情をはっきりとつかむことは困難であるというオープン・エンディングのプロットが、この作品の特徴となっている。複数の読みの可能性を提示することで、従来の単一の歴史解釈を脱構築しており、その地平から、犠牲者的立場の人々が彼らに対する周りからの圧力を跳ね返していく可能性を探求した作品である。そして、その重層性によって過去をどう解釈するか、その多義性を示し、声を奪われた人々がどのようにしてみずからの歴史を取り戻すことができるか、またいかにして将来への希望を紡ぐことができるかを考察する。この作品では、移民の労働者女性のアイデンティティ確立が、カナダの国民性の民主的基盤になったと考えられている。

第四章では『昏き目の暗殺者』を取りあげる。この作品はカナダの実業家一家の三代にわたる歴史をアイリス・チェイス・グリフィンを中心に、サーガとして描いた「三世代小説」である。移民の時代から始まり、第二次世界大戦へと巻き込まれていくカナダの歴史と現代までの女性たちの生活の実情が描かれている。結末でヒロインのアイリスは孫へ将来の希望を託して、世を去っていく。ポストモダンの複雑な技巧を用いた同作が、カナダの女性の歴史をどのように示し、未来へとつなげているかを考察する。

第五章では『侍女の物語』を取りあげる。ジョージ・オーウェルの未来小説『一九八四年』の舞台である全体主義国家を引き継ぐ形で、作品の年代が設定されているが、とくに女性の立場に主眼が置かれる。近未来のアメリカ合衆国において、宗教原理主義が台頭し、独裁政治が行なわれているという世界が描かれている。プロパガンダの主張に終始しがちなディストピア小説のなかで、何がこの作品を優れたものにしているか、その特質を考察するなかで、言葉や想像力のもつ力、すなわち文学のもっている力が明らかになるだろう。また、最新作『遺言』についても言及する。

第六章では『オリクスとクレイク』を考察する。この作品では、地球環境問題と遺伝子工学が主な問題として取りあげられている。アメリカを舞台にした近未来の社会で、メディア環境のさらなる進化、グローバル企業の暴走、遺伝子操作技術の乱用などのテーマが展開される。地球環境の悪化が進み、自然の荒廃がもたらす過酷な環境のなかで、未来への舵を切ることができるのは誰かという問いを中心に考える。

ここでアトウッド作品のテーマをまとめてみると、カナダ文学の自立とカナダ女性を描くという二〇〇〇年までのテーマと、『侍女の物語』と「マッドアダム三部作」におけるアメリカを中心とした現代文明批評をテーマにした作品の関連性は次のようになる。

カナダ女性を描いた小説	アメリカ現代文明批評（宗教と女性の問題、環境問題）
『食べられる女』	『侍女の物語』
『浮かびあがる』	『遺言』
『サバイバル』（カナダ文学についての評論）	『オリクスとクレイク』
『キャッツ・アイ』	『洪水の年』
『またの名をグレイス』	『マッドアダム』
『昏き目の暗殺者』	『負債と報い』（環境問題についての評論）

第七章では、評論『負債と報い』におけるアトウッドのグローバルなヴィジョンについて、取りあ

げた五つの作品に即しながら検討する。このようにして、アトウッドがカナダ文学のテーマであると規定した「サバイバル」の道筋を、ローカルおよびグローバルな視点からいかに描いているかを明らかにしていきたい。

註

（1）Earl G. Ingersoll ed. *Margaret Atwood: Conversations*（Princeton: Ontario Review Press, 1990）53. あるいはインタビューでも同様の趣旨の意見を述べている。Margaret Atwood, "An Interview with Margaret Atwood on Her Novel *The Handmaid's Tale*," *The Handmaid's Tale*（1985; New York: Anchor Books, 1998）317.

（2）伊藤節他編著『現代作家ガイド5　マーガレット・アトウッド』（彩流社、二〇〇八）二。

（3）ジョン・ハンコック「ナイアガラの滝の上を綱渡り」アール・インガソル編『カンバセーション――アトウッドの文学作法』加藤裕佳子訳（松籟社、二〇〇五）二三一。

（4）伊藤他、二〇四。

（5）辻本庸子「生きる徴――Margaret Atwood, *Oryx and Crake*」『英語青年』（研究社、二〇〇七年五月号）九七。

（6）二〇一七年の第六九回プライムタイム・エミー賞では、作品賞・主演女優賞・助演女優賞・監督賞・脚本賞の五部門を受賞した。二〇一八年「第七五回ゴールデングローブ賞」では、テレビドラマ部門作品賞と主演女優賞を受賞した。https://ja.wikipedia.org/wiki/ 侍女の物語。二〇一九年一一月一七日アクセス。

（7）「マーガレット・アトウッド『侍女の物語』続編執筆中　来年9月発売予定」二〇一八年一一月三〇日。シネマトゥデイ、https://www.cinematoday.jp/news/N0105291. 二〇一九年七月一〇日アクセス。
（8）鹿島徹『可能性としての歴史——越境する物語り理論』（岩波書店、二〇〇六）二六八—六九。
（9）アトウッドはテレサ・ライリーのインタビューのなかで、「小説に書かれた女性に対するひどい仕打ちのなかで、私が創作したものはひとつもありません」と語っている。Theresa Riley, "Margaret Atwood Reflects on *The Handmaid's Tale*" April 14, 2017, https://billmoyers.com/story/margaret-atwood-on-the-handmaids-tale/. 二〇一九年一一月二一日アクセス。
（10）Excite ニュース「『ハンドメイズ・テイル』原作者が、続編を30年ぶりに執筆!」二〇一八年一一月三〇日、https://www.excite.co.jp/news/article/Dramanavi_042885/. 二〇一九年七月一〇日アクセス。
（11）Margaret Atwood, 'Margaret Atwood on What "The Handmaid's Tale" Means in the Age of Trump,' *The New York Times*, March 10, 2017. https://www.nytimes.com/2017/03/10/books/review/margaret-atwood-handmaids-tale-age-of-trump.html 二〇二〇年七月二二日アクセス。
（12）Margaret Atwood, *The Testaments*（London: Chatto & Windus, 2019）本書では『遺言』と仮に訳した。
（13）Margaret Atwood, *Survival: A Thematic Guide to Canadian Literature*（1972; Toronto: McClelland & Stewart Ltd, 2004）28. マーガレット・アトウッド『サバィバル——現代カナダ文学入門』加藤裕佳子訳（御茶の水書房、一九九五）二八。
（14）孫崎享『カナダの教訓——超大国に屈しない外交』（PHP研究所、二〇一三）
（15）Atwood, 23. アトウッド、一三。
（16）Atwood, 26-7. アトウッド、一八。
（17）Atwood, 42. アトウッド、四二。
（18）スウェーデンの一六歳の環境活動家、グレタ・トゥーンベリさんが「気候のための学校ストライキ」を呼びかけ、世界中の若者たちが賛同している。
(19) 佐藤アヤ子「マーガレット・アトウッドが描く〈新ディストピア小説〉」(『カナダ文学研究』第二〇号、日本カナダ文学会、二〇一二)一一一〜一一三。
(20) 二〇一〇年九月二九日にカナダ大使館で行なわれたこの催しは各方面の話題を呼び、女優の高畑淳子、前田美波里、多岐川裕美などが見学に参加した。
(21) Rosemary Sullivan, *The Red Shoes: Margaret Atwood Starting Out* (Toronto: HarperCollins, 1998)
(22) 伊藤他のガイドブックの他に、大塚由美子『マーガレット・アトウッド論――サバイバルの重層性「個人・国家・地球環境」』(彩流社、二〇一一)、中島恵子『ヴァージニア・ウルフとマーガレット・アトウッドの創造空間――フィクションの構造と語りの技法』(英光社、二〇一五)などがある。

第一章　マーガレット・アトウッドという作家

人類の未来とサバイバルをグローバルな視点から展望しているマーガレット・アトウッドは、二一世紀に入り、テレビドラマ化された小説が再び目ざましい注目を浴びたり、続編を出版するとたちまちブッカー賞を受賞したり、ますますその活躍の幅を広げている。彼女の作家としての特色はどのように育まれたのか、この章では、アトウッドのこれまでの生涯を振り返ってみたい。

一　アトウッドの生い立ち

マーガレット・エレナー・アトウッドは一九三九年一一月一八日にオンタリオ州オタワで生まれた。父親のカール・エドムンド・アトウッドと母親のマーガレット・ドロシー・アトウッドはノヴァ・スコシア州出身で、アメリカ独立戦争後、アメリカから移住してきたイギリス王党派の子孫であった。

一九〇六年、開拓農家に生まれた父親のカールは、働いて一家を支えながら、奨学金を得て勉学に励み、ついにはトロント大学で森林昆虫学の博士号を取得し、大学で教鞭を執るようになる。「森林昆虫研究所」を運営していた父親は、自給自足の生活を送ることをモットーにして、ヘンリー・デイヴィッド・ソローを尊敬するナチュラリストであった。科学者であったが、膨大な量の歴史書も読み、ジェイムズ・ジョイスの『ユリシーズ』の主人公レオポルド・ブルームのような卓越した頭脳の持ち主であったとアトウッドは述懐している。(1)

母のマーガレット・ドロシーは栄養士で、食事療法士でもあった。マウント・アリソン大学で家政学の学位を取ったあと、トロント総合病院で栄養士として働いた。(2)母親は大変に活発な人で、床磨きよりスケートをしたがる人であったと『カンバセーション』のなかでアトウッドは振り返っている。さらに興味深いことは、母親はストーリー・テリングの名手であったという。(3)そのような母親の資質は娘のアトウッドにも確実に受け継がれていく。

一九三九年というアトウッドの出生の年は、第二次世界大戦が始まった年である。誕生日について作家は、「第二次世界大戦勃発から二ヵ月半後」であったと記している。(4)そして、害虫を駆除することで、森林という重要な資源保護に貢献する研究をしているとして、徴兵を猶予された父によって、六ヵ月後にはケベック州の奥地まで背負われて行き、オタワ、スー・サン・マリー、トロントなどを転々として森の中で暮らしながら育った。そのために、八年生になるまでひとつの学校に一年間きちんと通ったことはなかった。きょうだいにはのちにトロントで医者になる兄と、一二歳年下の妹がいる。三人の子どもたちの教育は主に母親が担当し、ときには父親も手を貸した。

幼少期の作家たちは、往々にして旺盛な読み手である場合が多いが、アトウッドもその例にもれなかった。彼女が六歳のときに、両親は『グリム童話集』を通信販売で注文したが、ゴシック調のイラストが載っている、大人向けの原本の版が届いた。両親は残酷な場面も多い物語の影響を心配したが、幼いアトウッドと兄はむしろその怖さを楽しんでいた。『グリム童話集』のゴシック的な要素は、成人してからの作品に大きな彩りを添えることになる。

また、自然保護運動の先駆者で、動物作家としての評価も高いアーネスト・シートンが育ったのもトロントの郊外であった。彼が描く動物の世界や、エルスワース・イエイガーの『荒野の知恵』(*Wildwood Wisdom*, 1945)、ファーレイ・モーワットの作品などはアトウッドを夢中にさせた。

このように幼児期には、自然のなかでキャンプ生活をしながら平和に暮らしていたが、森の生活から、トロントでの定住生活に移るときに、周囲の子どもたちとの関係に問題が生じた。このときのいじめ体験はみずから「虚構の自伝」と呼ぶ『キャッツ・アイ』から推察すると、極めて壮絶なものであったらしい。その切実な個人的体験が、女性同士の関係性の歪みに目を向けさせた。そして、女性特有の葛藤とみなされがちな閉じられた関係を、社会と政治の次元と結びつけて描くことで、フェミニズムに思いがけない貢献をすることになる。

アトウッドの学校での成績は極めて優秀なものであり、飛び級をして一二歳で高校に入学した。しかし、一六歳まで卒業することが許されなかったので、その間の自由な時間を利用して、広範な読書体験を重ねた。エドガー・アラン・ポー、イーディス・ネズビットの作品や、「シャーロック・ホームズ」シリーズなどの探偵小説、通俗小説、ＳＦなどを読みふけった。一六歳になって詩を書くことに目覚め、作家になりたいと思うようになり、一七歳のときにトロント大学ヴィクトリア・カレッジの英文科に進学した。

カレッジでは、当時新進気鋭の批評家として活躍していたノースロップ・フライの講義を受け、大いに刺激を受けた。前述のように、フライはカナダ人がカナダ独自のアイデンティティを確立し、自分たちの知的な風土を育んでいくことをめざしていた。とくに、人々の想像力を訓育することでビジョンの構想力を養い、それを社会変革へとつなげていく実践的な道筋を明らかにし、カリスマ的なリーダーシップを発揮していた。また、文学は一種の神話であり、宗教的な物語の変奏であるというその「原型批評」理論が、アトウッドの技法に大きな影響を与えることになる。

アトウッドがヴィクトリア・カレッジをまもなく卒業しようとするころ、学内でふと出会ったフライに、卒業後の進路はどうするつもりなのかと尋ねられた。アトウッドはイギリスへ渡り、ウェイトレスをしながら詩や小説の創作をするつもりだと答えると、フライは奨学金をもらって大学院に進学する道を勧めた。その方が創作のための時間を作れると言いながら、即座にラドクリフ大学への推薦状を書いてくれた。作家としての一歩を踏みだそうとする若きアトウッドに、フライの助言はより広い世界へとつながる道を示してくれたのである。(5)

大学時代に詩作に没頭したアトウッドは、その作品をいくつかの雑誌に発表し、卒業時には私家版で出版した最初の詩集『ダブル・ペルセポネ』が、トロント大学のE・J・プラット・メダルを受賞する。同年に英文科を最優秀の成績で卒業し、アメリカのラドクリフ大学大学院へ留学する。こうして女性の先進的な生き方へと一歩を踏み出そうとするアトウッドには、ロールモデルとなる先駆者として、母方の二人の叔母たちがいた。トロント大学で歴史学の修士号を取得したケイ・コグズウェルと、伝記と児童文学の作家となったジョイス・バークハウスである。身近な女性たちが、知的な方面でこのように活躍し能力を発揮していることは、アトウッドの生き方に大きな影響を与えたと思われる。

当時ラドクリフ大学はハーバード大学傘下の女子大で、その大学院は一九六二年にハーバード大学大学院に組み込まれた。そこで、アトウッドはヴィクトリア朝の英文学やアメリカ文学を学び、学問上で大きな刺激を受ける。とくに、アメリカ文学を教えてくれたペリー・ミラーの講義で初めてアメリカ文学史を深く学び、かつてアメリカも植民地として、自国の国民的アイデンティティの確立に悩んだ時代があったことを知り、目を開かれる思いであった。そして、彼の講義から学んだ最も重要なことは、文学は政治的であるという事実だった。

すべての著作は、イデオロギーではなく一般的な意味で、政治的なものだった。「それはびっくりするような、大きな発見でした」と彼女は言う。人々がどのように権力の構造と結びついているか、そしてどのようにそれによって形づくられているかということと、文学は関係があることを彼女は発見した。……彼女は、古典の作品は政治的なものの見方に染まっていることを、今理解した。作家は社会の力が個人と相互に交渉するさまを、単純に検証することによって、社会構造の変化をめざしていたのだ。(6)

しかし、そういった学問上での啓発を受ける一方で、世界の大国となったアメリカにおいて、カナダがあまりにも軽視されていることに大きな衝撃を受ける。マサチューセッツ工科大学の学生と話したとき、カナダ出身だと言うアトウッドに、「カナダって、僕たちの国では全然知られていないよ。

カナダって何でもないよ。ほんとに何でもないんだ」[7]という答えが返ってきて、愕然としたことがあった。

余談ではあるが、一般のアメリカ人のカナダ認識は、アル・カポネの逸話に代表されると、孫崎享は同じ趣旨のジョークを紹介している。「アル・カポネはあるとき、『カナダを知っているか』と聞かれて、『カナダ? 俺はそんな名前の〝通り〟を聞いたことがないぞ』と言ったという」[8]。カナダの存在感のなさは、これほどまでにアメリカ人の嘲笑の的になっていたのである。

また、ハーバード大学では驚愕的な女性差別にも直面する。同大学で文学の書籍を蔵するラモント図書館は、寄贈者のトマス・ラモントの遺言により、女子学生の立ち入りが禁じられていた。実際は、女子学生がいると男子学生が集中できないということがその理由であったらしい。当時、ラモント図書館から詩の本を借り出すためには、ワイドナー図書館からポルノの本を借りるのとまったく同じ手続きが必要だったと、アトウッドは冗談まじりに述懐している[9]。

二　作家としてのアトウッド

こうした大学時代の体験によって、カナダ人としてのナショナリティに目覚め、そのアイデンティティの確立というアトウッドの文学上のテーマが定まってくる。帰国して著した『サバイバル』という評論はアトウッドのアメリカ留学の果実であり[10]、カナダ人としての自分自身の位置を定めようとした努力の賜物である。また、文学作品をその文学的価値はとりあえず棚上げにして、テーマによって分類していこうとする手法は、フライの『批評の解剖』(一九五七)に通じるところが見られる[11]。

一九六三年、アトウッドはハーバード大学大学院を去って帰国した。当時は修士の学位を取ってもまともな仕事に就くことはできず、カフェのレジ係としてしばらく働いた後、運よくトロントの市場調査会社に就職する。その間に写真家のジェイ・フォードと婚約するが、結婚には至らず、会社も辞めて再びトロントを離れる。このときの経験は最初の小説『食べられる女』のなかで描かれている。

その後一九六四年には一年間、ブリティッシュ・コロンビア大学の英文科で教鞭を執る。この間に、『食べられる女』、詩集『サークル・ゲーム』、『キャッツ・アイ』、『浮びあがる』などが書き始められ、作家としてのキャリアを積み重ねていく、重要な一年となった。

一九六五年には再びハーバード大学大学院に戻り、研究活動に専念する。一九六七年には、『サークル・ゲーム』がカナダ総督文学賞を受賞し、作家としてデビューする。同年に、アメリカ人の研究者で編集者でもあるジェイムズ・ポークと結婚し、モントリオールで暮らし始めた。英文学を教える非常勤講師として働きながら、博士論文と作品の執筆にも同時に取り組む多忙な生活であった。一九六九年から一年間はカナダ西部のアルバータ大学で教鞭を執り、その後一九七一年から七二年まで、トロントのヨーク大学の、カナダで初めて設置されたカナダ文学のコースで「カナダの女性作家」を教えた。

一九七二年には、『浮びあがる』『サバイバル』が出版され、小説家として、また批評家として注目を集めるようになった。そして一年間トロント大学から、「研究作家」の地位を与えられ、創作に没頭できる環境が整った。このように、キャリアにおいては順調な滑り出しであったが、一九七三年に大きな人生の転機を迎えることになる。ジェイムズ・ポークと離婚し、アナンシ出版社での編集の仕事を通じて知り合った、小説家で批評家のグレアム・ギブスンとオンタリオ州アリストン郊外の農場で暮らし始めたのである。

一九七六年には、二人の間に、一人娘のエリナ・ジェス・アトウッド・ギブスンが誕生した。そして、ジェスが四歳になった一九八〇年に娘の教育環境を考慮し、アリストンからトロントに戻ることになる。その間、一九七八年の後半には、ギブスンがスコットランドのエディンバラ大学で「研究作家」のポストにつき、一家でスコットランドに滞在した。

一九八五年はアトウッドが作家として大きく飛躍した年である。『侍女の物語』が出版されると、瞬く間に脚光を浴び、コモンウェルス賞を受賞し、作家として国際的な地位を確立した。一九八八年には、長年にわたって構想を温めてきた『キャッツ・アイ』を、カナダとアメリカで出版した。イギリスでの出版は翌年のことである。また、一九世紀のトロントにおける殺人事件で犯人とされたグレイス・マークスをヒロインとする歴史物語『またの名をグレイス』が一九九六年に、二〇〇〇年には『昏き目の暗殺者』が出版される。これらすべてがブッカー賞の最終候補となり、最終的に『昏き目の暗殺者』によってブッカー賞を受賞することになる。その後、二〇〇三年には、三部作の未来小説、『オリクスとクレイク』を出版し、これもブッカー賞の最終候補として残った。さらに二〇一九年には『遺言』で二度目のブッカー賞を受賞した。合計で六作が最終候補作品として選ばれたことになり、彼女の作品群の質の高さを証明している。

二〇〇五年にはホメロスを下敷きにした『ペネロピアド』を発表した。二〇〇九年にはアトウッドが「マッドアダム三部作」と名づけた三部作の二作目『洪水の年』が、二〇一三年には三作目の『マッドアダム』が出版される。

さらに、評論集『負債と報い――豊かさの影』が二〇〇八年に発表された。現代社会が直面している環境問題への提言を、チャールズ・ディケンズの『クリスマス・キャロル』のパロディという、想像力を駆使した物語によって社会にサバイバルのメッセージを伝えるという文学的手法が、ここでも見事に開花している。

七〇代になっても、その旺盛な創作力はまったく衰えるところを知らないアトウッド。彼女のこれまでの生涯についてはすでに、一九九八年にふたつの伝記が出版されている。ナタリー・クックによる『マーガレット・アトウッド――伝記』(12)と、ローズマリー・サリバンの『赤い靴――マーガレット・アトウッドの出発』(13)である。

クックの伝記からは、アトウッドの人生と作品についての豊富な情報を得ることができる。サリバンの伝記も同様であるが、こちらはとくにアトウッドの女性作家としての自立の過程がテーマになっている。彼女の伝記的事実とその内面世界を把握するためには、他に、アトウッドが「虚構の自伝」と呼んでいる『キャッツ・アイ』も有益だ。日本では、アトウッドについての作家ガイド、伊藤節編著の『現代作家ガイド5　マーガレット・アトウッド』が出版されていて、作品を理解するための優れたガイドブックとなっている。(14)

三　三つの重要な出来事

これらの伝記やガイドブックと、自伝的作品の『キャッツ・アイ』を見ると、アトウッドの人生において特筆すべき三つの重要な出来事があることがわかる。まず第一に、幼少期において森林昆虫学者の父の仕事の関係で、夏の間、一家は森のなかのテントやキャビンで生活していたことである。人間存在を圧倒するほど壮大なカナダの自然に囲まれ、共同体から離れ、家族だけで自由で孤独な生活を送った。生まれ落ちて人間の社会よりも、まず森林での生活を身をもって体験したことは、かなり特異な経験である。現在、北欧やヨーロッパなどで、「森の幼稚園」という先進的な自然体験を中心にした幼児教育が試みられているが、アトウッドは期せずして、私設の「森の幼稚園」を体験したのだ。このような生活のなかで、さまざまな植物や動物たちが、強者・弱者の立場のままに、自然の仕組みを利用して生き延びるさまを幼いうちから体感することができた。

また、父親が昆虫学者であったことも、アトウッドの人生には大きな意味がある。昆虫の生き方は自然界にあっては弱者の立場であるが、その個体数の多さと多様性を利用し、驚くべきシステムを作り出して生き延びていく、そのような姿を目の当たりにすることで、「サバイバル」というキーワードが生まれてくる素地があったと思われる。

『キャッツ・アイ』のなかで、主人公イレインの父親は夕食のテーブルで、昆虫についての話を子どもたちに語って聞かせる。そして、昆虫は人間よりも「サバイバル」の経験を積んでいるので、たとえ人類が滅びても、最後に生き残るのは彼らだろうと述べる。

……人類よりも虫の方が大昔からいたわけだし、生き残りにかけてはもっと経験を積んでいる。それにわれわれより数も多い。いずれにせよ、原爆なんてものや今の時代の成り行きを見れば、今世紀末までに人類はたぶん自分たちをこっぱみじんにするだろう。未来は昆虫のものなのだ。[15]

（傍線は筆者による）

また、昆虫はその成長過程で、大きな変容を繰り返すことも特徴であり、アトウッドの創作方法に大きな影響を与えている。サリバンは、「マーガレットは後年、変身に対する興味は、父の蛾に対する情熱とともに始まったとよく言ったものだった[16]」と記し、変身のモチーフのヒントは昆虫の成長の過程であったことを明らかにしている。また、森林での生活は、子どもたちだけで物語を作ったり、みずから楽しみを創造していくことがあたりまえの暮らしであった。このような自己表現への意欲は、アトウッドの創作の原動力であるといえよう。

第二には、六歳のときにそのような暮らしから抜け出し、大都会トロントに定住、学校に通うようになったことである。自然児として兄と二人で気ままに遊んでいた生活から、同年代の女の子たちとの交流関係に生活の中心が移ったが、アトウッドにとっては彼らがまるで異邦人のように思われ、大きなカルチャーショックを受けた。このことは、『キャッツ・アイ』の友人たちとの交わりのなかに鮮明に描かれている。

第三には、高校を終え、進学したトロント大学で、文学上の師であるノースロップ・フライの影響を、創作および社会的活動において強く受けたことである。カナダを代表する批評家であるフライは『批評の解剖』などの著作で、ウィリアム・ブレイクの詩の批評に端を発する原型批評を展開し、神話や聖書の物語や思想がどのように文学作品で展開されているかを分析している。この原型批評はアトウッドに強い影響を与え、彼女もまた宗教的要素、神話的要素、おとぎ話のプロットや考え方を取り入れ、作品の基盤に据えている。そして、力強い筋書きを作るためには、神話、おとぎ話、他の歴史的な文学書を学び、物語の基礎を作る素材として使うことを、オンライン創作クラスで推奨している。[17]

フライはさらに、みずからの思想と実践の集大成である『ブッシュ・ガーデン』（一九七一）において、カナダの文学者たちが植民地時代に醸成された「守備的精神」から脱していくべき道筋を示している。「守備的精神」とは、過酷な自然に立ち向かうカナダ人たちが、内部（家＝秩序）を外部（自然）から必死で守ろうとする防御的な姿勢を指している。フライはそのような受け身の心理的特性をもったコロニアリズムから、若いカナダ人がいかに脱していくかの指針を示し、彼らを励まし続けた。彼の思想は、読者の想像力を涵養する文学の力と文学者の社会的役割を強調し、リーダーシップを発揮していこうとするものだが、これらはアトウッドの思想と生き方に受け継がれ、作品のなかで脈々と波打っている。

アトウッド自身は『サバィバル』の献辞で、思想的文学的に影響を受けた六人の人物に感謝の念を表しているが、そのなかにノースロップ・フライの名前も入っている。ただ、インタビューでは、アトウッド自身はフライからの直接的な影響を否定しているが、[18]作品を分析すると、彼の影響は色濃く投影されていると言わざるを得ない。このことについては次節で詳述する。

成人してからのアトウッドは、作家としての道を歩みながら、結婚と離婚を経験し、さらに再婚後に出産と子育てをしてきた。このような職業生活と家庭生活の両立には家族の歴史がある。母の妹、ケイ・コグズウェルはトロント大学で修士号を取った後、オックスフォード大学進学を勧められたが断念し、結婚して六人の子の母となった。その妹ジョイス・バークハウスは、母であり、作家となったが、家庭が優先だった。次世代のアトウッドの場合は、キャリア、次に家庭だろうとナタリー・クックは述べている(19)。

四　創作の方法

マーガレット・アトウッドは、長編小説家であり、短編小説家であり、詩人であり、批評家でもある。その作品は、ＳＦ小説、ミステリー、ゴシック小説などジャンル横断的であり、時系列的には、太古の時代から未来にまたがって描かれるので、壮大な作品世界が構築されている。

このようなアトウッドの作品を通読したときに感じるのは、練りあげられた小説作法の巧みさと、そこから生じる娯楽作品としての面白さである。ミステリーを織り込んだプロット構成と、神話やおとぎ話などの普遍的な要素がその底辺に流れているからだ。それに加え、言葉が内包する暗示力に鋭い感性を働かせ、文学の知識を動員しながら、小説のなかに詩的なイメージを広げていく手法は、読後に鮮やかな印象を残す。さらに、色彩や図像のイメージを散りばめ、巧みなストーリー・テリングによって、それらを緊密な相互関連性で結びつけている。

アトウッドは植民地であったカナダに住む人々が、イギリス人やアメリカ人とは異なったアイデンティティをもっているのだということを主張する。アトウッドはその幼年時代に、カナダでは文学といえばヨーロッパの人々のものであり、ヨーロッパ人だけが書くものであるという思い込みが普通であったと振り返っている。

そのような状況のなかで次第に、カナダの建国百年祭を中心に、カナダ・ルネッサンスの機運が盛りあがりを見せる。ローズマリー・サリバンによるインタビュー（一九九七）のなかで、彼女は作家活動の初期を振り返って、こう語っている。

すべてのことが、興味深いと感じました。でも、重要なことは、カナダ人としての私たちの存在についての事実を発見したことでした。(20)

このように、アトウッドの作品では、カナダ人としての「ナショナリストの意識」を追求し、そのアイデンティティをフェミニズムの立場から明らかにしようとしている。ポストコロニアリズムと女性の問題は、『食べられる女』から『昏き目の暗殺者』まで、一貫したテーマとしてアトウッドの文学を彩る縦糸である。

そして、カナダ文学の特徴として、彼女が定義づけた「サバイバル」というキーワードは、その横糸ということができる。作品においては、宗教的独裁政治の体制のなかで、あるいは、子どもたちによる苛酷ないじめのなかで、また、殺人を犯して服役する模範囚として、さらに家業のボタン製造業を存続させるために政略結婚の犠牲になりながら、サバイバルを果たしていくヒロインたちを描いてきた。

二一世紀に入ってからの作品である『オリクスとクレイク』では、気候変動によって地球環境が悪化するなかでバイオテロリズムによる人類の滅亡と、バイオテクノロジーによって生まれた新人類の出現が取りあげられ、世界的な規模での人類の未来とそのサバイバルが前景化されている。ここでは、アメリカ合衆国という最大の強国と国境を接するカナダから、現代文明の状況をつぶさに観察できる利点を生かした、グローバルな文明批評が繰り広げられている。『侍女の物語』でもアメリカ合衆国における宗教原理主義の台頭を目前にして、同様のことが試みられてきた。それゆえに「カナダ的なアイデンティティの確立」「女性の生き方の追求」「現代文明批評」が、アトウッドの作品に流れている主調音となっていることがわかる。

作品のなかでは、詩人としてあるいは画家として、このようなテーマを多様なイメージとともに繰り広げながら、結末では作品の中心となる理念をくっきりと浮びあがらせる優れた力量を示し、拡散と収れんを操っている。たとえば、『キャッツ・アイ』における、主人公イレインのシュールレアリズムの絵画作品は、視覚的イメージの好例であり、『またの名をグレイス』では、各章の冒頭におかれたパッチワークの図案が、その章を言葉の時系列から解放し、代わりに視覚的イメージへと変貌させている。

また、エピグラフとして各国の文学、神話の言葉を多数引用し、それによってテキスト間に関連性をもたせ、自作の作品世界の創造に利用している。さらに、時間軸として、『昏き目の暗殺者』では太古の時代、神話の時代から宇宙開発の時代に至るまでが同時的存在として描かれる。『侍女の物語』では、二一世紀初頭から二一九五年の未来世界にまたがる約二〇〇年間が扱われ、人類史を通覧しようという壮大な意図を感じさせる。

このように技巧派と目されるアトウッドであるが、いったいどのようなやり方で、創作活動に取り組んでいるのだろうか。小説の重要な要素として、物語、人物、プロットの構成が挙げられるが、[21] アトウッドの初期のインタビューをまとめた『カンバセーション――アトウッドの文学作法』[22]（一九九〇）では、作家みずからその創作技法について、次のように語っている。

（一）フィクションのアイデアなど、想像以上に代数学に近いものです。『浮びあがる』の結末でのヒロインの行動は、ひとつの仮説を立て、それをできる限り押しすすめた結果なのです。[23]

（二）わたしにとっては、芸術が社会的現実に根差しているというのは自明の理なのです。[24]

（三）わたしの用いる迷宮は地下へ降りる階段なのです。……アエネアスが自分の未来を知るために地下まで行きます。彼はシビルに導かれ、亡き父からなにをなすべきか学び、家に帰ってきます。[25]

（一）は、小説創作における構成の方法についての発言で、執筆にあたって整然とした代数的な構成を、あらかじめ入念に練りあげているアトウッドの姿を彷彿とさせる。（二）はアトウッド作品における政治性を示唆し、現実世界に掲げる鏡としての文学の役割を強調している。さらに、（三）はケンブリッジ大学での講演『死者との交渉』（二〇〇二）で繰り広げられる創作観に通じるものがある。アトウッドにとっては、小説の執筆とは歴史や人間の無意識という「闇の中から何かを光の下に持ち帰る」という行程であるようだ。

このような特徴をもつアトウッドの作品では、プロットや構成に関して、一作ごとに意欲的な新しい試みがなされ、それがさらに読者を惹きつけていく。彼女は、このようなみずからの傾向を「奇抜な表現への衝動」と名づけている。(26) そして、予想外の成り行きや結末で、読者を驚かせたいという自身の創作動機を思わせるエピソードについて、次のように語っている。

（高校時代に）ユダヤ人向けサマーキャンプで自然観察指導員にもなりました。「キャンプ全体プログラム」という大きな催しが毎年ありました。それはいつもなにか子供の興味をそそるドラマチックな行事ではじまるのです。サイレンが真夜中に鳴り響き、子供たちをベッドから起こして、フットボール場まで引率すると、皆が「火星人が着陸した」と言いながら駆けまわっている、といった光景がひろがる。

そこに到着すると、大きなかがり火があって、その火のただなかに二人の男性が火星人のように立ちつくしています。実を言えば、彼らは不燃性のスーツを着込んでいたのです。そして彼らが「われわれはどこそこの惑星からやって来た」と言うと、幼い子供たちは泣きだしてしまい、年齢が上の子供はこう言います。「あれはフィルじゃないか」と。それからスーツの火星人は言うでしょう。「われわれの結論は、地球人の行いが非常に悪いので、平和になるように七日間だけ猶予を与えようというものだ」……

おそらくここから、すべてのことがはじまったのでしょう。その当時は、ただ寸劇だと思っていましたが。……それはほんとうにおもしろおかしいものでした。(27)

こうした体験が、おそらく驚きをみずから楽しむという作風のルーツではないかと考えられる。初めに、強いインパクトを与え観客の気持ちをつかむスタイルは、シェイクスピア劇あるいは落語などパフォーマティブな芸術で取り入れられることが多いが、衝撃的な始まりに加えて、アトウッドは、小説の冒頭にミステリーのプロットを準備している。多くの場合、登場人物の誰かが亡くなっており、そのいきさつや原因についてのサスペンスが盛りあがって、読者を謎解きへと誘う。

しかし、小説を書くこととその役割については、アトウッドは娯楽的要素の追求とともにその倫理性を強調している。

小説を書くことは社会のモラルと倫理的な感覚を守っていくことだと信じています。……小説は細かい部分からではなく、典型的な側面から社会を考察する数少ない形式のひとつです。それによって私たちは自分自身を見ることができ、お互いにどのようにふるまえばいいかわかります。また、他人を見ることができ、彼らや自分たちを判断することができるのです。(28)

このようにアトウッドの場合は、創作における社会性を重視し、作家としての社会的な使命感が強い。読者を楽しませながら、同時に教化するという英国小説の伝統をそのまま引き継いでいる。しかしたとえば、一九世紀のジェイン・オースティンの小説では、若い女性たちの結婚に至るいきさつが主筋であるけれども、アトウッドの場合はむしろ、女性たちの姿を通して浮びあがる当時の社会構造に、より強い関心を抱いていた。そして、文学が政治的であることを意識的に提示する。その意味で、従来の女性作家たちがもっていたパースペクティブに、さらなる広がりを与えている。

しかしながら、アトウッドの小説は現代的な社会性があり、しかもストーリーの面白さが読者を惹きつける反面で、その人物造型と人間関係は、ともすれば冷たいという印象を与えてしまう傾向をもっていた。構成において、彼女はいわゆる代数学的な均整のとれた形をめざしているために、それだけ人物像の創造が制約を受けているのかもしれない。このことは、プロットの創造と人物造型とのせめぎ合いであって、小説の宿命なのだろうか。けれども小説においては、物語やプロットとともに、読者の精神的なメンターとして、深い共感を与え、忘れることのできない人物像を提示することも非常に重要なことである。

冷たい女性のイメージは、カナダ文学における女性像の特徴であると『サバイバル』でアトウッド自身が分析し、「氷のような女性と大地の母」というタイトルで、カナダ文学に登場する女性像を考察している(29)。冷たい女性が描かれるのは、北国カナダの文学に共通の特質なのかもしれない。だが、アトウッドの場合は、森林での家族だけの生活から、初めて社会生活に溶け込もうとしたとき、まず第一に経験した、女性たちからのいじめの心理的トラウマが個人的な感性として身についているかのようだ。

自伝的な小説『キャッツ・アイ』では、主人公に対するいじめが極限に達し、死の危険にさらされたとき、お守りとしていた、ガラスの箱に入ったビー玉の「キャッツ・アイ」を捧げ持つ聖母マリアが導いてくれ、主人公イレインはようやくいじめから脱却していく。マリアの持つ「キャッツ・アイ」

は、主人公を守ってくれる母性の献身的な愛を象徴していると思われるが、同時に石は冷たさも暗示している。

アトウッドと同様に、イギリスの旧植民地（ローデシア）出身で、現代文学を代表する女性作家の一人であるドリス・レッシングは、アトウッドと比較されることが多く、ともに作家の社会的責任を重んじる創作理念を掲げている。[30] レッシングもまたアトウッドと同様に、自分の思想と心情を書くことによって、読者の意識及び無意識に働きかけ、社会変革の行動力になることができるという信念を抱いている。

しかし、レッシングはその創作に対する姿勢について、『小さな個人の声――エッセイ、ヒヒョウ、インタビュー』のなかで、「小説家とは、個人として個人に対して小さな自分の声で語りかける者[31]」であると述べていて、作家自身や読者を驚かせる派手な技法を編み出そうとするアトウッドの創作姿勢と比べて、[32] 極めて対照的なアプローチである。アトウッドの創作法では、技巧によって現代の読者を魅了する。一方、レッシングは読者とより親密で暖かな関係を築いていくことで読者を社会改革へと誘い出そうとする。手法は違っても、二人に共通するのは、社会への関心を読者へ促す点である。

五　ノースロップ・フライの影響

アトウッドがトロント大学で師事したノースロップ・フライは、カナダ屈指の文芸批評家で、トロント大学の教授であると同時に、カナダ合同教会の牧師でもあった。一九一二年、ケベック州に生まれたフライは、奨学金を得てトロント大学のカナダ合同教会立ヴィクトリア・カレッジで哲学と英文学を学んだ。卒業後、カナダ合同教会の神学校エマニュエル・カレッジに入学、聖職位を授けられる。その後、イギリスのオックスフォード大学のマートン・カレッジに留学し、帰国後は母校ヴィクトリア・カレッジで教鞭を執り、英文学を教えた。[33] このような経歴が、彼の批評活動とその理論「原型批評」にも大きな影響を与えている。

フライはオックスフォード大学留学中に、英国ロマン主義文学の先駆的詩人、ウィリアム・ブレイクを研究テーマに選び、難解な「ブレイクの作品のなかに新しい神話の創造と聖書の黙示思想の融合を発見した」という。[34] その発見から、英文学の他の諸作品にも、聖書や神話の要素や隠喩が広く見られることに気づき、「原型批評」の体系をまとめあげ、大著『批評の解剖』を著した。

当時、アメリカで詩作品の批評を中心として展開された「新批評」、いわゆる「ニュー・クリティシズム」が文学界を席巻するなかで、小説などある程度の長さの散文作品に対しても、体系的な批評理論が待たれていた。また、ジョーゼフ・キャンベルなどの文化人類学的な神話学が流行していた時代でもあり、神話や宗教をもとにしたフライの批評体系は大いに注目された。

フライが指摘したように、聖書のエピソードが繰り返しイギリスの文学作品のなかに現れていることは、遠くイスラエルを舞台にしたキリスト教の教えや、比喩で語られた聖書の物語が、それを信奉する人々の現実の生活に引きつけて、再び語られる必要があることを示している。しかし、そもそもなぜこのように宗教的な物語を、文学作品のなかで常に繰り返し語ることが必要なのだろうか。

社会学者のピーター・バーガーは『聖なる天蓋――神聖世界の社会学』（一九六七）のなかで、あらゆる文化は宗教をもち、それによって築きあげられた規範秩序によって、死という人間存在の限界的状況と戦っていると分析している。

何にもまして最大の限界状況は死である。……人間存在の限界状況は、すべての社会的世界がもつ内在的な不安定さを露わにする。……

宗教は、それによって神聖なコスモスが確立する人間の事業である。……かくて宗教を背負ったコスモスは、人間を超越するとともに人間を含み込むのである。聖なるコスモスは、人間とは別のはるかに強力な実在として人間に対面する。だがこの実在は、人間に呼び掛け、彼の生活を究極的に意味の豊かな秩序のなかに位置づけるのである。[35]

現実に対して彼（人間）自身の意味を最大限に注入したものがそれ（宗教）である。宗教は、人間秩序が存在の全体のなかに投射されていることを示している。いいかえれば、宗教とは宇宙全体を人間的に意味ある存在として想念する大胆な試みなのである。[36]（括弧と傍線は筆者による）

このように、人間社会は宗教によって限界的状況を克服する重要な制度を作りあげていると説明する。こうした制度は、現実世界を人間的な意味をもつように築きあげた、フィクショナルな試みである。

それと同時に、バーガーはこのような意義深い制度を築いたとしても、人間は極めて忘れやすい存在であると述べている。

人びとは忘却する。だからこそ、繰り返し、繰り返してそれを想い起こさねばならない。まさしく文化を確立するに太古以来のもっとも重要な前提条件の一つがこのような〈想起させるもの〉の制度なのだと言うべきであって、何世紀にもわたるその制度のすさまじさは、それがこの〈忘却性〉と闘うためにこそ工夫されたのだ……[37]

それゆえに、宗教的モチーフが繰り返し文学のなかに現れるのは、文化の機能として、当然のことだといえるだろう。また、文化全体の事象として立ち現れる宗教を、個々の人間がみずからの人生でどう解釈し生かしていくかが、作品を通して探究されている。

このように文学に現れる宗教的な様相を、フライは壮大なスケールをもって体系化した。その試みは初期の構造主義的アプローチであると賞賛される一方で、文学作品としての価値判断を棚上げにする手法は、あまりにも機械的で便宜的であるとして、次のような疑問の声も聞かれる。

その味気なさはどこからくるのかといえば、〈神話批評[38]〉が一種の分類学に失し、価値評価が極端に排除されるため、読者の現実感覚に訴えるところがないからであろう[39]。

しかし、このような価値評価は別にして文芸批評を行なうフライの手法は、アトウッドが『サバイバル』で展開した、テーマによるカナダ文学の分類において、応用され活用されている。

本書で取りあげるアトウッドの五つの長編小説においても、それぞれ聖書や神話のイメージが使われている。『キャッツ・アイ』では、最も危機的な状況に置かれた主人公の前に聖母マリアが救いの手を差し伸べ、のちには女性としての主人公の自己イメージに重ねられていく。『またの名をグレイス』では、エデンの園の楽園の木がパッチワークのモチーフに使われ、独自の新しい形と意味を与えられる。『昏き目の暗殺者』では、古代メソポタミアの神話の「暗殺者」と「生贄の娘」の犠牲者的役割が現代を生きる主人公たちの状況を表象しているとして重要なモチーフになっている。『侍女の物語』は「聖書の言葉を自分の目的のために巧みに利用する国家の物語」[40]である。『オリクスとクレイク』では、遺伝子工学で新たに創造された人類が、旧約聖書さながらの楽園に住んでいると設定されている。このように、形を変えながら、聖書や神話のイメージが繰り返し登場する。

これまで見たように、フライはアトウッドのアメリカ留学という進路に助言を与えるとともに、その創作と批評の方向性を定め、社会的活動の原点となっていった。それゆえにアトウッドに及ぼした彼の影響は極めて大きいといえるだろう。

なお、西洋文明における宗教と科学についても触れておきたい。「キリスト教」はヨーロッパ精神を支える三つの柱として、「ギリシア文明」と「科学」とともに挙げられる。第一次世界大戦後、「精神の危機」を著したフランスの批評家ポール・ヴァレリー[41]は、ギリシア文明が、芸術と科学を生み出し、キリスト教は人々の道徳的内省を促し、内面生活を深化させたと論じている。

さらにヴァレリーは他の文明の追随を許さないヨーロッパ文明独自の特徴として、科学の発達を挙げる。科学は、物事を要素に細分化し分析することによって、その性質を突き止め、技術の発展を促してきた。しかし、その論理的な思考法も死という限界状況を前にしては、まったく歯が立たず、死後の世界や死者との関連において、人間的な生の価値を打ち立てようとすれば、宗教の機能に頼る他はない。その結果、英文学においては、聖書や神話の隠喩が繰り返し現れることになる。聖書や神話が個人的な生活において、どのような意味をもちうるかが、探求されるのである。

アトウッドがその創作の秘密を披歴した講演集『死者との交渉』では、作家はなぜ書くのか？　作家とは何なのか？　書くこととはどういうことか？　が大きな問題になっている。その回答としてアトウッドはこう答えている。

……あらゆる著作は、死ぬことに対する恐れや魅惑によって、——冥界への危険な旅への想いや、死者たちの中から何かを持ち帰ったり、誰かを連れ帰りたいといった願いがその心底からの動機となっている(42)……

アトウッド自身が、この考えは「少し妙だと思われるが」と断っているけれども、バーガーの宗教観と同様の考え方が示されている。

六　『サバィバル』に示されたカナダの精神的な地図

一九七二年、アトウッドはカナダ文学についての初めての評論集『サバィバル——現代カナダ文学入門』を出版した。文学作品の文学的な評価は棚上げにして、そのテーマだけを論じるというその形式についてはノースロップ・フライの影響があり、また、「カナダ文学を教えることは政治的な行為である」（二二）という言葉には、ラドクリフ大学のペリー・ミラーの影響が見られる。

この批評集で成し遂げられた最大の功績は、アメリカ文化の表象は「フロンティア精神」であり、イギリス文化は「島」であるという誰もが納得できるシンボルを提示したうえで、カナダ自身の表象を「サバイバル――生き残ること」というさらに明解なキーワードで表現したことだろう。このわかりやすさが、多くの読者の関心を引きつけている理由である。

「サバイバル」という表象は、過酷な自然のなかで幼少時を過ごした経験から生まれ、昆虫の世界の観察から派生したのかもしれないが、いずれにしろカナダの自然と社会の観察から生じている。それに加えて、『キャッツ・アイ』に描かれているように、幼少期に過酷ないじめを受け、それを生き延びてきたという彼女自身の体験も大きく与っている。

彼女はみずからの実体験を踏まえたうえで、カナダの人々の精神的なありよう、つまり心の地図を『サバィバル』で描こうとした。カナダ文学ではどのようなテーマが選ばれているのか、また、その物語はどのように展開しているのかを探求し、現在のカナダ人が置かれている精神的状況と心理的特性を描出しようとしたのである。

イギリスの旧植民地であった歴史をもち、厳しい自然環境のなかで、大国アメリカに隣接して生きる当時のカナダ国民をアトウッドは「犠牲者」として捉え、その立場を次の四つの段階に分類した。

第一の立場――「自分が犠牲者であることを否定する」[43] 段階

第二の立場――「自分が犠牲者であるという事実を認めるが、これを運命の仕業・神の御心・生物学上の要請（たとえば女性の場合）・歴史によって定められた必然性・無意識・他の一般的で強大な概念などによって説明する」段階

第三の立場――「自分が犠牲者であるという事実を認めるが、その役割が避けられないものだという前提は甘受せず拒否する」段階

第四の立場――「犠牲者ではなくて創造的な者である」段階

この四つの立場は、段階を追うごとに積極的で、創造的な態度に進化していく。そして、このような段階を示すことで、受け身的な姿勢を強いられる犠牲者もわずかずつではあるが、次第に力をつけて犠牲者の立場から脱していくことができる、という道筋が明らかにされている。そして、「犠牲者としての体験を意識的に検討することによって、その体験を超越しようとする、そういうより現実的な欲望が出現してくるのである」（四二）と述べ、犠牲者としての体験を超克しようとする人々の思いを引き出そうとする。

この評論集で取りあげられたカナダ文学の作品は、ほとんどが二〇世紀文学から引用され、その多くは最近数十年間のものである（七）。そして、歴史的な発展は扱わない、価値判断をしない、伝記的なことを扱わないという方針で、「特定の作家や個人の作品についてのものではなく、カナダ文学の『様式』」（六）に焦点が当てられ、犠牲者としてどのような立場を取っているかが問題となっている。『サバイバル』で取りあげられているテーマの主なものは、「サバイバルの理論と構造」「怪物と化し

た自然」「家族の肖像」「嫌気のさした移民――犠牲と失敗」「氷のような女性と大地の母――『石の天使』とヴィーナスの不在」「脱獄と再創造」などである。

本書で検討する作品との関連を見てみると、『キャッツ・アイ』は第一〇章の「氷のような女性と大地の母」があてはまる。女性としての大自然は、カナダ文学でも隠喩として使われているが、年老いて冷たく、近づきがたい老女のイメージであるという。しかし、性愛を象徴するヴィーナスは必ずしも不在というわけではなく、ただ隠れているだけだと論じている（二五一）。したがって『キャッツ・アイ』では、母親像が冷たい印象を与えているが、そのイメージから抜け出す可能性は隠れているだけだと解釈することができる。

『またの名をグレイス』は第七章「嫌気のさした移民」と関連させられる。ここでは、カナダ移民に関して三つの特徴が挙げられている。第一にカナダは、移民に対し民族のるつぼに飛び込むことを要求しない、第二に移民のために用意されたカナダ的アイデンティティが不在である、第三に移民たちは自分の過去を犠牲にして移住したけれども、ただ失敗に終わっただけだという（一八〇）。グレイスの一生は、この図式に当てはまるかもしれないが、彼女の声を歴史小説のなかで甦らせることによって、移民にとっての希望の光を見出そうと試みている。さらに、みずからの民主的な考えを述べる移民労働者の姿に、カナダのアイデンティティを確立しようとする姿勢が感じられる。

『昏き目の暗殺者』は第六章で分析されている「三世代小説」である。三世代小説のもつ特色として、まず第一に「生き残ること」を挙げ、次に事実とは無情なものかもしれないけれど、その事実に正面から立ち向かっていくべきだということが主張されているとする（一六九―七〇）。このことは、『昏き目の暗殺者』の結末で暗示されている。

『オリクスとクレイク』は第二章の「怪物と化した自然」との関わりを指摘することができる。カナダ文学では、しばしば自然への不信感が表現されている。母なる神としての自然がほとんどまったく機能していない（六〇―六六）どころか、「自然は怪物である」と定義されている（八〇）。

自然を描いた詩というものは、おおむね詩人の心象風景を表している。一九世紀にイギリスからカナダへ移民した女性作家スザナ・ムーディは『叢林地で原始生活をして』(44)（一八五二）のなかで、ワーズワース的な自然信仰をカナダでも持ち続けようとするが、母なる神としての自然がカナダではまったく機能していないことに気がつく。その結果、母国で培った自然への忠誠心と、カナダで監禁のような状態に置かれた絶望感というアンヴィバレントな、カナダ人の心理が表現されているとする。

『侍女の物語』は、最終章の「脱獄と再創造」をあてはめることができるだろう。カナダの伝統は陰気で消極的であるが、新しい出発のための素材として、伝統を使うことができると、アトウッドは積極的な面を強調している（二九二）。

なお、最終章の「脱獄と再創造」というタイトルには、ノースロップ・フライによる一九八〇年に刊行された『創造と再創造』のエコーが感じられる。もちろん、フライの著作の方が年代的には遅いのであるが、アトウッドの考え方との間に共通点が感じられる。

カナダの移民の教訓をアトウッドは、彼らは「忍耐と生き残ること――そして勝利はない」（二〇四）と要約している。しかし、結論として、カナダという土地があり、その地図を作りあげたことは、カナダ人の精神的独立をめざす出発点が明確になったことだと自己評価している。そして、古い伝統が自分を埋没させるものと考えずに、そこからの逃亡、すなわち「再創造」を提案する。このようにカナダ文学を概観していくことで、アトウッドは作家としてたどるべき自己の道筋を明らかにしたといえるだろう。

『サバィバル』は、地図は道に迷った人間に必要である。文学は心の地図であり、それなしには生き残れないので、精神的な地図を作ってみようという意図をもって計画された。そして、この評論はカナダの文化的自立のための大きな道標となっていった。このことは、後に続くわれわれにとっても大きな教訓を与えてくれる。たとえば、地球環境問題やそれに伴う人類のサバイバルは、世界的に差し迫った緊急の問題である。その解決のために、このようなやり方は効果的かもしれない。アトウッドはすでに、『負債と報い』でもこの方法を試していると思われるので、これについては本書第七章で検討する。

七　日本での受容

カナダを中心に欧米ではアトウッドについて数多くの批評が書かれている。作家はその理由についての回答を避けているが、これほど多くの人が批評を書きたがるのは、いったいなぜなのだろうか。ひとつには、アトウッド作品のもつ並外れた多面性のどこかが各人の心の琴線に触れ、それぞれの読者を惹きつけるのだろう。

彼女の作品世界には、カナダの歴史、ポストコロニアリズム、フェミニズム、現代文明批評といった多彩なテーマが、ポップカルチャー、ヴィジュアルな素材（絵画、パッチワーク、衣装）、ゴシック小説、おとぎ話、神話や詩の技法など、さまざまな要素を導入し、表現されている。批評論文を読んでみると、評者はその幅広い多様な要素のなかから、自分の関心に引きつけて考え、ぜひ論じてみたいと思う身近なテーマを各自がそれぞれに見出している。そして、各々のテーマをさらに掘り下げて綿密に論じているために、多くの個性的な批評が書かれ、ネットワークが構築されているという状況を生み出している。

これらの批評の出版状況について、一九九一年にはジュディス・マッコウムらによって、一九六一年から一九八八年までの書誌が編まれ、二〇〇七年にはシャノン・ヘンガンらによって二〇〇五年までの書誌が編集されている。[45] しかし、このような海外における批評活動の盛況にもかかわらず、日本ではまだまだアトウッドの作品についての論文や批評書はその数が少ない。研究論文は次第に発表されてきているが、とくに長編の作品についての研究が待たれている状況である。アトウッドの作品はポストモダンの形式を取っているので、とても刺激的ではあるが、同時に難解でもある。しかし、日本人が読むことで、また、欧米の批評家とは違ったアプローチができるかもしれない。本書では欧米の文化に対する比較文化的な視点も取り入れながら、カナダを代表する作家の長編小説を読み解く。

註

（１）Earl G. Ingersoll ed., *Margaret Atwood: Conversations*（Princeton: Ontario Review Press, 1990）67. アール・イン

ガソル編『カンバセーション――アトウッドの文学作法』加藤裕佳子訳（松籟社、二〇〇五）を参考にした。

（2）Rosemary Sullivan, *The Red Shoes: Margaret Atwood Starting Out* (Toronto: HarperCollins, 1998) 25.

（3）Margaret Atwood (a), "Great Aunts," *Family Portraits: Remembrances by Twenty Distinguished Writers*, ed. Carolyn Anthony (New York: Doubleday, 1989) 4.

（4）Margaret Atwood (b), *Negotiating with the Dead: A Writer on Writing* (Cambridge: Cambridge University Press, 2002) 5-6.『死者との交渉――作家と著作』中島恵子訳（英光社、二〇一一）七。

（5）Sullivan, 114-15, 121.

（6）Sullivan, 129.

（7）Sullivan, 127.

（8）孫崎享『カナダの教訓――超大国に屈しない外交』（PHP研究所、二〇一三）一〇九―一〇。

（9）Sullivan, 123.

（10）堤稔子『カナダの文学と社会――その風土と文化の研究』（こびあん書房、一九九五）二八。

（11）加藤裕佳子「訳者解説」マーガレット・アトウッド『サバイバル――現代カナダ文学入門』（御茶の水書房、一九九五）三二四。

（12）Nathalie Cooke, *Margaret Atwood: A Biography* (Toronto: ECW Press, 1998)

（13）Sullivan.

（14）伊藤節編著『現代作家ガイド5　マーガレット・アトウッド』（彩流社、二〇〇八）

（15）Margaret Atwood (c), *Cat's Eye* (1988; New York: Anchor Books, 1998) 73. マーガレット・アトウッド『キャッツ・アイ』松田雅子他訳（開文社出版、二〇一六）八三。

（16）Sullivan, 25.

(17) MASTERCLASS, 'Margaret Atwood Teaches Creative Writing,' https://www.masterclass.com/classes/margaret-atwood-teaches-creative-writing 二〇二〇七月一七日アクセス。
(18) 加藤「訳者解説」三二五。
(19) Cooke, 44-5.
(20) Sullivan, 9.
(21) E. M. Forster, *Aspects of the Novel* (1927; New York: Penguin 2005).
(22) Ingersoll. インガソル。
(23) Ingersoll, 43. インガソル、四一。
(24) Ingersoll, 53. インガソル、五七。
(25) Ingersoll, 47. インガソル、四六。
(26) Ingersoll, 217. インガソル、二三六。
(27) Ingersoll, 181. インガソル、一七一―七三。
(28) Margaret Atwood (d), *Second Words: Selected Critical Prose* (Toronto: House of Anansi Press, 1982) 346.
(29) Margaret Atwood(e), *Survival: A Thematic Guide to Canadian Literature* (1972; Toronto: McClelland & Stewart Ltd, 2004)
(30) 大社淑子『ドリス・レッシングを読む』(水声社、二〇一一)二五。
(31) Doris Lessing, Paul Schuster ed., *A Small Personal Voice; Essays, Reviews, Interviews* (New York: knopf, 1974) 25.
(32) Ingersoll, 217.
(33) 高柳俊一「訳者解説」ノースロップ・フライ『創造と再創造』(新教出版社、二〇一二)一二〇―三二。
(34) 高柳、一二五。

(35) ピーター・L・バーガー『聖なる天蓋――神聖世界の社会学』薗田稔訳（一九六七、新曜社、一九七九）三四―三九。

(36) バーガー、四二。

(37) バーガー、五九。

(38) フライの批評は「原型批評」と呼ばれているが、神話に注目しているために「神話批評」と呼ばれることもある。厳密に言えば、「神話批評」とは、アメリカの批評界でニュー・クリティシズムに対抗して一九世紀末から二〇世紀前半にかけて盛んになった批評方法であり、フライの「原型批評」とは異なる批評理論である。

(39) 前田昌彦「N・フライの批評理論の展開」ノースロップ・フライ『教養のための想像力』江河徹・前田昌彦訳（太陽社、一九六九）一七五

(40) 斎藤英治「訳者あとがき」マーガレット・アトウッド『侍女の物語』（早川書房、二〇〇一）五六六。

(41) ポール・ヴァレリー『精神の危機　他十五編』恒川邦夫訳（岩波書店、二〇一〇）四二―五三。

(42) マーガレット・アトウッド『死者との交渉――作家と著作』中島恵子訳（英光社、二〇一一）一七二。

(43) 日本語訳については、マーガレット・アトウッド『サバイバル――現代カナダ文学入門』加藤裕佳子訳三四―三八を参考にした。

(44) Susanna Moodie, *Roughing It in the Bush* (1871; Create Space Independent Publishing Platform, 2015)

(45) Judith McCombs and Carole L. Palmer eds. *Margaret Atwood: a reference guide* (Boston, Massachusetts: G. K. Hall, 1991), Shannon Hengen and Ashley Thomson eds. *Margaret Atwood: A Reference Guide 1988-2005* (Lanham, Maryland: The Scarecrow Press, 2007)

第二章　女性たちの絆の回復——『キャッツ・アイ』

アトウッドの七作目の長編小説『キャッツ・アイ』[1]は、第二次世界大戦中から戦後にかけてトロントのイギリス系カナダ人社会で成長し、結婚後母親となり、さらに芸術家として自己実現を成し遂げた一人の女性の壮絶な生き方が描かれた作品である。アトウッドと同じ頃に生まれた設定のヒロイン、イレイン・リズリーは作家アトウッドの分身と思われる。しかし、アトウッドは『キャッツ・アイ』の著作権記載のページに、「警告の貼紙」を貼りつけている。「これはフィクション作品である。その形式は自叙伝であるにもかかわらず、これは自叙伝ではない[2]」と。

一方、インガソルは「この小説には初期のアトウッドの体験や彼女の意見が随所に含まれ、『偶然の一致』さえも驚くべきものになってしまうほどだ」と述べて、アトウッドのこの警告を「ポストモダニズム作家の『戯れ』」であるとしている[3]。いずれにせよ、この作品にアトウッドの経験の多くが盛り込まれていることは、インガソル編集の『カンバセーション』における多くのインタビューによっても明らかになっている。この小説では、冒頭から幼い女の子たちの間でエスカレートしていくいじめの残酷さが読者の関心を引くが、次第に、科学者を父にもつイレインが、なぜ科学者ではなく芸術家になったのかが明らかになる。

一　はじめに

アトウッドはリンダ・サンドラーとのインタビューで、「フィクションのアイデアなど想像以上に代数学に近い」(4)と述べているが、とりわけこの小説では、身近な人たちから受けたいじめについて被害者が語るというストーリーの客観性と公平性を保つために、その外枠は極めて秩序正しく構成されている。人物間の関係を見ると、前半における子ども時代ではイレインが友人のコーデリアにいじめられるが、後半では、成長したイレインが精神的に苦しむコーデリアを見捨てるという対称的なプロットの運びになり、一方的にいじめる側を糾弾するという姿勢は見られない。むしろ、自分も簡単にいじめる側に回ってしまうという弱さが示されている。

前半では、主人公は裏庭での穴埋め事件と渓谷での仮死体験という二度の苛酷ないじめに遭遇する。後半では友人の中絶事件に加え、離婚後みずからも自殺未遂事件を起こし、それぞれ前半後半の山場をなしている。このように、構成は均衡が取られ、さらに、宇宙物理学の「統一場理論」という科学的概念と、それと対照的に、聖母マリアの顕現という宗教的で神秘的な現象が導入され、バランスが図られている。(5)また、各章の題名はおおむねイレインの個展に飾られた絵の題名と呼応し、その章の内容を提示するという統一性が見られる。

『サバイバル』では、カナダ女性の表象を「氷のような女性像」と表現しているが、アトウッドの小説でも、女性同士の関係が冷たいという評価がある。技巧性、論理性を駆使して作りあげられた小説の枠組みのなかで、登場人物の性格や人間関係を読者が温かな共感をもって受け入れることができるかどうかは、創作上の大きな問題となってくる。本章では女性たちの関係性を中心に、いじめとそのトラウマからの脱却、女性芸術家の自己形成、許しと和解について検討したあと、人物像の造型について考察する。

二　幼少期のいじめ

第一部から第九部まで小説の大半を占める前半部は、幼い日に友人たちから受けたいじめと、極限までそれに耐えた苦しみ、さらにいじめからの脱却が描かれている。また、その裏で女の子たちを操っている大人の女性たちの心理と行動が次第に明らかになり、彼らに対する怒りは、回顧展の作品のなかでまるで爆発しているかのような印象を与える。そして、中年を迎えたイレイン／アトウッドは、これまで制作した絵画を鑑賞しながらみずからの芸術的達成の道筋を振り返り、いじめの後遺症である憎しみの連鎖を克服し、芸術家として自己の限界をさらに切り拓いていこうと決意する。その意味で、この作品にはアトウッドの文学を読み解く重要な鍵が潜んでいる。

二―一　いじめの背景

小説の幕が開くのは第二次世界大戦前後のころである。イレインの父親は森林昆虫学者として、夏の間、家族とともに森のなかを移動しながら研究生活を営んでいた。イレインが八歳のときに父は大学に職を得て、一家はトロントに定住する。自然のなかでまるで野性児のように自由に育ったイレインに、制度に順応する女性の生き方を押しつけてくる共同体の圧力が、女の子たちの残酷ないじめとなって彼女を苦しめる。幼いイレインは森のなかから出てくるとすぐに、トロントの日常生活に貫徹している、ジェンダーを巡る性の政治学の展開に巻き込まれたのである。

けれども、主人公は当初、幼少期にいじめに遭った体験を、社会や政治に関連したことではなく、あくまでも個人的な出来事として捉えていた。そして、他人を肉体的、心理的に虐待することがもたらす負の連鎖を断ち切る必要性を感じる。虐待する心理は、闇の分身としてすべての人間が共有していると考え、ひとつの人格のなかでこのふたつを統一する理論を求めている。いわば、愛憎の両極に和解の橋をかけようとして、心理的な「統一場理論」を求めるのである。

冒頭のエピグラフに、宇宙物理学者のスティーヴン・ホーキングの言葉が引用され、相対性理論と量子力学を結びつけた彼の新しい宇宙論すなわち統一場理論が、作品の重要なテーマとして提示される。主人公は天文学や物理学の論理的な考え方を用いて、感情的で個人的な問題を昇華させようと必死で努力する。父は昆虫学者で兄は宇宙物理学者というイレインの一家は、科学的な思考法を生活の指針にしているが、トロントの社会の宗教的な圧迫に太刀打ちすることができない幼いイレインは、神秘主義の助けによって、ようやく窮地を脱することができる。

イレインが小学校に通い始めたのは第二次世界大戦後で、子どもの目から見た、そのころの社会的状況が明らかになる。たとえば、小学校低学年で、イレインは物事が昨年よりずっと英国的になっていると書いている。大戦後は、世界の覇権がイギリスからアメリカに移っていくが、その過程でイギリス帝国の植民地引き締め政策が実施されたのか、あるいはアメリカと国境を接するカナダが新興のアメリカに脅威を感じ、イギリスに寄り添う政策を取ったのだろうか。ともあれ、植民地支配の末端で、イギリス帝国への忠誠を子どもたちに熱心に強要するのは、女性の教師たちであり、むち打ちなどの過酷な体罰も辞さない構えである。一方で、教会の教えを子どもに厳格に守らせようとするのは家庭の主婦たちである。女性たちのこのような釈迦力な行動を描く第三章は、イギリス帝国を末端で支えるのは女性たちであるという意味で、「ブルーマー帝国」というタイトルがついている。

第六章では、当時のエリザベス王女夫妻が植民地カナダを訪問するシーンが描かれている。熱狂する観衆に交じり、いじめに苦しむイレインは、王女に何とか自分の苦境を救ってもらいたいと車の前に身を投げることを想像する。しかし、本国の王室から救いの手が差し伸べられるどころか、実際にはみずからの死を意味するだけだと悟り、思い止まっている。

イレインの家族は、森のなかをキャンプして回っていたので、遊牧民のような特異な生活スタイルであった。家族自体が共同体のなかで、周縁的な存在であるが、意に介することはなかった。父親は研究者なので、ビジネスに携わっているイレインの友人の父親たちとは、服装からはじまり、価値観、さらには生活レベルにおいてもかなりの差がある。父親をはじめとして家族は教会には行かないし、物質的、経済的には恵まれているとはいえないが、もともとそれらに大きな価値を置いているわけではないのだ。

そのような父と生活をともにする母親も、当時としてはかなりユニークな女性である。買い物、縫い物などの家事よりも、スケートをしたり、落ち葉を掃いたりという野外での活動に関心があり、周りの人が自分のことをどう思っているかにまったく無頓着である。

……私の母は、家の中でだらだらと家事をすることはない。それより、秋には外で落ち葉を寄せ集め、冬には雪を掻き、春になると雑草を抜いたりしたいのだ。（一五七）

このような両親は一九四〇年代から五〇年代のトロント郊外に住むカップルとしては、極めて自由で民主的な気風の家庭を営んでいた。しかし、初めて友達ができ、友人関係を何よりも優先するようになったイレインは解放的な母親を、子どもっぽいと感じ、友人たちの母親と比較し、否定的な意見をもつようになる。

イレインは学校でキャロル、グレイス、コーデリアという三人の女の子と友だちになるが、彼女らの家族は郊外に住む裕福な中流家庭で、日曜日にはそろって教会の礼拝に通う熱心なイギリス国教会系の信者である。父親は家庭外の仕事に従事し、母親は専業主婦として家事にいそしんでいる。

父親たちのなかでは、イレインの父だけが子どもの生活のなかで見える存在である。友人の父親たちは、昼の世界では「見ることができない」が、夜になると帰ってきて絶大な権力を振るう。子どもの目から見ると、家父長的な父親たちは「闇の帝王」「魔王」ともいうべき、恐ろしく強大な存在である。

……キャロルは父親からお仕置きだと言って、ベルトのバックルがついた方で、お尻を裸にして叩かれたと言う。……

この証拠を、キャロルのお父さんの上品なキャンベル氏と結びつけるのは難しい。……でも父親たちと彼らのやり方は謎に満ちている。……私の父以外、みんなの父親は昼間は姿が見えない。昼間の時間は母親が支配している。しかし、夜になると父親たちが現れる。暗闇が、本物の、言葉にできないほどの力を持つ父親たちを家へ連れて来る。彼らには目に見える以上の力があるのだ。だから、私たちはベルトのことを信じる以外はない。（二一五）

このように、キャロルの父とグレイスの父が子どもたちに対して体罰を行なっていることが明らかになる。さらに、コーデリアも家族のなかで、姉たちと比べて才能がない子どもとして疎外され、その負の連鎖が仲間に対する子どもたちのいじめを引き起こしている。ベサン・ジョーンズ(6)やモリー・ハイト(7)が指摘するように、家父長制の家庭で父親から暴力にも勝る言葉による虐待を受けたコーデリアは、父親の言葉をそのままイレインに投げつける。コーデリアたちのいじめは、一九四〇年代のトロントのイギリス系の家庭における抑圧の連鎖的現象であるといえよう。

二―二　大人の女性たちの関与

科学者の家庭であるリズリー家の人々は教会には通っていなかったが、イレインはグレイス・スミースに誘われ、教会へ行き日曜学校に参加する。スミース家は、夫人の姉が中国で伝道していたという宗教に極めて熱心な家庭で、宗教教育を受けてこなかったイレインを、まるで自分たちに預けられた無知蒙昧な孤児であるとみなし、彼女を躾けることが自分たちの義務だと考える。教会に行かないイレインの両親は、友だちの母親たちからは、まともな親とは見なされていないのだ。二階建ての立派な家に住み、ガーデニングをして花を飾り、宗教に極めて熱心なスミース夫人は、アトウッドの代表作『侍女の物語』の司令官の妻を思わせるところがある。両者とも、抑圧的な体制の末端で働くことを自己の使命と見なし、献身的に仕えるのだ。

女の子たちはイートンの通信販売のカタログから、さまざまな家庭の必需品を切り取って貼りつけ、消費を受けもつ将来の家庭の担い手として擬似的な家庭を作る練習をする。ここではカタログはうやうやしく敬意をもって扱われるが、イレインたちが森のなかを移動していたときには、カタログをトイレの紙として使っていたので、両者の生活信条の違いが象徴的に表されている。女性たちはカタログショッピングで、消費者としての役割を果たし、家庭には電気洗濯機など、家事労働を軽減する電化製品が普及し始めている。

第二次世界大戦後、消費社会を迎えたアメリカの郊外住宅に住む一九五〇～六〇年代の主婦の心理を、ベティ・フリーダンは『新しい女性の創造』[8]（一九六三）で明らかにしている。女性は専業主婦と母としての役割に囲い込まれ、女らしい生き方であるとして消費の女王にまつりあげられたが、しばらくすると、わけのわからない不満にうつうつとした日々を送るようになったとフリーダンは指摘する。第二次世界大戦中に、女性たちは従軍した男性に代わって社会進出し、能力発揮の場を与えられたが、戦後の社会は彼女たちを再び家庭へと押し戻し、かつ家庭を消費の場として位置づけた。[9]家庭における女性たちの生き方は、「アメリカン・ウェイ・オブ・ライフ」として称揚されたが、五〇年代半ば以降、豊富な物に囲まれて家事や育児に専念する女性たちの間で、精神安定剤が大流行し、反動として働く女性の数が増加した。このことは、このような家庭像の不安定さを暗示しているという。[10]

『キャッツ・アイ』では、それとほぼ同じころのカナダでの日常が描かれている。イレインが通う学校には、いまだに旧イギリス帝国の雰囲気が満ちあふれている。イギリス国王と王妃の肖像画が飾られ、学生の入り口も男女別々である。しかし、それと同時に、カナダもアメリカと同様に確実に消費社会へ移行している。[11] そして、とくに女性たちへの重い精神的抑圧が、女らしさの規範に著しく外れるイレインへのいじめにはけ口を求めたと思われる。家庭で消費者としてのみ注目される主婦、植民地で強大な父権をひきずっているように描かれる古い家庭像、それを支える熱心な宗教的慣習などが、女性たちを幾重にも縛っていることが強調され、幼いイレインにもうすうすそのことがわかってくる。

イレインに対するいじめ事件で何よりも問題なのは、子どもたちの虐待をスミース夫人とその姉がすべて知っていて、いじめを「あの子のためになる」と積極的にお墨付きを与えている点である。自分に対するいじめは大人の女性たちによって公認され、後押しされていたことを耳にし、イレインは激しいショックを受ける。しかも、夫人はいじめを神の罰であるといい、宗教を隠れ蓑にして虐待を正当化し、いわば小規模の魔女狩りの様相が垣間見えるのだ。

「いったい何が期待できるっていうの、あの家族に?」とスミース夫人が言う。……「他の子どもたちも感づいているのよ。みんなわかっているの」

「でも、子どもたちはあの子にちょっと厳しすぎると思わない?」とミルドレッドおばさんは言う。彼女の声は楽しみを待っているかのようだ。子どもたちが私にどれぐらい厳しくしているのか、知りたがっているのだ。

「神様の罰が当たっているのよ」とスミース夫人は言う。「自業自得よ」

熱い血のうねりが私の体中を駆け巡る……それはまた憎しみでもある。……それは乳房が一つでウエストがないスミース夫人の格好をしている、特別な形の憎しみだ。……

……私が憎んでいるのはスミース夫人だ。なぜなら私が秘密だと思っていたこと、私たち子どもしか知らないと思っていたことが、実はそうではなかったのだから。このことは前もって話し合われ、許可されていたのだ。夫人は知っていて認め、止めようとしなかったのだ。私がそうなるのは自業自得だと思っているから。

……

彼女の悪い心臓がまるで目のように、邪悪な目のように、体の中に浮かんで私を見る。（三三四―三三六）

このように、事件は単なる子ども同士の問題だけではなく、宗教や社会的背景に基づく女性観の押しつけであり、大人の女性たちのストレスの発散の場として、憎しみの負の連鎖が起こっている。ここでは、ハイトがいうように、個人的な出来事は政治的な意図をもつことが示される。女性たちは、文化的に構築された女性性という規律を内面化し、お互いに監視しているので、この共同体は、少ない運営者で多数の収容者を監督することができる、牢獄社会パノプティコン（全展望監視システム）に似ている。[12]

自分へのいじめに対し、「神様の罰が当たっているのよ……自業自得よ」というスミース夫人の言葉にショックを受けたイレインは、その怒りを絵で表現する。それは、ウエストがなく、片方の乳房だけのスミース夫人の姿である（一九九）。その奇怪な姿は、女性として完全な姿をなさず、片方の乳房だけでは母親としての愛情と機能が欠けていることを表象する。社会的抑圧に対するイレインの怒りは、体制そのものではなく、末端で体制の思想を実践する個人としての女性に向けられていき、女性と女性の対立が深まっていく。これがこの作品における女性同士の関係の特徴である。

イレインはいじめを受けたとき、無感覚なゾンビのような状態に陥ったり、自在に失神したりする能力を身につけ、苦痛を感じないようにして何とかサバイバルしていた。聖母マリアの助けを借りてようやくそこから脱出することができたイレインは、絵を描くことで、スミース夫人に怒りをぶつけていく。しかし、自分でも気がつかないうちに、夫人の言葉はイレインのなかでも内面化されている。後日、画学生になったとき、同級生のスージーが自分で中絶しようとして事件を起こした際に、イレインは瀕死の状態で横たわるスージーを見降ろして、「自業自得よ」と、ひとかけらの同情もなく冷淡につぶやくからである。このような規律の内面化によって、その教育効果がいかに恐ろしいものであるかが、如実に書き込まれている。そして、この連鎖からの脱却が、女性同士の絆の回復に不可欠なものとなっていく。

二―三　裏庭と渓谷での事件

子どもたちのいじめは次第にエスカレートしていき、その頂点に達するのが、裏庭での生き埋め事件と、渓谷での神秘体験である。前者は、コーデリアが自宅の裏庭に掘った穴に、黒いドレスにマントのスコットランド女王メアリーの扮装をさせられたイレインが、座らせられ閉じ込められたという事件である。メアリー女王がエリザベス一世に反逆した罪で処刑されたように、イレインは女の子たちによって、イギリス帝国の反逆者に仕立てられる。

……悲しみと裏切られたという思い。闇が私を押し潰すのを感じる。そしてぞっとする恐怖を。

穴の中にいたときを思い出そうとしてみても、その間、何が起こったのかあまり覚えていない。……穴の中にいたときの自分の姿が描けない。ただ、無でいっぱいの黒い四角な空間が、扉のような四角い形があるだけだ。おそらくその四角の中は空っぽだ。それはたぶん単なる印《しるし》に過ぎないもので、それ以前と以後と分かつ時間の標識だ。それは私が力を喪失した地点。（一三八―三九）

ブラックホールに閉じ込められたようなこの出来事は、幼いイレインにとって強烈な体験であった。「穴の中の闇と、恐怖と、強烈な屈辱感は、彼女の無垢の心と、他人への盲目的信頼を完全に失わせてしまう」のに充分であった。(13) その結果、イレインは自己を肯定していくよりどころを失い、まったくの無力感に襲われる。それは自我を破壊しかねないトラウマであったので、思い出さないように記憶のなかで、無意識の領域に押さえ込んでしまおうとした。ベラドンナを食すると、ゾンビになってしまうとコーデリアは言っていたが、思い出そうとすると藪のなかに、有毒なベラドンナが生えている情景が浮かんでくるようになる。精神的な苦痛を避けるために、何が起こったのかはっきりと想起できない、ゾンビのような無感覚になる心理的機制が働き、攻撃的な復讐心だけが残っていく。この体験はイレイン＝アトウッドの創造力の起爆剤となると同時に、彼女の心理を凍りつかせ、ゾンビのような状態にしてしまうのである。

そののちも執拗ないじめは続いていく。通学路にある渓谷は危ないので近寄ってはいけないと大人から言われていたが、厳寒の冬の日、コーデリアはその谷へイレインの帽子を投げ捨て、取ってくるように命じる。取りに行ったイレインは、川ですべって寒さと凍傷のために仮死状態になり、動けなくなってしまう。そのときに、聖母マリアが現れ導いてくれるという神秘的な経験をする（二〇八―九）。

イレインはこれまで、スミース夫人に対する反抗心から、教会が信奉するキリストではなく、聖母マリアに救いを求め、自分の願いを聞いてほしいと祈ってきた。父性ではなく、母性的な宗教を求めている。スミース夫人の片方の乳房に象徴される不完全な母性から逃れ、理想的な母性のシンボルである聖母マリアに必死で祈ってきた。マリアが助けに来てくれた神秘体験はイレインにとって大きな心の支えとなり、これ以降いじめグループに対して頓着しなくなる。すなわち、いじめグループのいいなりになるゾンビ状態から抜け出して、いじめを跳ね返す力を身につけたのである。このように聖母マリアによる救済などの宗教的要素さらにはホラー漫画のストーリー、子どものゲームや童歌などをプロットに導入することは、ノースロップ・フライの原型批評を実践しているといえる。

生死の境にあったときに顕現した聖母マリアは、その手のなかにイレインがお守りにしていたビー玉の「キャッツ・アイ」を捧げ持っていた。しかし、そのお守りには、雪の降るなかで、ガラスの容器のなかに入れられ、凍りついているようなイメージが与えられている。イレインはそれまでにも「キャッツ・アイ」が空で太陽のように輝いているところを夢に見ることがあった。だが、太陽と違ってそれはあくまでも冷たく、その冷たさに思わず目を醒ましてしまうというエピソードがある（二六〇）。

二―四　いじめからの脱却

母性を表象する「キャッツ・アイ」がこれほどまでに冷たいということは、イレインと母親との身体的ふれあいの欠如を感じさせる。実際に、母親がイレインのいじめによる心身症的な症状に気づかないのは、二人の間に身体的な親密さが欠けていることを示しているのかもしれない。イレインは爪を噛んだり、毎朝胃が痛くなって吐きたくなったり、足の皮膚をむしりとったりした自傷行為のあげくの果てに、心理的苦痛を感じないようにするために、自由に自分をコントロールして気絶できるほどになっているのに、その肉体的な危険信号に気づいてもらえない(14)。しかし、いじめについては母親もうすうす気がつき、どうすればいいかわからず、かなり悩んでいたようだ。

チンモイ・バネルジは、作品では母親に対する感情があいまいに描かれていると分析し、物ははっきり描かれるが、人ははっきりしない、とくに両親の心理的な存在が判然としないと述べている(15)。しかし、子どもたちは自分たちの問題を隠そうとするので、大人が的確に判断することは難しいところがある。

現実の女性たちのなかに母性を見出すことができないイレインは、マリア像に理想の母性像のイメージを重ねる。そして、再婚した夫とメキシコに行ったときに、自分のイメージにぴったり合ったマリア像に遭遇する。そのマリアは、「失われしものの聖母」という名前で、信者はマリアのドレスに自分が失くしたものの名前や絵をかいてピンで留め、戻して下さいと祈るのである。しかし、イレインは、自分が失くしたものが何なのかはっきりわからず、ただひざまずくばかりであった。抑圧した感情を意識のブラックホールのなかに閉じ込めているので、自己の全体像がつかめていないのである。イレインが失くしたものは、おそらくは幼い子どもが、母親や周りの女性たちから受ける母性的な温かさや身体的な接触であろう。

宗教や制度によって抑圧され、自己実現を阻まれている女性たちは、他人を、ときには幼い子どもを抑圧することで、そのストレスを発散させている。さらに、この作品では、コーデリアとイレインを巡り、吸血鬼のイメージが用いられている。吸血鬼にかまれた人間は、みずからも吸血鬼となって、その餌食を探すという連鎖が、いじめにおいても成立している。一〇年生になったとき、雪が降りしきる夕暮れ、二人は墓地で遊んでいた。イレインは、自分はじつはもう死んでいる。そして吸血鬼になって歩き回っていると脅かして、コーデリアを怖がらせる（二五五―六）。また、〈半顔〉というタイトルの、コーデリアを描いた絵には、白い布に覆われたもうひとつの顔が奥の壁に掛かっていて、イレインは「コーデリアになるのが怖い」（二四九）と思う。

このような負の連鎖に対する批判は、イレインの分身でもある兄スティーブンの、テロによる死のプロットに明確に示されている。天才的な宇宙物理学者となった兄は、近代合理精神および近代科学の枠といえるような存在である。しかし、はっきりとした言及はないが、どこか中東の国の空港で、乗っていた飛行機がテロリストの一団と思われる男たちにハイジャックされ、兄は犠牲となってしまう。「目には目をという報復主義、……極端な大義名分によって、彼は死んだのだ」（四二四）。世界に蔓延する復讐心の連鎖によって、不慮の死を遂げたのである。

この事件を契機にして、イレインはスミース夫人をモデルにした自分の絵に、激しい憎しみの感情があふれていることにあらためて気がつく。彼女は自分が描いたスミース夫人の目（アイ）になって、自分（アイ）を見てみると、確かに自分は批判されても仕方がないところがあると思う。「今、私は自分が見える。どことも知れないところからやって来たちりちり頭の浮浪児で、ジプシー同然の子である私。異教徒の父と、ズボン姿でほっつき歩き、野草を摘んでまわる無頓着な母を持つ女の子。洗礼を受けていない私は悪霊の温床だったはずだ」（五四九）。このようにみずから創造した芸術作品が、彼女自身の想像力を育み、それによって他人の心理を推し量る能力を獲得したのである。

彼女は、「『目には目を』を進めていけば、ますます見えなくなるだけだ」（五四九）と考え、復讐は憎しみしか生み出さないこと、スミース夫人もまた自分と同じように、どこからか強制的に移住させられたのかもしれないと思いを馳せる。イレインは長い間怨念を抱えて生きてきたが、ようやく許しの境地へと向かうのである。

二―五　複雑性ＰＴＳＤをどう克服するか

この作品に描かれているイレインのいじめ体験と、それが引き起こす身体的精神的症状は、近年注目を集めている心的外傷後ストレス障害（ＰＴＳＤ）に極めて似通ったところがある。

ＰＴＳＤが注目されるようになったのは、第一次世界大戦が多くのシェルショック（戦争神経症）犠牲者を生み出してからである。第二次世界大戦後になると、一九六〇年代末からベトナム帰還兵たちの神経症が問題になり、彼ら自身が「戦争に反対するベトナム帰還兵の会」を組織した。彼らは神経症の患者として扱われることを拒否し、自分たちだけで兵士としての誇りを維持しながら、精神的な傷を癒そうとした。彼らは勇敢な兵士として認められているが、戦場での恐怖がよみがえり、帰還後の無気力と自分を戦場に追い立てた者たちに対する憤りと徒労感に苛まれた。復員調査局が調査した結果、その症状は、一九八〇年にＰＴＳＤとしてアメリカ精神医学会の『診断・統計マニュアル第三版』に収録された[16]。このような、男性における精神的外傷の発見から、それまで女性だけの問題とされたレイプ被害、児童虐待、いじめなどにも光があてられるようになった。

ところが、ＰＴＳＤが対象としている戦争や災害後のトラウマと違い、家庭内暴力、児童虐待やいじめなどは、加害者に支配されているという状況で、継続的に被害にあう場合が多い。「そうした場合の影響は一回性のトラウマより複雑に人格に組み込まれて、子どもの場合は発達に深刻な障害をもたらす[17]」と分析されている。通常のＰＴＳＤの範囲を超えた、トラウマの蓄積によると思われるそれらの症状を、ハーマンは「複雑性ＰＴＳＤ」と呼んでいる[18]。

この作品におけるイレインの行動が、複雑性ＰＴＳＤの症状と似ているところを挙げてみると、自傷行動、自殺願望、自信と誇りの喪失（一一六）、過去の体験のなかに飛び込んでいくように心的外傷体験をありありと思い出すこと（フラッシュ・バック）などである。作品の冒頭で、時間の流れは直線ではないので、思い出すことは、水のなかに飛び込んでいくようなものであると宇宙物理学を援用した形で回想を定義しているが、じつは、トラウマによる「記憶の病理」的な現象を表現しているとも思われる。[19] ジュディス・ハーマンは、トラウマ的事件は犠牲者に、「侵入的回想、悪夢、再上演」などを起こさせるとしているからである。

しかし、ここで問題にしたいのは、いじめによって無力感、屈服感に打ちひしがれ、感覚のないゾンビ状態に陥ることで、かろうじて耐え難い苦しみを切り抜けようとしたイレインが、そこからどのようにして脱出することができたかということである。このことはいじめからの脱却を考えるうえで、大いに参考となる事例である。

精神科医の斎藤学は、トラウマ被害者の回復の道筋とその語りについて次のように述べている。

治療者は、この語りの中に語り手の三層の自己が現れては消えるのに注目している。三層の自己とは、（一）犠牲者であり続ける自己、（二）加害者を内面化した（心に取り入れた）自己、（三）保護してくれない親を内面化した自己、のこと……

犠牲者たちの初期の話の中に多量に含まれているのは「保護してくれない親の内面化」による絶望感と抑うつであり、「加害者の内面化」による自己蔑視、自己懲罰である。その結果として犠牲者は犠牲者であることを当たり前として語る「犠牲者であり続ける」存在となる。

犠牲者の語りの中に「自分を保護できる自己」（保護してくれる親の内面化）の存在を感じることに治療者は敏感でなければならない。[20]（傍線は筆者による）

治療の過程で、「自分を保護できる自己」すなわち、保護してくれる親を内面化することによって被害者は自己の誇りを取り戻し、成長への道をたどることになると斎藤は分析している。

イレインにとって、聖母マリアは保護してくれる親の内面的存在の象徴として、立ち現れてくる。そして、マリアの顕現は、いじめに痛めつけられた自己にとって、宗教的癒しとなっていく。

トラウマを克服した例として、斎藤はいじめを経験した男性の話を収録している。彼が自己救済のために取った行動は、結末でのイレインの行動によく似ている。彼は子どものころ、いじめを受け続けたあげく、図書室で女子生徒がいる前で、クラスの男子生徒から全裸にされたという経験をもつ。彼は思い出のなかの自分と次のような交流を行ない、立ち直っていく。

……ものすごくつらかった。……あのときの自分を放っておけない。そう思いました。

僕は、あの学校にまだ閉じ込められている。パンツを脱がされたまま、図書室に置いてきちゃった。大変なことをした。すごく自分に対して申し訳ないという気持ち、いても立ってもいられない気持ちがわいてきて、先週、田舎に帰ってきました。……

……学校を歩いて、僕は自分を踊り場のところから抱きかかえて、図書室へ行って抱きかかえて、閉じ込められていたトイレへ行って抱きかかえて、

「すまなかった、すまなかった。今日、連れて帰るから。今日、一緒に東京に帰ろう(21)」

保護者となった自己がいじめられた幼い自分を救い出す、このようないじめ体験者のトラウマ克服の道のりは、イレインが渓谷で、道に迷っているコーデリアのように見える女の子に「おうちに帰りなさい」という言葉をかけるシーンとよく似た経過をたどっている。このコーデリアのような女の子はイレインの自己像の投影である。いじめの最も過酷な時点に置き去りにされた子どもの自分を大人の自分が保護することで、自分に対する誇りが取り戻される。さらに、「鉄の肺」に閉じ込められていた自分をみずからが解き放つのである。

このように見ていくと、本書第一章で、「サバイバル」というアトウッド作品のキーワードはカナダの自然や昆虫の生活の観察から生まれたのだろうと述べたが、彼女にとって最も切実で過酷な体験のなかから生み出されたといえるだろう。アトウッド文学の中心的な主題として、「生き残ること」と「犠牲者意識」が挙げられるが、その原点はここにあるといえる。[22]

三　女性の芸術家として

『キャッツ・アイ』は、いじめの被害から立ち直ったイレインの、芸術家としての自己形成もうひとつの大きな課題であり、女性の芸術家小説である。芸術家小説といえば、イギリス文学でまず代表的な作品は、D・H・ロレンスの『息子たちと恋人たち』（一九一三）とジェイムズ・ジョイスの『若き芸術家の肖像』（一九一六）がある。イギリスでは、一九世紀半ばに市民の理想である「ジェントルマン」像を追求した教養小説が多数出版されたが、小説家が芸術家として自立していくにつれて、しだいに作家のアイデンティティ形成を描く芸術家小説へと展開していった。

一方、女性の手による芸術家小説を振り返ってみると、家父長制社会のなかで自立し創造的活動に従事する芸術家としての女性たちは、男性よりも遅れて出発し、さらに大きな困難に直面している。ジョイスと同様にモダニストであったヴァージニア・ウルフは、『灯台へ』（一九二七）で、みずからの分身的な芸術家、画家リリーの創作活動を描いた。ウルフはさらに『自分だけの部屋』（一九二九）で「年に五〇〇ポンドの収入とドアに鍵のかかる部屋を持つ[23]」こと、すなわち経済的自立と精神的独立を、女性小説家誕生の必要条件として掲げている。

芸術家小説は、一面では作家の自伝的小説でもある。批評家のキャロリン・ハイルブランは女性の自伝を分析し、メイ・サートンの自伝『独り居の日記』が出版された一九七三年を、近代女性の自伝における転回点と名づけた。ハイルブランによると、女性の自伝には「女らしさ」の神話に沿って理想化された人生が描かれることが多く、とくに、女性に禁じられていたのは、「怒り」「権力に対する欲望」と「自分の人生は自分で決めたいという欲求」を明示することであったという[24]。しかし、芸術家として自立する女性の真の姿を描こうとする小説では、必然的にこのタブーを犯さざるを得ない。時代が移り、これまでの作品では直視することができなかったみずからの怒りと苦しみを自伝で語り直し、カミングアウトしたサートンの作品は女性の自伝史におけるターニングポイントとなった[25]。

このようなハイルブランの自伝分析を視野に入れながら、『キャッツ・アイ』を読み返すと、作品の特色がはっきり見えてくる。小説には幼い日に友人たちから受けたいじめと、極限までそれに耐えた苦しみ、さらにいじめからの脱却が描かれている。また、しだいにその裏で、女の子たちを操っている大人の女性たちの心理と行動が明らかになり、彼らに対する怒りは、回顧展の作品のなかでまるで爆発しているかのような印象を与える。そして、中年を迎えたイレイン／アトウッドは、一連の絵を鑑賞しながらみずからの芸術的達成の道筋を振り返り、いじめの後遺症である憎しみの連鎖を克服し、芸術家として自己の限界をさらに切り拓いていこうと決意する。

この作品でイレインは三回も、[26] 死の瀬戸際まで追い詰められ、そのドラマから女性芸術家の誕生は生易しいものではなかったのだと、あらためて感じさせられる。そして、サバイバルしていく途上で、主人公は一種の心理的退行現象を起こしてしまう。いわば、イレインはお守りにしたビー玉「キャッツ・アイ」の冷たさのなかに引きこもり、絵画のなかにその怒りを爆発させることで、サバイバルしたのである。しかし、その後のイレインにとって最も重要なのは、いかにしてその退行現象を克服し、さらなる芸術的創造の発展にどう結びつけてゆくかという問題である。この自伝的小説の執筆にあたっては、アトウッドはおそらくそれまでの自作の問題点として、登場人物間の人間関係の冷たさを意識し、それを克服することでさらなる飛躍をめざしたと考えられる。

レッシングの『黄金のノート』（一九六二）では、女性作家の生活のなかで、男女の関係の在り方が重点的に描かれているが、『キャッツ・アイ』ではそれに加えて、女性同士の関係が抱える問題が焦点化されている。批評家のイヴ・セジウィックは、女性同士の関係性の探求は女性の「才能開花」のために重要であると考え、「女性同士の社会的絆」を結ぶことを「女の利益を促進する女」たちの関わりと定義している。[27] 彼女はさらに家父長的な制度のなかでは、制度に飼い馴らされることで利益を得る女性たちと、そこから自由に生きようとする女性たちの間に対立が生まれてくるので、一致した目標を設定し協力することは難しいと論じている。このことは本作品での重要な主題のひとつとなっていて、女性の芸術家小説のなかで新しい局面が展開されたといえよう。

イレインの絵画作品には、彼女が受けたいじめのトラウマが可視化され描かれているが、その怒りは、いじめを直接行なったコーデリアや、家父長的なコーデリアの父親に対してではなく、彼女を操っていたスミース夫人に向けられている。カナダの植民地の、イギリス系白人の社会で、抑圧的な生活を強いられる女性たちはみずから家父長制の代理人として、その規範を内面化し、他の女性たちを監視し管理しようとする。彼らの間には根深い反目が生まれ、抑圧の原因となっている家父長制に対し目を向けるのではなく、まずお互いが激しく対立している。この状況は『侍女の物語』でも明らかにされている。このような関係性を明らかにし、女性間の対立の様相を克明に描いていることが、この作品の大きな特色といえるだろう。

前述のとおり『キャッツ・アイ』の各章のタイトルは、イレインの回顧展の絵の題名から取られ、彼女が抱えてきた問題と怒りが、それらの作品によって明らかにされている。絵画のなかにいじめに関する彼女のＰＴＳＤの心理が可視化されている。このような視覚的なイメージ化と、自分の作品を鑑賞することがもたらした、イレインのスミース夫人の立場への共感は特筆すべき点である。芸術による身近な問題の客体化、それによる想像力の獲得と問題の昇華がなされたのである。

また、この小説では聖母マリアのイメージが重要な役割を果たしている。かつて幼いイレインが渓谷で目の当たりにしたマリアの像について、伊藤節はイレインが「自分の存在の聖なる領域に触れた」と述べている。[28] イレインと彼女の闇の分身であるコーデリアが統一され、許しの境地へとたどり着く際に、自己の聖的な部分が深くかかわってくるのだろう。嫉妬心や支配欲から生じた子どものいじめ事件とそれから生じたPTSDを克服しようとするなかで、人間性の聖なる部分に触れ、それによって力を得ていくことができた。そしてこの統合によって、アトウッドは芸術家として、さらに成長していくと思われる。

このように作品の方向性と作者の意図は、明確に表現されている。しかし、現実のイレインが他の女性たちとほんとうに親密な人間関係に入っていくことができるかどうかは、いまだ未知数である。バンクーバーに帰る飛行機のなかで、イレインは仲の良い二人の老女と同席するが、彼女は少し離れて傍観者として、彼らの姿を内心ややうらやましいような奇妙な心持ちで見つめている。

アトウッドと同じ世代のカナダ日系作家、ジョイ・コガワの『失われた祖国』（一九八一）と子ども向けに翻案された物語『ナオミの道——ある日系カナダ人少女の記録(29)』（一九八六）のなかで、非常に印象深い老婦人が登場する。日系カナダ人が、第二次世界大戦中に財産を没収され、バンクーバーから奥地へと追い立てられる「収容列車」のなかに、生まれたばかりの新生児を抱いた孤独な若い母親がいた。ナオミのオバサンはその母親を見舞いに訪ねていくが、一緒に行った老婦人が、突然スカートの下にはいていた腰巻を脱いで、洗っているのできれいだから、赤ちゃんのおしめに使ってくれと差し出すのである。収容列車に乗せられ、身の回りのものといえばほんのわずかな所持品しか持つことを許されていない極限状況のなかで、老婦人にとってはみずからのサバイバルを賭けた、あたかも聖母を思わせるような、究極の母性的な行為である。次世代のためにみずからの犠牲もいとわない、そのような行為が母性のシンボルとしてではなく、現実の行為として描かれていることは極めて印象的である(30)。

それに比べると、『キャッツ・アイ』では、登場人物の間の関りが概して冷たく、読者はイレインに対し、共感するのが難しいところがある。女性同士の関係性だけではなく、たとえば、兄スティーブンのテロリズムによる死の説明では、チンモイ・バネルジがいうように、事件の具体的詳細の説明と、物理学の理論によるその理由づけだけが先行し、肉親として兄を失った深い、直接的な悲しみの感情は実感をもって表現されているとはいえない[31]。

したがって、凍ったキャッツ・アイを溶かしていくことは、アトウッド自身の心理的な問題であるとともに、その作品世界のあり方に深くかかわってくる。理知的な構成の妙に加えて、心情に訴える面を掘り起こし、読者を作品世界へ誘い込む流れが必要なのではないだろうか。こうしたことから、アトウッドの作品で読者が作品のなかに引き込まれていく暖かい関係性が描かれるにはもう一歩が必要であるように思われる。

四　許しと和解への道——女性同士の絆の回復

イレインが女性たちと親しい関係を結んでいくことは難しい。彼女の二人の娘たち以外のほとんどの女性たちに対して、イレインは冷たいまなざしを投げかけている。それは、幼少時のいじめ体験の後遺症といえるだろう。

スージーの中絶事件の際に、瀕死の彼女を介抱しながら、イレインの心のなかの声がささやく「いい気味だわ、自業自得よ」（四三〇）と。この言葉は、前述のとおり、イレインがいじめられるのを見たスミース夫人が満足してつぶやいた言葉でもある。ここでも、心理的な負の連鎖が続いていることが示されている。また、ジョンとの離婚に悩んだとき、イレインは自殺未遂事件を起こし、死の淵まで追い詰められる。そのときにコーデリアの声が聞こえてきて、彼女はイレインに早く自殺するよう高圧的な口調でそそのかす。このようなことからも、女性同士の関係は分断され、敵対していることが暗示される。

さらに、トロントでの回顧展のためのインタビューにおいて、二〇代の女性新聞記者アンドレアに対して、イレインはコミュニケーションを拒絶したような受け答えに終始する。「あなたの服は変。あなたの作品はクズ」（二一六）と思われているのではないかと恐れ、流行の服装あるいは若さに対する劣等感と自信喪失のために、ほとんど答えにならないことを言って、若い記者を怒らせる発言を繰り返す。

この作品では鏡が重要な小道具として使われている。[32] たとえば、ホラー漫画のなかに、美少女とやけどの痕がある姉妹が出てくる。美少女に嫉妬した姉は鏡の前で首を吊り、霊が鏡に入っていく。しばらくしてやけどの子は鏡から出てきて、美少女の身体を乗っ取ってしまう。彼女の顔はきれいになったが、鏡には醜い顔が映る。美少女の恋人は、彼女を助けるために鏡を割ってしまう。また〈半顔〉では、コーデリアの外見と、白い布をかぶせられたもうひとつの顔が描かれている。イレインは外見とその内面を同じ画面に描き、ダブルを読者に意識させる。

鏡はフロイト心理学を受けつぐラカン派の精神分析理論で重要な役割を果たしている。『白雪姫』では、鏡は男性の視点から好ましい女性を評価するスタンダードの象徴である。この評価する鏡によって、女性は競争にさらされ、分断される。イレインが描いた鏡に映る醜い顔は、じつは鏡のスタンダードによって分断され、同性に対する嫉妬にかられた女性の内面を映しているといえよう。
　このような対立を乗り越えようとして、マドンナ・コルベンシュラーグは「シスターフッド」という言葉が表す、女性の「結束」の必要性について分析している。女性の社会的進出と能力発揮のために「シスターフッド」の重要性が最近は盛んに論議されているにもかかわらず、依然として男性は「結束」し、女性は「結束」しないと見られている。しかし、「現実と幻想を比べてみれば、男の結束神話も母性神話と同じくらい、過大評価されていることがわかる」とコルベンシュラーグは論じる。[33]さらに女性が社会進出すれば、それぞれの仕事の推進のためにシスターフッドが要求され、そしてそれは学習していくことができると結論づける。[34]
　一方、イレインはフェミニスト画家というレッテルを貼られているにもかかわらず、若いころに参加した女性たちの交流会に集まったフェミニストの女性たちに対して、次第に違和感を覚える。イレインはトラウマによる心の闇を抱え、フェミニストたちの「お話しグループ療法[35]」という会合に出席し、その体験をシェアしようとした。しかし、そこでは、男性に対する怒り、レイプ、暴力、差別など被害者である女性の怒りの発言が繰り返され、彼女たちの怒りは山を動かしそうな勢いで、イレインはその激しさにショックを受ける。このような怒りの発散はイレイン自身の芸術の原点でもあったので、そこからイレインの反省が始まっていく。
　しかし、「姉妹関係は、私にとって理解しがたい概念なのだ」（四六三）というイレインが、実際の生活のなかで女性との協力的な人間関係を作ることは難しく、あくまで一人で画家の道に邁進する。その様子は、彼女が描く雌ライオンの顔をした聖母マリアの姿で表現されている。ローリー・ヴィックロイは、神はスミース夫人にとって、サディスティックな老人のイメージかもしれないが、イレインは聖母マリアを現代女性として捉えていると解釈している。[36] マリアの絵をイレインは次のように描写する。

……私が描くマリアは青色のドレスに、いつもの白いベールをつけているが、その頭は雌ライオンだ。……ともかく、母親ということに関しては、美術史にある昔ながらの生気がなく面白味のないマリアより、この方が正しいように思える。私の聖母マリアは獰猛で、危険に対して敏感で、野生味がある。（四六三―六四）

このように、神秘的な女性性を表し、かつモダンな女性でもある聖母マリアは、同時に彼女自身の自己イメージにもなっている。したがって、渓谷で助けてくれた聖母も一面では自己像の投影であり、斎藤学がいう「自分を保護できる自己」（保護してくれる親の内面化）であると考えられる。

画家として次第に名を上げたイレインは、バンクーバーでもフェミニストの集会に招かれるようになる。しかし、女性の集会での「告白」や「分かち合い」などの活動や、多くのメンバーがレズビアンであるということになじむことができず、遠ざかってしまう。[37]

イレインがまだ駆け出しのころ、三人の女性たちと展覧会を開催し、彼女はスミース夫人をテーマにした作品を陳列する。《ライ病》《目・には・目・を》《白い贈り物》《猛毒のベラドンナ》（三八三）などであるが、夫人に対する憎しみがあふれ、絵の内容が言葉によって描写されるだけでも圧倒されるほどである。彼女の場合は他のフェミニストと違って、男性に対してではなく、女性に対して激しい怒りを感じている。しかし前述のように、次第にスミース夫人に対して許しの感情を取り戻していく。そして、世の中を見回してみると、だんだんと女性同士の友人をもつ人が増えてきていることに気がつく。女性同士の友情が結びやすくなってきて、イヴ・セジウィックが家父長制の権力構造の基盤と捉えている「男同士の絆――ホモソーシャルな欲望」に似た関係を女性もまた築こうとしつつある。

……彼女たちは皆、私よりもっと多くの友だち、もっとたくさんの親しい女友だちがいるようだ。私はこれまでこのことを、友だちがいないことをあまり考えたことがなかった。他の人たちも、私と同じだと思っていた。昔はそうだった。でも、今は違う。（四七二―七三）

芸術家として非凡な才能を見せるイレインは女性の生き方のロールモデルとしてまわりの女性たちから期待されている。女性同士の絆の核となっていく人物として、いろいろな集会に招待される。たしかに、フェミニズムの集会についてのイレインの批判は、ある程度妥当するところもある。男性から受けた苦しみの告白を強要し、レズビアンが女性にとって唯一可能な対等な関係であるというからだ。セジウィックは「女の利益を促進する女」の結びつきという「女性のホモソーシャルな絆」を結ぶ必要を説くが、男性の評価にさらされている女性たちは、共通の利益を見出すことがむずかしい。竹村和子が指摘するように、男性のホモソーシャルな欲望は制度化されているが、女同士の絆は「制度によって否定され、制度の隙間で構築される個別的で私的な出来事である」からだ。[38]

しかし、イレインが感じているように、時代は確実に変わりつつある。「男を許すことは、女を許すことよりはるかに簡単だ」（三五七）と言っていたイレインが、女同士の友情を築いていくことができれば、フェミニスト芸術家としての彼女は女性の新たな関係性の構築に資することができる。そもそも、いじめに対する告発を書き終えたら、次は何を画題にするのかというのは、画家としてのイレインにとって大きな問題であった。アトウッドにとっても長い間のトラウマを克服し、もっと大きな文学上のテーマと取り組む時期に差しかかっていたのだろう。

エドワード・サイードは『オリエンタリズム』（一九七八）のなかで、文学を含む芸術的表象は、社会的意識の形成に大きな貢献をすると論じた。[39] また、アトウッドのトロント大学での師であるノースロップ・フライについて、アトウッド自身が、彼は「想像力とそれを取り囲む社会の間につながりを創り出すことに貢献した」と述べている。[40] そこで、もし女性たちについて、肯定的な表象とイメージを創り出すことができれば、彼らの生き方に影響を与え、新しい女性観と新しい関係性を築くことができるかもしれない。その意味で、芸術は重要な役割を果たすことになる。

作家としてのアトウッドのその後の作品、『またの名をグレイス』においては、一九世紀の労働者階級の女性たちの連帯が取りあげられ、高い評価を受けた。その後『オリクスとクレイク』『洪水の年』では、女性の問題というテーマを越えて、地球環境問題がクローズアップされるなか、人類全体のサバイバルを焦点に、カナダという周縁での地域的な歴史体験を、グローバルな規模に広げ発展させている。このような流れを考えると、『キャッツ・アイ』は、作家としてのアトウッドがみずからの芸術的達成を振り返り、さらなる高みをめざそうとして、その作品の展開における大きな分岐点となったといえる。

五　まとめ

イレインはコーデリアを自分の隠された半身と捉え、長い間憎んできた彼女を許し和解することで、自我の「統一場理論」を完成する。バンクーバーに帰る前に、イレインは神秘体験に遭遇した渓谷にかかる橋を再び訪れる。ついに回顧展に姿を見せることなく、会えないままになってしまったコーデリア、彼女のような、あるいは自分自身を思わせる子どもの姿へ向かって、イレインは呼びかける。

……私は両手を広げて、彼女に言う。〈大丈夫よ。もう、お家に帰りなさい〉（五六九）

この言葉は、四〇年前に彼女が聖母マリアから言われた言葉と同じセリフである。

〈もう、家へ帰れるわ〉と（聖母は）言う。〈大丈夫よ。お家へ帰りなさい〉（二四九）

大人になり母性を内面化することのできたイレイン自身が、救いの聖母マリアとなって橋から同じ言葉をコーデリアへ投げかけ、二人の間で和解が完成する。イレインは小説の冒頭で、コーデリアが「鉄の肺」に入って病床に縛りつけられているのではないかと想像しているが、「鉄の肺」に入って瀕死の状態になっていたのは、じつは抑圧されていた彼女の半身だったのである。[41] したがって、ここでは抑圧されたみずからを解放し、二人の分身として表現された自我を統一することができたことを意味する。

そのことを裏づけるかのような飛行機内での仲のいい老女たちのイメージ、「二人の老女がお茶を飲み、くすくす笑ったりするような」（五七二）姿が示され、過去という時間への旅が完了する。自分たちの体験を容認し、そこから未来への道筋を明らかにする物語が語られたのである。このようにして、過去の苦しい体験に許しと和解という橋をかけ、トラウマから自己を解放し、さらに女性同士の結びつきをつないでいくことの重要性が示されている。

●●●●●●●●●●●●●●●●●●●●

註

（1）テキストとして、Margaret Atwood (a), *Cat's Eye* (Toronto; McClelland & Stewart Ltd, 1988) を使用した。なお、日本語については、『キャッツ・アイ』松田雅子、松田寿一、柴田千秋訳（開文社出版、二〇一六）を参照した。以下、本章における翻訳からの引用はカッコ内にページ数のみを記す。

（2）「警告の貼紙」とは、同書著作権記載のページの下方に、この作品は虚構であり登場人物と似ている人物があればそれは偶然にすぎないと、七行にわたる記載があることに対し、インガソルが名付けたものである。アール・インガソル編『カンバセーション――アトウッドの文学作法』加藤裕佳子訳（松籟社、二〇〇五）

一四。

（3）Earl G. Ingersoll ed. *Margaret Atwood: Conversations*（Princeton: Ontario Review Press, 1990）43-4. インガソル、四一。

（4）インガソル、四一。

（5）「統一場理論」という宇宙物理学の名称を使っていることは、小川洋子が『博士の愛した数式』（新潮社、二〇〇三）で、数学の「友愛数」を理想的な人間関係のイメージを表す言葉として使用していることに似ている。

（6）Bethan Jones, "Traces of Shame: Margaret Atwood's Portrayal of Childhood Bullying and its Consequences in *Cat's Eye*," *Critical Survey*（Vol. 20, Issue 1, 2008）29-42.

（7）Molly Hite, "Optics and Autobiography in Margaret Atwood's *Cat's Eye*," *Twentieth Century Literature*(Vol. 41, Issu 2, 1995）135-59.

（8）Betty Friedan, *The Feminine Mystique*（1963; London: Penguin, 2010）

（9）島田眞杉「五〇年代の消費ブームとそのルーツ——夢の実現と代償と」常松洋、松本悠子編『消費とアメリカ社会——消費大国の社会史』（山川出版社、二〇〇五）二一〇。

（10）島田、二一〇。

（11）堤稔子『カナダの文学と社会——その風土と文化の研究』（こびあん書房、一九九五）一七—二〇。

（12）Hite, 135-59.

（13）伊藤節編著『現代作家ガイド5　マーガレット・アトウッド』（彩流社、二〇〇八）二四〇。

（14）小川信夫『親に見えない子どもの世界』（玉川大学出版部、一九九二）

（15）Chinmoy Banerjee, "Atwood's Time: Hiding Art in *Cat's Eye*," *Modern Fiction Studies*（Vol. 36, Issue 4, 1990）513-

22.

(16) 斎藤学『封印された叫び――心的外傷と記憶』（講談社、一九九九）二八六―九五。

(17) 森茂起『トラウマの発見』（講談社、二〇〇五）一六四。

(18) Judith Herman, *Trauma and Recovery: The Aftermath of Violence – From Domestic Abuse to Political Terror* (1992; Basic Books; 1997)『〈増補版〉心的外傷と回復』中井久夫訳（みすず書房、一九九九）一八六―九一。

(19) ハーマン、五二―六一。斎藤、一六一―六三。

(20) 斎藤、三二一。

(21) 斎藤、三二九。

(22) 樋渡雅弘「アトウッド　マーガレット」『世界文学大事典』（集英社　ジャパンナレッジ）二〇一三年五月一〇日アクセス。

(23) Virginia Woolf, *A Room of One's Own* (1929; London: Penguin, 2004) 125.

(24) Carolyn G. Heilbrun, *Writing a Woman's Life* (1988; London: The Women's Press Ltd, 1997) 12-13. キャロリン・ハイルブラン『女の書く自伝』大社淑子訳（みすず書房、一九九二）

(25) May Sarton, *Journal of a Solitude* (1973; New York: Norton, 1992)

(26) 子ども時代に穴に埋められたこと、真冬の谷底での仮死体験事件、離婚後の自殺未遂の三つの事件である。

(27) Eve Kosofsky Sedgwick, *Between Men: English Literature and Male Homosocial Desire* (New York: Columbia University Press, 1985) Introduction.

(28) 伊藤節「記憶の中のブラックホール――『キャッツ・アイ』における「わたし（アイ）」」『東京家政大学研究紀要』第四六集（一）（東京家政大学、二〇〇六）八。

(29) Joy Kogawa, *Obasan* (1981; Anchor, Reprint, 1993), *Naomi's Road* (1986; Fitzhenry & Whiteside Ltd, 2005)

（30）ジョイ・コガワはこのエピソードは実際に起こった話で、日系カナダ人の間で語り継がれていた物語を採録したと語っていた（第二八回カナダ文学年次大会、二〇一〇年長崎大学で開催時のインタビューによる）。

（31）Banerjee, 513-22.

（32）Nicole De Jong, "Mirror Images in Margaret Atwood's *Cat's Eye*," *NORA : Nordic Journal of Women's Studies*（Vol. 6, No. 2, Scandinavian University Press, 1998）97-107 に詳細な分析がある。

（33）Madonna Kolbenschlag, *Kiss Sleeping Beauty Good-Bye*（New York: Harper & Row, 1988）51-53.

（34）東は「シスターフッド」は、女同士の連帯や緊密な結びつきを示すフェミニズム用語であるが、この概念の有する理念的な性格に当てはまらないような関係性を扱いにくいとして、「女性のホモソーシャリティ」という用語の使用とその有効性を主張している。東園子「女同士の絆の認識論――『女性のホモソーシャリティ』概念の可能性」『年報人間科学』二七号（大阪大学大学院人間科学研究科、二〇〇六）七一―八五。

（35）斎藤、二九一。

（36）Laurie Vickroy, "Seeking Symbolic Immortality: Visualizing Trauma in *Cat's Eye*," *Mosaic: A Journal for the Interdisciplinary Study of Literature*（Vol. 38, Issue 2, 2005）129-43.

（37）作品におけるフェミニズムに対する批判については、『キャッツ・アイ』が出版された当時に、フェミニスト作家たちから反論があった。Madeleine MacMurraugh-Kavanagh, *York Notes Advanced: Cat's Eye*（London: York Press, 2000）116.

（38）竹村和子「〈悪魔のような女〉の政治学――女の『ホモソーシャルな欲望』のまなざし」海老根静江・竹村和子編『女というイデオロギー――アメリカ文学を検証する』（南雲堂、一九九九）

（39）Edward Said, *Orientalism*（New York: Vintage Books, 1979）

（40）Margaret Atwood (b), *Second Words: Selected Critical Prose*（Toronto: House of Anansi Press, 1982）404.

（41）Ingersoll, 48. リンダ・サンドラーが行なったインタビューによると、子どもが旧式の酸素吸入用テントに入っていた場面の描写が五年生のリーダーの教科書に載っていて、アトウッドは今でもよく覚えているということである。このテキストは今思い返すと、ムーディの文章であったとアトウッドは回顧している。

第三章　犠牲者の立場を乗り越えて――『またの名をグレイス』

一九九六年に出版されたアトウッドの九作目の長編小説『またの名をグレイス』[1]は、現在のオンタリオ州リッチモンド・ヒルで一八四三年に実際に起こった殺人事件を取材して執筆されたアトウッドにとって初めての歴史小説である。いろいろな読みの可能性をもつ仕掛けが施された、ポストモダンの歴史小説を紐解いてみよう。

一　はじめに

スコットランドからカナダに移住した地主トマス・キニアとその女中頭で愛人でもあったナンシー・モンゴメリーが一八四三年にキニア屋敷で殺害されるという事件が起こり、使用人のジェイムズ・マクダーモットと女中のグレイス・マークスが犯人として逮捕され、裁判で死刑の宣告を受けた[2]。この事件における「セックス、暴力、下層階級の嘆かわしい反抗」といったセンセーショナルな事象の組み合わせは、当時からジャーナリズムの関心を引きつけた（五三七）。とくにグレイスが若く美しいということから、男に殺人を扇動した妖婦であるという見方と、うら若い無垢な乙女が脅されて凶悪な犯罪に巻き込まれ、共犯に仕立てられたというまったく違った見方が対立した。このふたつの見方は、ヴィクトリア朝の「薔薇と百合」[3]という二元論的な女性観を、犯罪行為の解釈に適用した結果である。

アトウッドは、スザナ・ムーディの著作『開拓地の生活』[4]をとおして、グレイスとその事件を知るようになった。ムーディはグレイスを殺人の主犯とみなし、キニアに恋しナンシーに嫉妬したグレイスが、マクダーモットをそそのかし二人を殺害させたという物語を作りあげていた。処刑の前夜、マクダーモットが弁護士に語った話を、彼の一人称の語りによって再現したからである。このようなムーディの解釈に対して、二〇世紀になってアトウッドが今度はグレイスに一人称で語る声を与え、再構成したテキストが本作品である。

この小説は冒頭から、グレイスは果たしてマクダーモットに殺人を唆したのか、あるいは脅かされて身の危険を感じ、しぶしぶ関与せざるを得なかったのか、その真相は何かというミステリーで、読者を惹きつけていく。そして、真相の解明のため、記憶を取り戻させようと催眠術がかけられたグレイスに、妊娠中絶で命を落とした女中として先輩のメアリーが憑依し語り始めるというクライマックスを迎える。その際に、メアリーの声が、殺人を犯したのは自分であるから、グレイスにはまったく罪はないと断言する。真相の解明を望んでいたミステリーの読者は、うさん臭い催眠術によってはぐらかされ、煙に巻かれてしまう。しかし、客観的事実による真相の探求が作品の目的ではないようなのだ。それでは、このようなオープンエンド的なプロットの運びから、いったいどのような読みの可能性があるのだろうか。

二　作品成立の過程

スザナ・ムーディの一九ページの報告をもとにして、一九九六年に『またの名をグレイス』という五三四ページの長編の歴史記述的メタフィクションができあがった。「歴史記述的メタフィクション」とは、歴史的資料をもとに、フィクションであることを読者に意識させながら、従来とは視点を変えて語りなおした歴史物語のことである。じつは、作家自身がこの小説執筆過程で、グレイスに対する見方を一八〇度回転させている。

まず作者は一九七四年に『召使の少女』というCBCのテレビドラマの脚本を手がけ、そのドラマが放映された(5)。このテレビドラマは四八分という短いものであるが、アトウッドはそのなかでムーディの見解に沿ったグレイス像を作りあげている(6)。グレイスは粗野といっていいほどの素朴な若い女性として描かれ、女中頭のナンシーが身に着けている高価なドレスや宝石をうらやむ一方で、その高圧的な態度に強く反発している。

グレイスにそそのかされたマクダーモットは、ナンシーを地下室へと続く階段でネッカチーフを使って絞殺する。その際に、彼はグレイスにもネッカチーフの端を引っ張らせ、実行の共犯として犯罪に巻き込んでしまう。その後、強い罪の意識に悩んだグレイスは狂気の兆候を表わす。当時は、狂人を見物に行くことが一種のセンセーショナルな娯楽として流行し、ムーディは実際にグレイスを見物している。

このテレビドラマ放映後、アトウッドは劇場で作品を上演するために台本を書くが、この企画は実現しないままに終わっていた。ところが一九九〇年代になって、アトウッドがスイスのホテルに滞在しているときに、突然キニア屋敷地下室の殺人現場にいるグレイスの姿が目の前に浮かびあがるという、いわば一種の啓示に打たれたような体験をしたという(7)。

おそらく、抑圧された人々の側に立つという創作の姿勢を取っていたアトウッドが、初めて歴史小説に取り組んだときに、そこには大きな問題があることに気がついたのであろう。歴史の闇のなかに消えていった名もない人々、記録として残ることのなかった人たちの生き方と主張は、取りあげられることもなくただ消えていくしかないのか。作品のなかで、アトウッドはグレイスに「書き残されたことが真実とは限らない」と言わせている。これらの思いが重なって、あるときアトウッドの脳裏にインスピレーションとなって閃いたのであろう。そのグレイスの姿をすぐに書き留めたアトウッドは、グレイスを主人公とする作品の創作に意欲を燃やした(8)。そして、作家自身のなかでグレイス観は劇的に変化していった。

しかし、残念なことには、犯人を究明することはできなかった。今となれば、事実に関してはわからないことだらけなのだ。筆者の研究グループは、二〇一二年九月トロントにおいてアトウッドにインタビューを行なったが、そこでも、彼女はこの事件の真相解明は不可能であることを強調し(9)、「事件にかかわった四人の人物のうち、三人は亡くなり、ただグレイスだけが生き残ったので、事件の真実を知ることは不可能なのです」と語った。それでは、この作品において真相の解明ではなく、何をめざしたのかが問題になる。真相解明がはぐらかされるというこの作品の結末について、ハイディ・ダグローチは一種のオープンエンドであるとして、アトウッドは読者の知りたいという欲望を操りながら、犠牲者が抑圧されている状況を前景化していると分析している。[10]

作品の各章で断片的に寄せ集められているテキストに統一感を与えているものは、まず第一に探偵小説のパラダイムである。そして、真犯人の追及が行なわれるけれども、結局真相はわからないので、読者は途中で探偵小説の型による読みを手放さなければならない。その代わりに、(一)精神科医のサイモンが殺人事件に巻き込まれそうになるサブプロットを、グレイスの殺人事件の詳細が再現された物語として読む、(二)行商人のジェレマイアをトリックスターと解釈し、その神話的、民話的語りをマジック・リアリズム(日常にあるものが日常にないものと融合した作品に対して使われる芸術表現技法)として読む、(三)催眠術での演技をメアリー・ホイットニーを騙った狂女の演出と考える、(四)女性の手仕事であるパッチワークの意匠の意味を読むなどが考えられる。本書ではこのような多様な読みの可能性を検討し、それらが織りなす重層的な意味を探っていく。

三　精神分析医サイモン・ジョーダンの創造

この小説でただ一人、虚構の登場人物として創造された精神科医サイモン・ジョーダンは、近代的で科学的な精神病院の創設を夢見ている。アメリカ、ニュー・イングランド出身でピューリタンの紳士であるサイモンは、カナダ人と対立的な人物であるが、精神医学を科学的に確立したいという野望を抱いている。

そのようなサイモンの、この小説における第一の役割は、グレイスにとって安心して自己開示のできる語りの相手になることである。マリアテレサ・ブランクが述べているように、[11]弁護士マッケンジーの優れた法廷戦術と弁論によって、グレイスは死刑を免れることができたが、そのために自分の立場を弁明することができず、「声を失った」状態に追い込まれている。マッケンジーが演出したグレイス像は、彼女はあまりに愚かすぎて殺人の共謀などとてもできないというものであった。そのために陪審員の同情を買うことはできたけれども、自分の言い分を裁判の記録として残してもらえなかったグレイスは、サイモンに対し「書き留められていたからといって、先生、絶対の真理ということにはならないんじゃないですか?」（下三四）と抗議している。

それでは、書き留められていない真実はどのようにして再現され、証明されるのか。これは文書として残っていない歴史的出来事の証明はいったいどうすればいいのかという問題に通じている。小説家にとって、それはまず一九世紀にさかのぼり、彼女に存分に語るチャンスを与え、その語りの全容を書き留めることである。作品では、そのあとマジック・リアリズム的なプロットによって、沈黙させられた本音の声をよみがえらせるという展開をとっている。これが、いわゆる歴史記述的メタフィクションの創造である。メタフィクションは、それが作り話であることを意図的に読者に気づかせることで、虚構と現実の関係について問題を提起する形式である。

マクダーモットを一人称で語らせたムーディの報告に対し、この小説ではグレイスに一人称の声が与えられる。フランツ・シュタンツェルは、一人称形式と三人称形式について分析し、その決定的違いは語り手の肉体性にあると述べている。(12) この作品ではグレイスだけが一人称で語るが、サイモンに対する語り、夢や記憶など「意識の流れ」的な記述が含まれ、それは全体の半分以上を占めている。読者はあたかも直接グレイスから語りを聞いているような肉体性と親密性を感じ、またそこから内面的な共感を得ることになる。三人称で語られるサイモンについての語りとは明らかに区別されている。

サイモンは呪術や迷信から抜け出て、科学的な精神医学を打ち立てようと野望に燃えている。しかし、結局彼は当時流行の心霊術や催眠術に翻弄されたうえに、下宿の家主ハンフリー夫人の捨て身の誘惑にさらされ、夫人が夫を殺害する事件に巻き込まれそうになる。当時の科学の進歩に夢を求めながら、怪しげな降霊会に振り回されるサイモンは、一面では「科学」が擬人化された寓意的な人物である。彼は逃げるようにキングストンを離れ、アメリカに帰国し、最後には、南北戦争で負傷し彼自身が精神を病んでいく。科学の先端をいくサイモンが、当時の流行である心霊術と、女性はあくまでも貞節で、性的な関心はまったくもっていないという、ヴィクトリア朝の独善的な女性観に裏切られていくところは、科学的であろうとしながら極めて非科学的な迷路に迷い込んでしまった時代思潮に対し、パロディになっているといえるだろう。

四　トリックスターのジェレマイア

この作品でプロット上の重要な出来事となっている催眠術や降霊会は、一九世紀後半に多くの人々を巻き込む時代の文化的・知的・感情的風潮となっていた。(13) 一八四八年、ニューヨーク州のハイズヴィルという村でフォックス姉妹が霊と交信したという事件が起こり、心霊主義はまたたく間にアメリカ・イギリスを席巻した。(14) フォックス姉妹はカナダのオンタリオ州ベルヴィルの近くで生まれ、ムーディも同じ村に住んでいたことから、彼女自身も心霊主義に傾倒するようになる。欧米を巻き込む流行的事象の発信源がカナダにあったのである。この現象は急速に進行する科学の発展に対して、当時の人々の心理が無意識のうちに抵抗を試みたといえるかもしれない。(15)

降霊会の霊媒は圧倒的に女性が多く、参加者は女性が多数を占めていたことも特徴として挙げられる。オッペンハイムによると、ヴィクトリア朝中期の中産階級の女性たちは、信仰の揺らぎに加えて、度重なる妊娠・出産や幼児の死亡、大家族を維持するための家事に縛られ、強いフラストレーションにかられていたという。家庭内降霊会はそのような女性たちに現実逃避の機会を提供したのであるが、そのなかでもとくに霊媒たちは、「距離を置いた観察者ではなく、展開し続けるドラマの演出者兼出演者」であったと述べている。(16)

このような雰囲気を如実に伝えるものが、ジェレマイアの「またの名」であるジェローム・デュポン博士がグレイスにかける催眠術で、メアリーの霊が出現する場面である。ヒステリー治療のためというデュポン博士の神経催眠術は、サイモンから見ると極めていかがわしいものである。しかも、このようなうさん臭さについては、何ヵ所か明確な伏線が張られているにもかかわらず、サイモンは催眠術にトリックがあると見破ることができない。

実際、グレイスの言葉は作品における催眠術の欺瞞性とパロディ性を明らかにし、劇的アイロニーを作り出している。

私はジョーダン先生を尊敬している……でも、ジェレマイアの傍らでは先生は憐れな間抜けにしか見えなかった。祭でスリに会ったが、気づかずにいる人のように。

私はと言えば、嬉しくて大笑いしそうだった。ジェレマイアが手品をして見せたからだ、まるで私の耳元からコインを引っ張り出すとか、……みんなの目の前で昔彼がそんな手品をして見せて、誰も見破れなかったように、ここでも同じことをした。みんなの前で私と申し合わせて、そして誰にも気づかれなかった。（下 一〇六）（傍線は筆者による）

ジェレマイアはもともと行商人であり、アトウッドは私たちのインタビューでその実在性を強調していたが、小説における人物造型には神話的原型のトリックスター、あるいは道化のイメージが重ねられている。(17) ジェレマイアが近所へやって来るときには、ぼろをまとった子どもたちの一団が鍋をたたきながら、彼のテーマソングを歌い、囃し立てながらまとわりつく。カーニバルに道化がやってくるのと同じような登場のシーンである。(18) 彼がパーキンソン家の台所へやって来ると、まるでパーティのような騒ぎが起こり、彼お得意の「お偉い紳士」の物まね、占い、手品を披露して、皆が大笑いしながら拍手喝さいした。このような芸当の場面が、実際に紳士になりすましたジェレマイアによって懲治監長の客間で再現されるのである。

催眠術の場面では、移民、労働者として犠牲者の立場に立たざるを得なかった植民地の女性たちの声を代弁して、グレイスがメアリーの声で語り始める。このようにして、女性たちの失われた声が取り戻されていく。この作品におけるトリックスターの役割は歴史において周縁化された者が、その声を取り戻すためのマジック・リアリズムを演じることである。

催眠術のセンセーショナルな場面が終わると、その直後、ハンフリー氏が帰宅することが判明し、ハンフリー夫人がサイモンを巻き込んで夫殺害計画を練る。催眠術による過去の殺人事件の再現にたぶらかされたような気持ちでいると、たたみかけるように、新たな殺人の計画が、サイモンを待ち受けている。ジェレマイアやグレイスとハンフリー夫人という社会的弱者が全存在をかけ、当時の知を代表するサイモンに対し、知恵を絞ったたくらみを仕掛けてくる。読者もすぐに読みの変更を迫られる。探偵小説的なプロットの真相解明が不可能であることがわかるとすぐに、その事件の繰り返しのような別のプロットが間髪を入れずに展開するのである。この凝縮された時間内で主筋と副筋がフーガのように繰り返される場面は、小説の山場を形成し、そのあとにカナダ政府の政権が労働者寄りの民主党に交代したのでグレイスが釈放され、アメリカにわたりそこで結婚するという大団円へとつながっていく。

「問題の設定・究明・解決」から成る探偵小説は、アリストテレスの「はじめ・中間・終わり」というプロットの三要素を明確に備えている。[19] このような直線的なパターンを、アール・インガソルは「男性的語りのパラダイム」と名づけている。[20] これに代わるものとして、語りの複数性に重点をおいた枠組みが考えられ、これらをマリアンヌ・ヒルシュは男性のナラティブ戦略に対し、女性的な戦略であると定義し、「解放戦略」と名づけているが、ヒルシュに倣えば、この作品は解放戦略の効果的な一例であるといえるだろう。[21]

五　よみがえる女性たちの声

移民、労働者、女性としての立場については、精神分析によるカタルシス療法的なやり方によってグレイスの苦しかった過去の物語が掘り起こされる。さらに催眠術の場面では、植民地の女性たちの声がメアリーによって代弁される。

グレイス一家のカナダ移住はアイルランドのジャガイモ飢饉の前であるが、兄弟姉妹九人という大家族の極貧の苦しい生活、酒飲みの父親、病弱な母親の早世、移民船での苦労など、典型的な移民の生活が描かれる。アイルランドからカナダへやってきた移民の代表的な例として、そのバックグラウンドが詳細に述べられている。はるばるカナダにやってきても、アイルランド出身であるということで当初から社会的差別を受け、キニア殺害事件の新聞報道では、アイルランド出身であることは犯罪的であるとまで書かれている。ここではイギリスでの差別的な構造がそのまま持ち込まれている。

……確かに私は北アイルランド出身です。でも、「被告人は両者とも本人たちの認めるところによるとアイルランド出身である」、と書かれたのは、実に不当だと思いました。まるでそのことが犯罪のようです。アイルランド出身が犯罪であるということが、私にはわかりません。でもそのように扱われるのをたびたび見てきました。（上　一三九）（傍線は筆者による）

労働者としてのグレイスの主な奉公先は、パーキンソン市会議員の家庭とキニア邸である。市会議員の家庭では、先輩であったメアリーとの友情や行商人を囲んでのお祭り騒ぎなど、労働の厳しさとともに、楽しい団欒の場面も描かれている。キニア邸に移ってからは、女中としての仕事に熟練したグレイスは、夏台所と冬台所を行き来しながら料理を作る。乳牛の世話やバターやチーズの製造、洗濯や清掃にいそしむ姿は、自然のなかで肉体的な労働に励んでいるすがすがしさが感じられ、トマス・ハーディの『ダーバヴィル家のテス』（一八九一）の牧場の場面を思わせるところがある。
一方、中産階級の女性たちは、その時代に純潔を過度に要求された結果、みずからのセクシュアリティを否定し肉体性を消し去るような生活を送らざるを得ない。淑女たちの服装は肉体を連想するものをできるだけ隠しているが、その中身もクラゲのように実体がないと形容される。

訪問客は、下に固い針金入りのクリノリンをはき、前にボタンが沢山ついたアフタヌーンドレスを着ている。……歩くとき、シュミーズと靴下以外、大きく膨らんだスカートの下の脚にあたるものは何もない。足を見せないで漂う、白鳥のようだ。あるいはうちの近くの岩だらけの港にいたクラゲのよう。まだ私が子供のころ、長くて悲しい航海をする前のことだ。鐘の形をしていて襞縁があり、水中で淑やかに揺れてきれいだった。でも浜に打ち上げられて陽に干されると、影も形もなくなった。淑女なんてそんなもの、中身はほとんど水。（上二一四）（傍線は筆者による）

日常生活のなかでは、このように空虚な身体の淑女ではなく、女性使用人の労働する肉体に男性たちが引き寄せられていく。その結果、グレイスにはセクシャルハラスメントが連続して起こっている。収監されてからは、医者、弁護士、牧師、官吏から、言葉によるセクハラ、また実際に肉体的な接触によるセクハラを受ける。さらに第三一章では、ステイルズが指摘しているように、通常ヒステリーの主な原因とされている幼児期の近親相姦の暗示さえある。[22]

サイモンがグレイスについて知りたいことは、彼女が語るのを拒んでいること、彼女が知ろうとさえしていないことであり、それを明らかにすることがヒステリーの治療につながると考えている。

……彼女は話すことを拒んだりは一度もしなかった。いや、それどころか、むしろ、たくさんのことを話して聞かせてくれている。しかし、自分で選んだことしか話していないのだ。彼が知りたいのは彼女が語るのを拒んでいること、彼女が知ろうとさえしていないことである。罪の認識であれあるいは潔白の認識であれ、いずれも隠すことができる。しかし、いずれ聞き出してみせる。鉤はすでにグレイスの口にかかっている。しかし、引き上げられるか？　底知れぬ深みから、光の下へと。深く青い海の底から。（下　一三三）（傍線は筆者による）

このような描写は、患者自身によるトラウマの抑圧を示唆している。『浮びあがる』に見られるように、アトウッドの作品で湖や海は無意識のメタファーとなっている。また、真実が海の底から浮かびあがってくると、同様のイメージが使われているので、トラウマは、被害を受けた本人さえも認めようとしないほどに必死で意識下に隠していることがわかる。

実際、窪田が論じているように、キニアとの間でもひそかに密通が行なわれたような暗示がある。[23]
グレイスが失われた記憶をたどっていくと、次のようなイメージが浮かびあがる。

……今はちょうど花の育つ時期。真っ赤な花々。サテンのような、ペンキをぶちまけたような光

沢を放つ真紅の牡丹。無の中から生える花。何もない空間と沈黙。（下九一）

それから夢のなかで、寝室の前の廊下で男女が言い争うような声がして、次に花びらが裂けてしまうイメージがうかぶ。

まあ、見てよ、見て、花びらがみんな裂けている、いったい何をしたの？（下九二）

……暮れゆく光のなかで白い牡丹が赤く輝いている。……肉屋に注文はないと言ったはずなのに、生肉の臭いが、地面から、そこいら中から立ち上っている。

私の掌には災いが刻まれている。……あの人が私に触れたとき、彼に不幸が移ったのだ。（下九二）

ここでは、キニアとグレイスの間には肉体的な関係があり、そのことがマクダーモットの怒りを招き、殺人事件へと発展していったのではないかと推測することができる。このように女性のヒステリーの原因の解明を求めて患者の無意識を探っていくと、性的な虐待が隠れていることが多く、蓋をされている支配階級の倫理性が、あらためて問われている。

ところで、アメリア・デファルコが指摘するように、この小説で子どもを産む女性の肉体がいとも簡単に死体へと変わっていく場面がしばしば言及される。(24) そのような場面で、水、すなわち湖や海のイメージがしばしば使われる。グレイスの母は度重なる出産で疲弊し、婦人科の病気で移民船のなかで亡くなり、シーツにくるまれて海のなかへ投げ込まれる。グレイスは母がシーツのなかで他の人に変わってしまい、その魂は成仏できず船のなかに漂っているのではないかと責任を感じている。一方、メアリーは中絶手術によって命を落とすが、グレイスが部屋の窓を閉め切っていたので、彼女も成仏することができなかったのではと後悔している。メアリーの生前、二人は一緒にウォルター・スコットの『湖上の麗人』（一八一〇）を読んで楽しんでいた。殺人事件の後、グレイスとマクダーモットがオンタリオ湖を渡ってアメリカに逃げていくとき、グレイスもこのヒロインと同じ境遇で終わることになるのだろうかと自身の運命を重ねている。

また、ナンシーもこの詩を好んで朗誦していた。婚外妊娠という事態に悩んでいるナンシーに、キニアはスコットランドでは、狂った女が「しょっちゅう海に身投げするんだ、だから女たちの溺死体で海がふさがって、船の航行に支障がでるほどなんだよ」（下 六二）と冗談を言う。それに対し、妊娠したことに苦しんでいるナンシーは、「旦那様にはまともな感情が欠けている」（下 六二）と批判する。ここでは、男女関係に関する支配階級の浅薄な倫理観が浮き彫りになっている。カナダでも婚外妊娠により苦境に立たされた若い女性が精神錯乱をきたし、海中へ身投げをするさまを、ムーディも「狂人」という詩で描いていることが紹介される（上 二六二―六三）。

ヴィクトリア朝では家庭婦人は百合のように純潔であるべきだと考えられていたが、一方で身を持ち崩して売春婦になる人が多かったことでも知られている。[25] 売春を精神病の一形態と見なす研究者たちがヨーロッパには数多くいるけれども、その矛盾した見解にサイモンは疑問を呈する。

……誘惑され、捨てられると、女性は発狂するとされる。しかし生き延びて反対に男を誘惑すると、こんどは元々頭がおかしかったとみなされる。サイモンは、自分にはそれはうさん臭い論理にしかみえないのだが、と言った。（下九七）

この作品では、美しい若い女性の死は、哀れを誘う文学的なテーマとして取りあげられているだけではなく、妊娠したメアリーやナンシーの死のように、実際、現実に起こっている出来事でもある。また、湖はアトウッドの作品では重要なモチーフである。アトウッドはインタビューのなかで、トロントはオンタリオ湖のすぐそばにあるし、カナダにはいくつも湖があり、身近なものだから、モチーフとして使っていると述べていた。アトウッドの初期の詩集『サークル・ゲーム』の最初の詩「これはわたしの写真」でも、はじめに湖の描写があり、湖の水面から少し下のところに人間のような影が見え、それは自分自身はすでに死んでいて自分が水死した日に撮った姿であると詩人はいう。一方、初期の小説『浮びあがる』は、ヒロインが「死んだものの漂う水中から生還」する物語であると解釈されている。自分の決断であたらしい生命を生みそして育てていこうと彼女は決意するが、その背景には、身投げするしかなかった一九世紀の女性たちの姿がある。

それは「とりも直さず女性の〈身体〉をみずからの手に取り戻そうとする決断[26]」であり、そのような決断を抱いて、ヒロインが湖からあがってくると読むことができる。しかし、それ以前の『またの名をグレイス』の時代には、女性たちは経済的自立も生殖の自己決定権ももたず、狂気に陥って湖に身を投げるしか途がなかったのである。

その当時、産業革命を成し遂げたイギリスは、世界に先駆けて資本制社会における経済や社会の体制を整えている途上であった。[27]その一大事業が近代家族の形成であるといわれる。産業革命以前は、夫とともに家庭で生産活動に従事していたブルジョワ階級の女性たちや、工場での労働へ新たに進出してきた労働者階級の女性たちを、「家庭の天使」というキャッチフレーズのもとに家庭へと押し戻し、男性家長だけを家庭の外で働く稼ぎ手とする家族の形態を再編したのである。そして、家庭での女性による育児と家事労働を、愛情に基づくかけがえのないものであり、それゆえに無償であると規定したとされている。その結果、女性たちは経済的な独立を果たせない立場に追い込まれ、扶養者として家長に依存することになる。[28]その成立の過程で、近代家族のイデオロギーの強化が図られ、女性の母性役割を強調するために、科学や文学が総動員されたという。この作品は、現代につながる当時のジェンダー体制を読者に実感させ、問題を浮かびあがらせているので、女性史の探求という点でも大きな意味をもっている。

このような転換点で繰り広げられた、「ヴィクトリア朝の女らしさの構築[29]」は、実際は資本制社会の経済体制を支える近代家族のプロパガンダであったという側面をもっていた。一方、アトウッドは、この小説においてそれらの文化的な間テクスト性を縦横に駆使して、イギリスの影響下にある植民地カナダの生活で、どのようにジェンダーによる分断的な体制が固められているかを示した。このことは、アトウッドによる歴史記述的メタフィクションのひとつの目的である。[30]

カナダの中産階級の女性たちは、一九世紀のイギリスで築かれた女性像に自分たちを合わせようと苦心を重ねている。中年の女性たちは、精神的肉体的な抑圧のためもあって多くが心気症（ヒポコンデリア）を病み、医者にその症状を綿々と訴えたり、降霊術に夢中になることでなんとか病気を癒そうとしている。たとえば「女は生来背骨が弱く、クラゲのようで、縄で縛らないと溶けたチーズのように床に崩れこむ」（上九八）という当時の考えを、サイモンは軽蔑する。それは、彼がみずから携わった解剖で、労働者階級の女性の背骨や筋肉組織は平均的には男と同じで決して軟弱ではなかったことがわかったからだ。このようにサイモンは医者として、当時の女性観は解剖学的に虚偽の見解であることを指摘している。

この作品の各章の冒頭には、キルトの図柄とタイトルが示されていて、その章の内容が象徴的に暗示される。その後、エピグラフとして、ムーディの著作や、新聞による事件の報道で相反する内容が掲げられ、次に関連する内容のヴィクトリア朝文学から引用がなされている。それに続く本文は、主にグレイスが、サイモンに語る一人称の語りによって構成されている。したがって、エピグラフから明らかになる従来作りあげられてきたグレイス像と、彼女自身の語りを読者は対照しながら読み進めるという構成になっている。

その結果、読者はヴィクトリア朝の時代思潮およびムーディの作りあげたグレイス像と、アトウッドによるグレイスの声を比較対照するということになり、ポーターのいう「フラットな言説の場」に立たされる。つまり、支配的な声と従属させられた声を、同じフラットな平面上におき、支配的な言説と他者の声の位置関係を、読者がみずから探り、体感し、判断するのである。[31] しかし、結果的に一人称の語りの力により、グレイスの声が読者の共感を得る。その過程で、作りあげられたヴィクトリア朝の時代思潮のイデオロギー性と歴史性が明らかになっていく。

催眠術でよみがえるメアリーの言葉は次のように要約できる。「事件について人々の性的な関心が強い」「殺人事件ではメアリー・ホイットニーがグレイスに憑依していたのでグレイスは無実である」「精神病院では何でも話すことができたが、聞いてもらえなくて残念な思いをした」ことの三点である。この事件ではグレイスがマクダーモットの愛人であったかどうかが、人々の最大の関心事であったことが、サイモンの言動によって明らかになる。サイモンが代表する当時の人々の過剰な性的欲望がさらけ出されている。

また、グレイスは二重人格者で、彼女の狂気はメアリーが意識の表面に出てきたことに由来すると説明されている。女性の狂気については、一九世紀の女性作家は自分自身の怒りや不安を表現するために、自己の分身として狂女のイメージを創作し、それは男性のテキストから逃れたいという作者の欲望を実現していたと、サンドラ・ギルバートとスーザン・グーバーは分析している。(32) この説を応用するならば、作者は探偵小説という男性のテキストの型から逃れるために、メアリーに憑依された狂女としてのグレイスを作りあげたといえる。

六　女性労働者たちの連帯とパッチワーク

グレイスの先輩メアリーについては、アトウッドはグレイスのメンターとして、また分身的な存在としての女性像を作りあげた。彼女の性格について、グレイスは次のように描写する。

メアリー・ホイットニーはお茶目な娘で、とてもいたずら好きで、二人きりの時はきわどいことを口にしていました。しかし年長者や上の階級の人に対しては丁重なまでに控えめな態度を取りました。加えてきびきびと仕事をしたので、皆に好かれました。（上二〇四）

メアリーの健康的で、生き生きとした様子、ウィットに溢れてしかも礼儀正しいところは当時の中産階級の女性の病弱志向とは対照的な性格造型である。

さらにこの作品では、カナダ人のアイデンティティと考えられる資質、すなわち、自立と労働の尊重、民主的な平等主義が、彼女の言葉や生き方によって強調されている。「アダムが鋤で掘り、イブが糸を紡いでいたとき、一体だれが紳士だったの？」（上二一六）という意見の彼女は極めて民主的な考えをもっているが、「メアリーが階級に敬意をほとんど払わないのは、カナダ生まれだからだ」（上二〇四）とされる。「持参金を稼ぐために、若い娘が自ら職を得るのはこの国では当たり前」（上二一五）というメアリーの結婚観は、労働によって自立し、みずからの人生を切り拓いていこうとする姿勢を表している。経済的依存によって、男性にとって装飾的な存在になることを要請される中産階級とは違って、メアリーのように健康的な肉体で労働に励み、独立をめざす考え方が、カナダ社会の女性の生き方の根幹にあることを作者は示そうとしている。

前述のとおり、この作品では支配階級の文化である文学的テキストが当時の女性の生き方を示すエピグラフとして使用されているが、それに対する労働者女性の文化的遺産がキルトである。針仕事の成果であるキルトは女性の仕事のなかで、数少ない文化的表現として重要な役割をもっている。この技術は移民とともにヨーロッパから新大陸に伝わり、そこで開花する。[33] 一九世紀の女性たちはキルトのことを「絵文字の書籍」「アルバム」「日記」などと呼び、自分たちの生涯の雄弁な記録であることを自覚していた。近年女性史に対する関心が高まり、文字で残されたもの以外の分野に歴史の手掛かりが求められている。そのなかで最も重要視されているのがキルトであり、一九世紀の女性にとって針はペンの代わりになり、作品は表現力に富んだ文書となっている。[34] 各々の作品は女性たちの日常生活や家庭など個人的な世界に光をあて、「一人一人の生涯を儀式化し、個人に尊厳を与える象徴としての役割」と、「縫う作業と創造的表現を結びつけ、女性たちを一体化させる役割」[35]を果たしている。

また、キルトにはパッチワーク的に情報を結びつけるアトウッドのストーリーテリングの比喩としてのイメージもあることを、マーガレット・ロジャーソンは指摘している。[36] パッチワークはモザイクというカナダ社会の比喩も連想させ、そのうえにいろいろな事実や解釈が断片的に寄せ集められたものとする歴史の解釈にもつながっていく。[37] さらに、断片的なパッチワークをひとつの意匠にまとめていくのは、かなりの技量が要求されるが、これは詩における技法でもある。イメージをちりばめながら、キーワードで意味関係に結束性を生み出す詩人としてのテクニックを、アトウッドは小説においても遺憾なく発揮している。

メアリーとグレイスがリンゴをむいて、その皮の形で将来の夫の名前をあてる占いに興じる場面がある。グレイスは占いどおりの人物と結婚し、彼女が作るキルト「楽園の木」によって、作品の結末で楽園が回復されたことが暗示される。ここではカナダを「失われた楽園」すなわち「牢獄」と感じる劣等意識が克服されたといえるだろう。

初めて自分自身のためにグレイスが縫う「楽園の木」というキルトには、大きな木が一本ある。旧約聖書のエデンの園にある「命の木」と「知識の木」が統合され、「命のかよった知識」あるいは「知識によって生きる命」という新しいカナダの神話が創造されている。一本の木を構成する三つの三角形という表象によって、科学・自然、男・女という二項対立を乗り越えた新たな世界観がめざされている。三つの三角形の素材はメアリーのペティコート、グレイスの囚人用の寝巻、ナンシーのドレスの端切れという、三人の女性労働者たちの衣服の布地から成り立っている。「そうすることで私たちは一緒にいられるのです」（下三三七）という連帯のメッセージを発して作品は終わるのである。

このようにキルトのイメージを膨らませ、女性労働者たちの失われた声を再現することで、彼女たちが現代の女性たちにつながっていくことが示されている。小説のタイトルの『またの名をグレイス』というタイトルは、グレイスはメアリーの偽名であったという暗示があり、彼女が一九世紀カナダの女性労働者を代表するという意味が与えられている。さらに、グレイスとメアリーの生き方のなかに、労働者階級の自立と平等への志を描くことで、移民国家カナダの脱階級的な国民的意識を表現しようとした。新大陸の社会では、階級を超えて平等を主張する考えが広がっていて、メアリーは移民国家の市民としての意見を表明している。

……人はみな同じで、海のこちら側では、人は誰を祖父に持つかではなく、勤勉な働きによって出世するの、そしてそうでなければいけないのよ……（上二一五）

一方、本国イギリスでは、科学の合理主義を支えにして産業革命を興し、台頭することができたヴィクトリア朝の中産階級は、自分たちが社会の大勢を占めるようになっても、相変わらず階級上昇志向であった。歴史学者のG・M・ヤングは、ヴィクトリア朝に勃興した中産階級は独自の文化と思想をもっていたが、その独自性はやがてジェントルマン教育を通じて、貴族・ジェントリーの文化に取り込まれてしまったという。[38] 新しい思想をもっていたはずの中産階級が、従来の保守的な価値観に戻っていったのである。しかし、カナダでは宗主国から離れた「辺境性」「周縁性」「他者性」を生かし、植民地独自の民主的なアイデンティティの形成がなされたという作者の認識が示される。

スザナ・ムーディが作りあげた、殺人事件の犯人としてのグレイス像、それに沿って創作にのぞもうとしたアトウッドの心の底にわきあがってきた疑念。それが、グレイスの姿をとってアトウッドの脳裏に浮かびあがってきたのだと思われる。そこから、多様な要素を取り入れたこの作品が生まれてきた。

この小説に、民話、神話、聖書のエピソードやトリックスター的な登場人物が取り入れられているのは、ノースロップ・フライの影響であるといえるだろう。文学作品は広義の神話であるというフライの理論を、[39] アトウッドは実践のなかに取り入れ、作品のインパクトを強めている。ポストモダニストのアトウッドが、モダニストであるT・S・エリオットやジェイムズ・ジョイスと同様に、作品の枠組みに神話的な物語を使っていることは興味深い。両者とも断片的な構成、あるいは意識の流れ的な、取りとめなく広がっていく言説に、普遍的な物語によって確固とした枠組みの型を与えているからである。

七　まとめ

歴史資料を縦横に駆使したうえで、フィクションであることを読者に意識させながら、視点を変えて物語を語り直したこの作品は、カナダの批評家リンダ・ハッチオンのいう「歴史記述的メタフィクション」の例であると考えられる。アトウッドは歴史小説を書く意義について、過去とは「過去を求め、積極的に過去を探り、今を生きる人たちのために過去に意味を満たそうとする人たちのものです。過去は私たちのものです。過去を必要としている人たちだからです」[40]と述べている。過去の見直しを必要であると感じるアトウッドは、パッチワーク的に過去の情報を並列することで、正史とされてきた歴史も構築されたものであることを示している。この作品でアトウッドが見出そうとしているものは、移民、労働者、女性の失われた声であり、彼らの歴史であり、それにつながる現在の姿である。

この作品の探偵小説的な枠組みにもかかわらず謎は解けず、主筋に加えて、複数の山場があることなどが、「男性的な語りのパラダイム」に対抗する女性的な語りの戦略の特徴を示しているといえる。犠牲となってきた女性たちの失われた声を取り戻すという内容を盛り込む器として、形式的にも女性的な語りのパラダイムが使用されている。

このように物語は殺人事件の解決という単一のプロットではなく、少なくとも四つの読みの可能性があることがわかった。過去の出来事を語ることは、事実を再編成し、再構築することなので、そこには語り手の価値観が入ってくる。したがって、事件についてはただひとつの正しい解釈があるわけではなく、複数の物語が存在し、現実はその重層性のあわいのなかにあると考えられる。

殺人事件の真相解明の過程で明らかになるのは事件の真偽ではなく、科学の発達、心霊術、メスメリズム、女性観など時代思潮の具体的な場における「言説、制度、権力のありよう[41]」である。真と偽、善と悪という二項対立で歴史に迫ろうとする世界観を、複数の立場から相対化し、犠牲者とされた人々がいかにしてその立場から脱却していくかが探求されている。

結末で、壁に囲まれた牢獄から出て、結婚し、子どもに恵まれるグレイスは、初めて自分のために縫うキルトの図柄のなかで、「知識の木」と「生命の木」を一本にし、知識と生命を統合する新しいカナダの神話を創造した。そして、それを支える女性たちの絆を強調した楽園回復のイメージが広がっていく。カナダの歴史的な事件について、このように多義的な読みの可能性がある作品を創造することで、カナダ人のアイデンティティの確立がめざされている。

註

（1）テキストとして、Margaret Atwood（a），*Alias Grace*（1996; London: Virago,1997）を使用した。なお、日本語訳については、『またの名をグレイス（上・下）』佐藤アヤ子訳（岩波書店、二〇〇八）を参照した。以下、本章における翻訳からの引用はカッコ内にページ数のみを記す。

（2）カナダの死刑廃止は一九七六年で、フランス一九八一年、イギリス一九九八年より早くなっている。

（3）佐藤アヤ子「真実とは時として、知ることができないもの——マーガレット・アトウッド *Alias Grace*」『英

語青年』一五一巻一一号（研究社、二〇〇六）二二―三。

（4）Susanna Moodie, *Life in Clearings versus the Bush*（1853; Charleston: BiblioBazaar, 2006）

（5）*The servant girl*. 筆者は二〇一一年にトロント大学ロバーツ図書館でこの作品のビデオテープを視聴する機会を得た。また、「アトウッド・ペイパーズ」を所蔵しているトーマス・フィッシャー図書館で、その台本にも目を通すことができた。

（6）*The servant girl* produced and directed by George Jonas, Canadian Broadcasting Company, 1974, videocasset, 48 minutes.

（7）伊藤節編著『現代作家ガイド5　マーガレット・アトウッド』（彩流社、二〇〇八）八四。

（8）Margaret Atwood (b), *In Search of* Alias Grace: *On Writing Canadian Historical Fiction*（Ottawa: University Ottawa Press, 1997）30-31.

（9）二〇一一年九月四日、平成二三年度科学技術研究プロジェクト『マーガレット・アトウッドのグローバル・ビジョン――サバイバル・地球環境・未来』の調査研究の一環として、筆者を代表者とする研究グループがトロントを訪れ、アトウッドに対しインタビューを行なった。

（10）Heidi Darroch, "Hysteria and Traumatic Testimony: Margaret Atwood's *Alias Grace*," *Essays on Canadian Writing*（Issue 81, Winter 2004）103-21.

（11）Marie-Therese Blanc, "Margaret Atwood's *Alias Grace* and the Construction of a Trial Narrative," *English Studies in Canada*（Vol. 32, Issue 4, Winter 2006）115.

（12）F・シュタンツェル『物語の構造――〈語り〉の理論とテクスト分析』前田彰一訳（岩波書店、一九八九）八一。

（13）Janet Oppenheim, *The Other World: Spiritualism and Psychical Research in England, 1850-1914*（Cambridge:

Cambridge University Press, 1984）1-4.

（14）Oppenheim, 59-158.

（15）一九世紀のイギリスの探偵小説作家コナン・ドイルも心霊術やオカルトに興味をもっていた。

（16）Oppenheim, 10.

（17）二〇一二年九月のインタビューで、アトウッドはジェレマイアが神話的人物というより、実在の行商人であることを強調していた。

（18）山口昌男『道化の民俗学』（岩波書店、二〇〇七）三一三–七七。

（19）廣野由美子『ミステリーの人間学——英国古典探偵小説を読む』（岩波書店、二〇〇九）九。

（20）Earl Ingersoll, 'Engendering Metafiction: Textuality and Closure in Margaret Atwood's *Alias Grace*.' *American Review of Canadian Studies*. Autumn 2001, 385-401.

（21）Marianne Hirsch, *The Mother/Daughter Plot: Narrative, Psychoanalysis, Feminism*（Bloomington and Indianapolis: Indiana University Press, 1989）

（22）Hilde Staeles, "Intertexts of Margaret Atwood's *Alias Grace*," *Modern Fiction Studies*（Vol. 46, Issue 2, 2000）427-50.

（23）窪田憲子「『またの名をグレイス』——深紅のシャクヤクが語る歴史物語」『現代作家ガイド5　マーガレット・アトウッド』二六九–八八。

（24）Amelia Defalco, "Haunting Physicality: Corpses, Cannibalism, and Carnality in Margaret Atwood's *Alias Grace*," *University of Toronto Quarterly*（Vol. 75, Issue 2, Spring 2006）771-783.

（25）松村昌家編『ヴィクトリア朝小説のヒロインたち——愛と自我』（創元社、一九八八）二四–三三。

（26）宮澤邦子「『浮びあがる』——〈はだか〉になった巫女」『現代作家ガイド5　マーガレット・アトウッド』一三七–五〇。

（27）クリスティーヌ・デルフィ『なにが女性の主要な敵なのか』井上たか子、加藤康子、杉藤雅子訳（勁草書房、一九九六）一七六―八四。

（28）Veronica Beechey, *Unequal Work*（New York: Verso Books, 1987）. 上野千鶴子『資本制と家事労働――マルクス主義フェミニズムの問題構制』（海鳴社、一九九六）

（29）Cynthia Russett, *Sexual Science: The Victorian Construction of Womanhood*（1989; Cambridge: Harvard University Press, 1991）で分析されている。シンシア・イーグル・ラセット『女性を捏造した男たち――ヴィクトリア時代の性差の科学』上野直子訳（工作舎、一九九四）

（30）Linda Hutcheon, *The Politics of Postmodernism*（1989; Abingdon: Routledge, 2002）

（31）Carolyn Porter, "History and Literature: 'After the New Historicism,'" *New Literary History*（Vol. 21, No. 2, Winter 1990）265.

（32）Sandra Gilbert and Susan Gubar, *The Madwoman in the Attic: The Woman Writer and the Nineteenth-Century Imagination*（New Haven: Yale University Press, 1979）

（33）ジャクリーヌ・アトキンズ『キルティング・トランスフォームド――現代アメリカンキルトの歴史を作った人々』成田明美訳（日本ヴォーグ社、二〇〇七）四。

（34）Pat Ferrero, Elaine Hedges, Julie Silber, *Hearts and Hands: The Influence of Women & Quilts on American Society*（San Francisco: The Quilt Digest Press, 1987）11.

（35）Ferrero et. al., 11.

（36）Margaret Rogerson, "Reading the Patchworks in *Alias Grace*," *The Journal of Commonwealth Literature*（Vol. 33, Issue 1, 1998）5-22. キルティングとアトウッドの語りの技法の関連について、結びつけて論じている批評家は多い。たとえば、Wilson などがその例である。また、Ingersoll もパッチワークのパターンを読者が読み

解いていく必要性について指摘している。

(37) Megali Cornier Michael, "Rethinking History as Patchwork: The Case of Atwood's *Alias Grace*," *Modern Fiction Studies* (Vol. 47, Issue 2, Summer 2001) 421-48.

(38) G. M. Young, *Portrait of an Age: Victorian England* (1936; Gaithersburg: Phoenix Press, 2003)

(39) Northrop Frye, *Anatomy of Criticism: Four Essays* (1957; Ontario: Penguin Books, 1990)

(40) Margaret Atwood, *Moving Targets: Writing with Intent 1982-2004* (Toronto: House of Anansi Press, 2004) 217.

(41) 富山太佳夫「解題」『女性を捏造した男たち』二九五―三〇三。

第四章　カナダ女性の歴史を描くサーガ——『昏《くら》き目の暗殺者』

アトウッドは、六作品がブッカー賞の候補として最終候補に残ったという輝かしい経歴をもっている。そして二〇〇〇年、『昏き目の暗殺者』(1)によって受賞を果たし、二〇世紀におけるブッカー賞の掉尾を飾った。その後、二〇一九年に『侍女の物語』の続編『遺言』で再びブッカー賞を受賞している。『昏き目の暗殺者』は、そのポストモダン的な形式によって斬新なパッケージに包まれているけれども、基本となる枠組みは伝統的なサーガ（歴史物語）である。カナダのトロント郊外に移り住み、ボタン製造事業で成功を収めたチェイス家四代にわたる盛衰の歴史を語り、五代目へと未来への希望をつないでいく大河小説の形式をとっている。

一　はじめに

この小説はポストモダン的な様式をとり、性格の異なる三つのテキストが交互に現れる。語り手の周辺で実際に起こった事件やチェイス家の歴史を報告する回想と、語り手の心理にさらに踏み込んだ物語群を内包する小説内小説に加え、報道的な視点からの新聞や雑誌のゴシップ記事が加わる。そして三つのテキストの間に、「テキストの意味を他のテキストとの関連によって見つけ出す」というテキスト間相互関連性を作りあげている。このように交錯した構成によって知的な刺激を受けた読者は、年代に沿った直線的な語りの場合にもまして、「読み」という解釈行為のなかに誘われていく。

そのような技法で展開される物語は、死者に対し罪の意識をもつ語り手が思い出を語るという内容なので、二〇〇〇年のケンブリッジ大学でのエンプソン講義、『死者との交渉』のテーマが実作で応用されている。

エンプソン講義の内容をアトウッドは次のように要約している。

……死者たちは過去を支配し、そしてまたある種の真実――ウィルフレッド・オーウェンが冥界に下るという詩「不思議な出会い」の中で〝語られない真実〟と呼ぶもの――をも支配している。それ故、物語る《ナレーション》ことに深く立ち入ろうとするなら、遅かれ早かれこうした過ぎ去った時間の層にある事柄を扱わねばならない。……すべての作家はここからあそこへ、物語が保存されている場所へと降下しなければならない、そして過去によって捕えられ静止させられることのないよう注意しなければならない。自分がそれをどう見るかであるが、窃盗行為を犯さねばならないともいえるし、あるいは開墾をしなければならない。死者たちは宝を守っているかもしれないが、その宝が生きる者たちの国に取り戻されてもう一度時の中に入ることを許されない限り、つまり観客の領域に、読者の領域に、変化の領域に入らない限り、宝の価値はないのである。(2)

過ぎ去った日々との対話、過去に生きた身近な人たちとの対話から何かを引き出していく、このことがアトウッドの創作の原点にある。宗教的な感性で、過去と現代をつなぐものとして文学を捉えている。

二　技法の彫琢

女性の立場からチェイス家四代にわたる歴史を描いたこの作品は、前章で取りあげた『またの名をグレイス』と同様に、「植民地文化の中で犠牲者であるというカナダ的体験がどのようなものか、明らかにしようとしている。そして、それを文学的主題として意識的に取りあげ(3)」ている。

第二章で分析した『キャッツ・アイ』では、幼少期にいじめを受けた主人公イレインが画家として大成する過程で、失ってきた女性たちの間の絆をどのように取り戻すかが大きな焦点であった。次に取りあげた『またの名をグレイス』は、技法として複雑さを増した、歴史記述的メタフィクションの作品であるが、歴史の捉え方に革新的な視点が展開され、女性の視点からの歴史観や女性的な語りの展開が見られた。

このようなアトウッド文学の発展の軌跡をたどってくると、ブッカー賞を受賞し、アトウッド文学の代表作であるとされる『昏き目の暗殺者』では、さらにどのような展開がなされているのか。多くの批評家が指摘しているが、この作品には実験的な手法にもかかわらず、手練れの作家による上質の娯楽作品や探偵小説を読むような雰囲気がある。しかしながら、アトウッド文学の展開の流れを考えるとき、技法面では進化を遂げたにもかかわらず、内容面ではやや後退した部分もあるという印象を受けてしまう。読者をあっといわせるような、技法面でのさらなる彫琢はあるけれども、人物たちの性格造型には、忘れられない印象的なところや、情緒的なインパクトを与えるような要素があまりないからだ。

二〇一二年のノーベル文学賞を受賞した中国人作家莫言氏は、「新しい本を書く度に、前の作品を乗り越えたいと思う」としながら、同時に「小説家の仕事は忘れられない人物を創造することだ」[4]と述べている。アトウッドもまた、前作を乗り越えて進もうとする意気込みは強い。アール・インガソルが述べているように、アトウッドは常に読者の裏をかいていこうとするチャレンジ精神に充ち溢れているからだ。彼は、アトウッドは読者の予想を裏切ろうと虎視眈々としているので、彼女の小説は読者に特別な興奮をもたらしてくれると言っている。[5] しかし、プロットの展開に凝ればこるほど、印象的な人物を創造するという点では、後退してしまう。

実験小説的ではあるが読みやすいという特徴は、[6] 神話と歴史性を関連づけた三層からなるストーリーの複雑な構成にもかかわらず、性格造型を類型的にすることでわかりやすくし、娯楽性を高めているからである。たとえば、アレックスはハード・ボイルド小説のヒーローであり、リチャードは強欲な資本家そのものである。ウィニフレッドはあくまでも意地悪な小姑で、アイリスは裕福な有閑マダム、ローラはわがままで奔放な妹タイプである。こういった性格造型での類型化は、アトウッドが構成面での彫琢をめざしている限り、構造的に避けがたい点であるといえるかもしれない。また、それらの人物間の人間的な関係性がほとんど構築されていない点が、人物造型上の難点である。

前述のように『カンバセーション』のなかで、ユダヤ人のサマー・キャンプでのみずからの体験を語っているが、それが、『昏き目の暗殺者』のＳＦのエピソードのひとつとして使われている。「(「キャンプ全体プログラム」では）サイレンが真夜中に鳴り響き、……皆が「火星人が着陸した」と言いながら駆けまわ(7)」ったという。キャンプでのドラマティックな出来事に対する若き日の作家の新鮮な驚きと、それがもたらす興奮が、アトウッドの創造世界の根本にある。

しかし一方で、忘れられない人物や人間的なエピソードによる情緒的なインパクトも、小説という世界で求められるものである。そのような人物は、読者の実人生でのロールモデルとなり、想像力の実践的な機能を担っていくからである。

アトウッドの創造した人物のなかでは、『浮びあがる』の主人公や『侍女の物語』のオブフレッドは、印象的な人物であるが、彼女たちには名前がない。また、『寝盗る女』のズィーニアのような忘れられない悪女がいるが、身をもって他の登場人物に、暖かな共感を示す人物像は少ないといえるだろう。『昏き目の暗殺者』においても、お互いの人間関係は冷え切っている。男性人物たちはモンスターのようであり、アイリスは悪意に満ちた観察やコメントをするという批評家もいる(8)。

本章では初めに作品のナラティブ・ストラテジーを検証する。つぎに、過剰なほどに語られるさまざまな物語について、主人公の想像世界で織りあげられた神話やＳＦ小説、回想録に、男性の語る物語、女性が語る物語という観点からアプローチする。それとともに、人物造型と人間関係の問題を考察する。

三 物語の展開

一九二九年の大恐慌によるチェイス家のボタン工場の窮状を救い、従業員の雇用を確保するために、アイリスは父ノーヴァルによって新興成金のリチャードとの政略結婚の道具にされてしまった。彼女には古代メソポタミアで神々の生贄となった上流階級の娘のイメージが重ねられている。しかし、リチャードは結婚の直後に父を裏切って資金援助を断ったので、失意のノーヴァルはアイリスたちがヨーロッパに新婚旅行へ出かけている最中に自殺してしまう。そのようななかで、偶然にトロントの町で再会したアレックスとの恋愛は、アイリスにとって唯一自己解放が可能な場であった。それがローラが書いたとされる「昏き目の暗殺者」の世界であるが、じつはアイリスが書いたものであった。彼女が現実世界を物語の力で解釈しなおし、サバイバルしていくための創造的空間を作りあげていたのだ。

アイリスとローラは労働組合のオルグであるアレックスをともに慕っていたが、アイリスが彼と愛人関係にあったことを聞かされ、絶望したローラは発作的に自殺を図る。単純で一途なローラは、第二次世界大戦に出征したアレックスが自分のもとに戻ってくると信じ込み、彼の安全を図る引き替えとして、関係を迫ってくる義兄リチャードの性的虐待を耐え忍んでいたからだ。ローラの死後、贖罪の意味も込めて、アイリスは不倫の愛を重ねる恋人たちが登場する「昏き目の暗殺者」をローラの名前で出版した。そのために、政界入りをめざすリチャードは、ローラとの関係がスキャンダラスな疑惑にさらされ、彼もまた自殺へと追い込まれた。このようにアイリスは直接手を下したわけではないが、二人の死に大きな責任があり、物語の比喩でいえば、「舌を抜かれた生贄の少女」は、「昏き目の暗殺者」にもなったのである。

こうして、アイリスはリチャードとその姉ウィニフレッドに対し、父、自分自身、ローラの三人分の復讐を果たしたが、しかし、その結果、アレックスとの恋愛、彼との間の娘エイミーの誕生という人生で最も重要な出来事を、手放してしまうことになる。ローラ作「昏き目の暗殺者」の読者たちは、作中人物のモデルは、ローラとアレックスに違いないと考えていた。エイミーに至っては、自分の本当の母親はローラだと確信し、アイリスに対し反抗的で自虐的な生活の末、薬物中毒に陥り事故死してしまう。結局、アイリスはアレックスとの思い出も、一人娘の信頼までも失ったのだ。

このように途切れてしまったチェイス家の物語の糸を再び結びつけ、孫のサブリナ、異母妹のマイラに、みずからのアイデンティティを明らかにする、そのためのアイリスによるサーガの語りなおしであった。舌を抜かれ、沈黙の女神のしもべとなった、何不自由ない上流階級の娘が、歌えないことを歌った歌を記したのがこの作品であるといえよう。

しかし、彼女の個人史を取り戻すことは同時に、ローラとリチャードの事故死におけるみずからの共犯性を告白することである。アイリスがアイデンティティを取り戻し、依存的な性格と、みずからの世界に閉じこもる閉鎖性を脱し、自立した生き方を求めるためには、大きな責任を負わなければならない。

この作品についての評価をみると、まずヒルデ・ステイルズが、批評家たちの間にその文学的な価値について、毀誉褒貶を引き起こしたと述べている。(9) 小説の内容に関して、犠牲者の物語であるという見方は多いが、フェミニスト的な視点を強調する論文、カナダの歴史を語る歴史小説であり、その犠牲者的な立場を脱却しようとするポストコロニアリズムをテーマにしているとする論文、主人公アイリスとその分身的な登場人物の関係を論じるものなどがある。また、小説の技法についての論文も多い[10]。

ステイルズは先行研究を次のように要約している。「この作品がブッカー賞を受賞したとき、批評家の間では、賞賛から痛烈な批判まで、さまざまな反応を引き起こした。おおむね批評家たちは物語自体は面白いと認めている。イレイン・ショーウォルターは、女性が語る女性の犠牲の話であるとフェミニスト的な見方をしている。モリー・ハイトは周到なリサーチに基づく歴史小説であるという。アトウッドは多層の語りによる複雑な小説を作り出す技法をマスターしているが、情緒的なインパクトに欠けると、アレックス・クラークは述べている。ハイトは散文の美しさとアイリスの性格造型を称賛するが、トーマス・マローンは、アイリスを悪意に満ちた観察に基づいて造型された退屈な人物であるとする」。ステイルズ自身の見解はこの小説の弱点は回想が曲がりくねっているところであるが、同時に革新的な技法が使われているので、そのメリットを分析するとしている。

四　ポストモダンのナラティブ・ストラテジー

何かを「語る」ときには、時間の感覚、記憶、それから未来に向けた想像が必要であるといわれる[11]。この作品の語り手、アイリスも自分のアイデンティティに関わる重要な思い出を語りながら、祖母、母の記憶をたどり、女性たちの手から手へと、さらに孫娘へと渡される未来への希望を女の物語という形式によって探っていく。本作品の場合は女性作者によるサーガのなかに、神話とSFという男の語り手の物語が組み込まれ、男と女の物語が展開している。

この作品が出版された後、アトウッドは二〇〇一年五月、イギリスのヘイオンワイでのインタビューのなかで、この作品には五つの層があると述べている。(12) 彼女は、この作品には、アイリスの回想物語、新聞記事、小説内小説の「昏き目の暗殺者」の不倫の恋物語、そのなかで男が女に語る物語、（トイレの）落書きの語りの五つがあるという。

落書きが語りだという部分はアトウッド独特のジョークではないかと考えられる。小説内小説もひとつに統合すると、作品全体の物語群は三つであると考えられる。この小説は一五章から成り、各章はそれぞれ次のような三つ（A、B、C）に細分化されたテキストから成り立っている。

（A）年老いたアイリスの回想録――チェイス家の物語

（B）若くして自動車事故で亡くなった彼女の妹のローラが書いたとされている小説内小説である「昏き目の暗殺者」（実際はアイリスの作）

（C）過去の新聞、雑誌記事と書簡

これらの三つの違ったテキストがかなり規則的に、交互に現れる。文体、語り手、目的、視点が違うテキストをフラッシュバックの技法で交互に並べ、事実を見え隠れさせながら、最終的には統合された全体像を浮かびあがらせるという映画的な手法が取られている。また、次元の違うテキストを並列させることで、互いに批評的な視点を交錯させている。

右記のA、B、Cを使って、全体を図示すると次のようになり、かなり一定した規則性が見られる。作品はA―四八、B―二六、C―一九で合計九三のセクションより成っている。

第一章　ACB（三）
第二章　BCBCBCBC（八）
第三章　AAAAAAAAA（九）
第四章　BCBCBCBCB（九）
第五章　AAAAAAAAAAAA（一二）
第六章　BBCBBCB（七）
第七章　AAAAAAA（七）
第八章　BCBCB（五）
第九章　AAAAA（五）
第一〇章　BCCBCB（六）
第一一章　AAAAAA（六）
第一二章　CCBBBB（六）
第一三章　AAAA（四）
第一四章　AAA（三）
第一五章　BCA（三）

第一章と第一五章はプロローグとエピローグだと考えられ、三つの異なるテキストが一セクションずつ入っている。その他の章はおおむね、奇数章は回想部分、偶数章は「昏き目の暗殺者」と新聞記事に分けられている。このように断片的ではあっても、そのなかにはひとつのまとまりがあり、意匠の統合が図られ、アトウッドが小説を代数的に構想するという発言もうなずけるところがある。(13) とくに、BとCが続けて現れるので、アイリスとアレックスの恋愛についてのフィクショナルな回想録であるBの実際の時間軸と、社会的背景がCによって明らかにされている。それにより、個人的な出来事を歴史的な事件のなかで捉えていこうとする作者の意図が伺われる。

このように、個人的な出来事の章の間に、社会的事象についての章を交互に組み込むという手法は、すでにジョン・スタインベックが『怒りの葡萄』(14)（一九三九）で試みていた。自然災害のために土地を失くした、アメリカ中西部の約二〇万人の農民が、大恐慌の時代にカリフォルニアへ大移動した苦難の旅を、個人と社会の視点から描いた社会派の作品である。一方、第二次世界大戦を歴史的背景にした『昏き目の暗殺者』では、主人公たちは上流社会の住人で、その手法には二〇世紀のポストモダン的な戯れが感じられる。

アイリスがローラの著作とされる「昏き目の暗殺者」も含めて、この回想録を語る理由はだいたい三つ考えられる。（一）アイリスが死ぬ前に、ただ二人残っている親族である、孫のサブリナと、異母妹のマイラに、伏せられてきた親族関係の真実を明らかにすることと、（二）ローラを著者として出版した「昏き目の暗殺者」は大成功を収め、そのことで夫リチャードに復讐をすることができた。しかし、自分とアレックスとの思い出がローラのものになってしまったのである。したがって、失われたアイリス自身のアイデンティティを取り戻すこと、さらに（三）チェイス家の歴史を語り、その物語や彼らの思いを孫のサブリナに伝え、受けついでほしいという願いが主な目的であると考えられる。

けれども、これまでサブリナとアイリスの交流の機会はわずかなものに限られていた。むしろ、マイラがアイリスの老後の生活を支援し、実質的な後継者であるのだが、アイリスはマイラを傍系として重んじてはいない。二〇世紀も終わろうとする時代に、嫡出子と庶子の区別にこだわっているのは、この作品の世界が旧世代的であることを示している。『またの名をグレイス』は、一九世紀が背景になっていたが、その世界観は民主的なカナダのアイデンティティの追求であった。それに比べると、二〇世紀のこの小説の世界観は、犠牲になってきた女性像を描き、そこから脱出する希望を求めるという作品のテーマから見ると、やや旧聞に属するものであるといえる。それは、さまざまな層で繰り広げられる物語が、その複雑さを読者に理解してもらうために、ある程度類型化していることに理由があるかもしれない。人物に加えて、物語自体も類型化しているのである。

五　物語という形式

この作品で繰り返し語られる「物語」という形式に対する理論化の動きが近年は活発になり、ロシアフォルマリズム、対話論的物語論、現象学的理論、読者反応理論など、多様な物語理論が異例の発展をとげている。(15) 小説というジャンルや読書行為の衰退が喧伝されるなか、一方で物語についての関心は非常に高まっているようだ。これは、リオタールのいう「大きな物語」が失われた結果、それに代わるものとしての小さな物語の探求や、その過程でそもそも物語が果たしている機能とは何かについて、切実な関心が寄せられているからだろう。現実に、テレビ、映画、ビデオゲーム、アニメーションなどで、新たな物語が次々に創り出され、さながら人々は物語消費に憑かれているような情況を呈しているという分析もされている。[16]

アトウッドの師ノースロップ・フライは、文学テキストを分析し、文学ジャンル論を展開した。[17]日本では、作家の島田雅彦が、神話、叙事詩、ロマンス、小説、百科全書的作品、風刺、告白と文学テキストをジャンル分けしている。[18]『昏き目の暗殺者』の場合は、この分類にさらにＳＦとパルプフィクションが加わっている。アトウッドはこれらすべてのジャンルを一作品のなかで、一挙に展開しようしている。それはあたかも、師のフライが展開したジャンル論を、実作という場で一作の小説のなかに盛り込もうとしているかのようである。こういった意味で形式の面から見ても、非常に野心的な作品といえる。アトウッドは、作家としての自己について「マルチ・メディア的な人間」と語り、ＳＦ小説に対する傾倒を語っている。[19]また、彼女の物語は、父親の仕事の関係で、昆虫の世界に親しんだことから変身や再生の物語が取り入れられ、グリム童話や神話からモチーフを取り込んで、多彩な分野で構成されているという。この作品でも、男が自在に語るＳＦ物語の多様性と自由闊達さは目を見張るものがある。神話的な「肉食獣の話」、未来が舞台のＳＦ「Ａ'ａＡのピーチウーマン」「ゼナー星のトカゲ男」、おとぎ話的な「塔」などが語られる。

アトウッド作の『昏き目の暗殺者』の構成は前述のとおり、三つのテキストから構成されているが、さらにローラ作の「昏き目の暗殺者」は二つのテキストから成り、（Ｄ）男と人妻の逢引と、（Ｅ）昏き目の暗殺者と生贄の少女のロマンスを含むＳＦ小説群である。「昏き目の暗殺者」という同じ名前

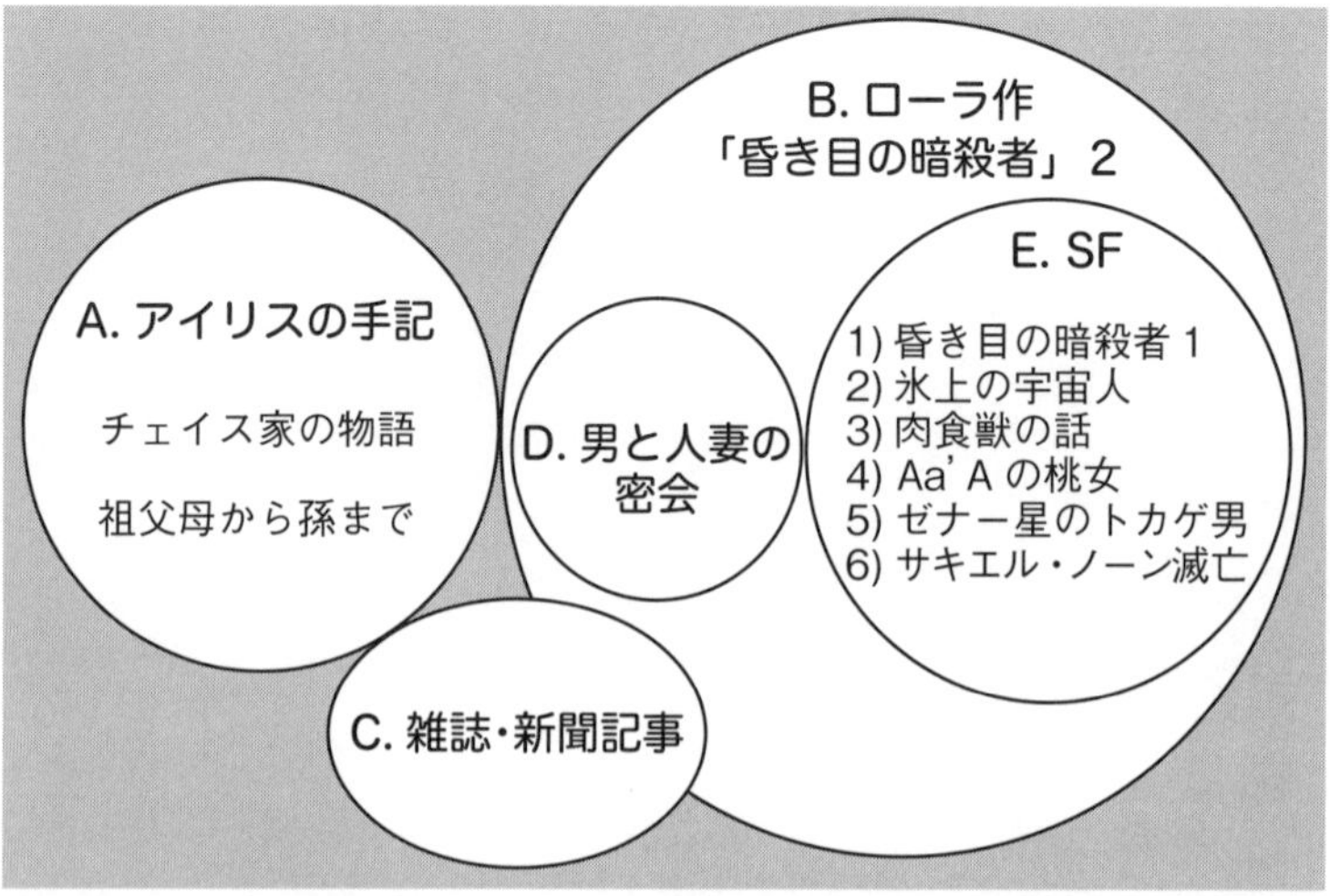

【図 1】アトウッド作『昏き目の暗殺者』3の構成

の物語は三層にわたって埋め込まれていて、ステインはSFの物語を「昏き目の暗殺者一」、ローラ作の小説を「昏き目の暗殺者二」、小説全体を「昏き目の暗殺者三」と名づけている。[20] このような重層的な構成によって、作品は奥へ奥へと入っていくようなミステリアスな深さを感じさせるものとなっている。

このように複層から成る構造は、上の図のようにまとめることができる。

このなかで、（A）と（D）の作者はアイリスなので、それらを「女の物語」、（E）は主にアレックスが語っているので「男の物語」と呼ぶことができるだろう。そこで、アトウッドが三部に構成した小説を、「女の物語」と「男の物語」というカテゴリーに分けてみよう。

六　男の物語と女の物語

SF小説を主とした男の物語は、パルプマガジンに掲載される三文小説として、アレックスによって語られ、資金稼ぎのために雑誌社に売られた作品群である。第二次世界大戦前後のカナダで、「普通の」労働者階級の男たちのための小説で、サブカルチャーに分類できる。しかも、当時はそのような作品は現代のように一定の市民権を得ているわけではなく、極めて「低俗」「俗悪」な読み物と見られていた。これらのサブカルチャーを組み込むことで、ミステリーの要素とともに、作品全体の娯楽性を高め、幅広い読者層にアピールしていく可能性がある。ここには、二〇世紀初頭のモダニズム文学が、「意識の流れ」的な手法で難解さを極めるようになり、いわゆる文学愛好家のみの高級な嗜好に応えるようになって、行き詰まりを見せたことの反省があるかもしれない。この作品にはまた、女性の読者にとって関心の深い、カナダ社交界のゴシップやファッション関連の記事が、タブロイド紙の紙面を借りて展開され、女性向けサブカルチャーの取り込みも行なわれている。

しかし一方で、前述のように、アレックスの性格は一九三〇年代のタフガイを思わせるものであり、こういったパルプフィクションにありがちな「性差別主義者のステレオタイプ」[21]となっている。アレックスは破壊活動家で共産主義者のリーダーであるが、性格造型としては大衆小説のタフガイのヒーローとして描かれている。[22]リアルな個人として登場というよりも、その役割はアクションが主体である。

現代の日本における特撮やアニメなどの子ども向けの作品を、評論家の斎藤美奈子は大人の社会の模型であると捉え、「男の子の物語」と「女の子の物語」に分けて分析しているが、その特徴や枠組みは、この作品の、「男の物語」と「女の物語」にも通じるところがある。[23]

斎藤によれば、男の子の国は、未来と宇宙と戦争の世界で、社会に入ってこようとする異質なものを排除する戦争に明け暮れている。その国の基盤は科学技術であるが、実際の中身は空想的疑似科学であり、兵器開発競争によってたえず新兵器を製造している。彼女は、「男の子の国は、銀河系はおろか、何万光年、何億光年先の空間までをも含む誇大妄想な国である。この広大な宇宙空間を背景に、超地球規模の攻防戦をくりひろげるこのチームこそ、男の子の国の主役である」[24]と述べていて、宇宙をかけ巡る「ゼナー星のトカゲ男」や「サキエル・ノーンの滅亡」などを見ると、アレックスの小説にも当てはまっている。

一方、女の子の国はシンデレラ文化の国で、その物語は姫君婚姻譚であるとし、現代ではさすがに王子の救助をじっと待っているだけの姫は少なくなっているが、シンデレラ文化の伝統は確実に受け継がれているとする。[25]このシンデレラ文化は、アイリスが語るチェイス家の女性たちの生き方のなかにも、綿々と受けつがれ、息づいている。しかし、三代目のアイリスになると、シンデレラストーリーはもはや制度疲労を起こし、その限界を暴露している。破産寸前になったチェイス家から資産家のグリフェン家に嫁ぎ、シンデレラになったヒロイン、アイリスは現代的な女性のロールモデルであるということは難しい。そういう意味では、アイリスが描いて見せた、この小説における女性像は反面教師であり、シンデレラストーリーが脱構築されているといえるだろう。

六—一　男の物語とSF小説のもつ意味

アレックスの物語は、まさに時空を超越した誇大妄想的な設定で始まる。異次元の国から八〇〇〇年前にザイクロン人が地球に入植し、地上の文明を築いたというプロットによって、SF物語と古代メソポタミアの神話が結合されている。また、はるか未来では、西暦二〇六六年に地球人パイロットたちが、ゼナー星のトカゲ男たちと必死の攻防戦を繰り広げ、その合間にはコミックリリーフ的に、セクシーなエピソードが挿入され娯楽性を盛りあげている。【図1】にある男の物語である（E）の部分の（一）から（六）までのSF小説の内容をまとめてみよう。

（一）昏き目の暗殺者――地球には八〇〇〇年前ザイクロン人が入植し、アトランティスを築いたが、彼らは自滅してしまった。壊滅前の都はサキエル・ノーン（宿命の真珠）という楽園のような都市であった。古代メソポタミア文明に似た国で、子どもに絨毯を織らせていたが、彼らは過労のため八～九歳で目がつぶれ、盲目の暗殺者となる。神殿では、何不自由ない上流階級の貴族の娘を生贄に捧げたが、彼らは騒がないように舌を抜かれてしまい、沈黙の女神のしもべとなり、歌えないことを歌った歌を歌う。生贄になる前の晩、彼女が横たわる一夜の褥に、甲冑に身を固めた地界の王が訪れる。じつは大金を女司祭長に払った廷臣が変装していた。町の外では、「歓喜のしもべ」という指導者のもと、夷狄の大軍が行進を続け、ザイクロン人せん滅に向かっている。これはヒトラーの軍隊を暗示している。

一方、サキエル・ノーンでは王政転覆の陰謀が進行している。盲目の暗殺者Xが、生贄の娘を殺したあと娘に変装し、王を刺殺する手はずである。しかし、二人は恋に落ち、街の外へ逃げ、「歓喜のしもべ」に謁見する。

（二）氷上の宇宙人——氷河のなかで巨大な水晶球が見つかり、そのなかから、ぴったりと身体に密着したスーツを着た男の宇宙人が現れる。宇宙人はテレパシーによって地球人女性を誘惑し、二人は合体する。

（三）肉食獣の話——昏き目の暗殺者の続き。女によると、二人は洞窟で幸福に暮らす。男によると、夷狄の軍隊はサキエル・ノーンを滅亡させ、二人はあっという間にオオカミの餌食になる。

（四）A'aAのピーチウーマン——二〇六六年では、惑星ゼナーから来た残酷な宇宙艦隊のトカゲ男を二人の地球人パイロットが追いかけている。戦いで気絶して、気づいたところが女だけの惑星A'aAである。ここの特徴は肉を食べない、出産というものがない、死というものがないという楽園だが、見えない壁があって出ることができない。やわらかいベッドと甘い夢、陽のあたる朝食のテーブルにはチューリップの花、コーヒーを淹れる可愛いセクシーな女など、宇宙の異次元で戦う男たちの求めるものが、すべてそろっている。しかし、まもなく退屈した彼らは、大きなステーキを食べ、派手な空中戦がしたいと思う。

（五）「ゼナー星のトカゲ男」が新聞社に売れる
「ゼナー星のトカゲ男　ザイクロン人戦記　第一話」が雑誌に載る。トカゲ男はナチのようである。恋人たちのラブストーリーは姿を消していた。

（六）　サキエル・ノーン滅亡――ゼナー星人がザイクロンを侵攻するが、これは第二次世界大戦の戦火を象徴的に描いている。ヨーロッパ戦線におけるナチとの戦いで、男が戦死するところを女が語る。

（二）では、古代メソポタミアやヒッタイトに由来する家父長制的宗教神話の脱神秘化が試みられているが、SF的要素を加え、犠牲者という声なき者の立場から神話が語り直されている。その物語のなかで、「三陽の神」「毀《こわ》れの神」「地界の王」という聖なる存在が、じつは廷臣が変装しているにすぎないという実態が明かされ、支配者が作りあげた神話が、イデオロギー的文化装置でしかなかったという現実が暴露される。「地界の王」は現代の物語ではリチャードをさし、女司祭長にはウィニフレッドの姿が重ねられている。

こうして、家父長制が綿々と続くなかで、犠牲者となる「昏き目の暗殺者」と「生贄の少女」という構図は古代メソポタミアから第二次世界大戦の時代まで、絶えることなく続いてきたことが、ふたつの物語での描写の場面を重ねることによって示されている。たとえば、生贄の少女が、暗殺者が回す鍵の音を聞き、「彼女は身を起こす」という語りの部分の直後に、その話を語っている活動家の男が自分の動向を探っている刑事の物音を聞きつけ、女が肘をついて半身を起こすという情景が描かれる。これらはふたつの遠く隔たった時代の描写であるが、場面のもつ意味は同じであり、時空を越えて歴史がつながっていることを暗示し、歴史が今も生きているという実感を伝えようとしている。また、（E）の部分で、生贄の少女が横たわる祭壇の鍵がガチャリと音を立てるところと、（D）の部分で女が男の隠れ家の鍵を回すところも重ねられ、アイリスの手記と（B）の「昏き目の暗殺者」というふたつの世界を結びつける仕掛けが施されている。

ゼナー星の攻撃が表象するのは、第二次世界大戦でのナチズムと帝国主義諸国の戦いである。アレックスが戦死する戦いを表わす、炎上し滅亡するサキエル・ノーンの様子は、人類史上最大の戦争の暴虐さを寓意的に表している。この作品のテーマのひとつは、女性の犠牲化の物語であり、チェイス家四代にわたって、女性の苦難の歴史が描かれているが、また、反戦のテーマも明確に示されている。アイリスの父ノーヴァルが第一次世界大戦で負傷し、障害者となって帰還し、すさんだ生活を送ることや、父の兄弟たちが戦死してしまうこと、また、アレックスが参戦するとすぐに戦死してしまうことなどが、反戦のメッセージを伝えるエピソードである。アトウッドは、このように娯楽性を備えたSF小説に、現実の生活を投影させ、人間の社会や歴史、文明に対する巨視的で批判的な視点をもった、思索の手段として利用している。

リチャードはアレックスを雇ってアイリスの父の工場に火をつけさせる。そのために父の会社は経済的に行き詰まり、アイリスをリチャードと結婚させることによって、父は窮地を脱しようとする。父を破滅させたアレックスを、姉妹は愛していたのだというアイロニーが隠されているが、二人はまったく気がついていない。

六―二　女の物語とカナダ女性の歴史

「男の物語」の世界では、女は極めて無力な存在である。上流階級の娘として育ち、政略結婚によって塔のなかに閉じ込められ、出て行こうとしても自立することができない。その様子は次のような個所に表されている。

……わたしにできる仕事なんてない。縫い物もできない。タイプもできない。（四六八）

生き埋めにされた気分になる。（五二六）

こういうことなのだろう、囚われの身というのは。（五二八）

さらに性的な存在としてのみ意味があることが、強調されている。

女はあの円《まど》かな０のようなものだ。骨の髄にあるゼロ。存在しないことによってみずからの輪郭を示す空洞。だから、誰も手をのばして触れることができない。……笑顔を見せているのに、その後ろに当人はいない。（五二九）

王子との結婚が人生最大の目標だった祖母と母の時代からすると、そういった女性の生き方自体が、もはや時代に合わなくなっていることは明らかである。

女の物語は、ファッションと恋愛が価値をもつ私的領域であるが、それが最もよく当てはまるのは、アイリスの生き方だろう。祖母と母の時代には、たとえシンデレラになったとはいえ、ポートタイコンデローガという小都市の中心である一家の主婦として家庭を采配する仕事があり、自己の興味と才能を示す場があった。しかし、アイリスにはもはや自分が主導してやる仕事はない。ウィンドウショッピングや映画見物に出かけ、ロックガーデンの造成に暇をつぶすだけである。アイリスの生活は、私的領域に閉じ込められた、現代のシンデレラの退屈な内情を暴露している。

彼女にとって、アレックスとの恋は一世一代の恋愛事件であるが、父を破滅させた男を姉妹で愛し、自分たちも破滅することになってしまう。このようなプロットの展開は、メロドラマのようにセンセーショナルである。アイリスの結婚生活は彼らにとって反面教師であり、作品は現代のシンデレラストーリーをアイロニカルに描いている。

男の物語はSF小説によって語られたが、女の物語は、回想録によって語られ、イギリス文学とゴシップ記事とのテキスト間相互関連性によって補強される。夢見る独身の家庭教師「烈女先生」は、英詩のなかで、エリザベス・バレット・ブラウニングの「ポルトガル女のソネット」、アルフレッド・テニスンの「マリアナ」、ジョン・キーツやルバイヤートなどを教えてくれた。先生はまた、ロマンス小説を愛読し、「限りない愛と救いのない陰鬱」を好む。幽閉の生活のなかで、恋人を待ちわびるマリアナ、実際に恋人によって救い出された女性詩人エリザベスが先生の好みで、当時の抑圧された女性たちにとって憧れであったことを思わせる。

彼女はサミュエル・テイラー・コールリッジの「クーブラ・カーン」も取りあげたが、一九三六年の慈善舞踏会のテーマとしてウィニフレッドが、この詩を選ぶ。広大なアジア大陸を支配したモンゴル帝国のフビライ・ハーンの華麗な桃源郷ザナドゥは、男の物語に登場するサキエル・ノーンに通じるものがある。そして、ローラもアイリスもザナドゥの悪魔の恋人に魅入られてしまうというところで、女の物語は男の物語へとつながっていく。

チェイス家の祖母アデリアと母リリアナは没落した名家の出で、まさにシンデレラのような玉の輿婚であった。祖母はイギリス的な文化の薫り高いサロンを作ることが夢であり、かつて教師をしていた母は慈善事業に熱心であった。アデリアの時代、一九世紀末から二〇世紀初頭にかけて、人々は没落していく宗教に代わり、カルチャーを道徳規範になると信じていて、一家の文化面を担当する祖母は、威風堂々とした館を建て、ヨーロッパのインテリアや彫刻で屋敷を飾った。趣味は本国の流行に比べると、やや時間差があり、時代遅れの雰囲気があったが、祖父母の生き方には本国の文化に対するやみがたい憧れと、コンプレックスを抱くカナダ人の心情が描かれている。

トロントの観光名所のひとつに、カサ・ロマというお城がある。カナダが急速に発展した一八九〇年代に電球会社設立と株式で財を成したヘンリー・ペラットが建築した壮大な城である。イギリスの文化に憧れ、贅を尽くした本国式の城に、イギリスの王族を招くのが夢であったペラットは、一九一四年に城に移り、一九二三年に売却するまでわずか九年間であったが、その城で豪華な暮らしを楽しんだ。しかし、晩年はまもなく破産に追い込まれ、亡くなったときはかつての運転手の住まいに身を寄せていた[26]。このようなトロントの町の歴史が、チェイス一家のサーガに反映しているようだ。

一方、父と母は相思相愛の結婚で、メソジストの母は恵まれない人々を助け、人の役に立つことに熱心だった。ステインは、「道徳的に優れ、自己犠牲的であるが、肉体的にかよわい」として、リリアナをヴィクトリア朝の女性の理想像である「家庭の天使」と捉えている。自己犠牲的な彼女は「冬」「白」「冷たい」といった、天使的なイメージが付与されている[27]。

祖母は植民地カナダの社交界をイギリス文化を手本にしながら、リードしていく女性であったが、母は博愛主義的なキリスト教精神を生活のなかで実践していった。二人の生き方は対照的であり、祖母の生き方はアイリスに、母はローラに受けつがれていく。アイリスとローラは、それぞれ世俗性と精神性を表す分身的な存在であることが強調されるので、この二重性は、カナダ女性のなかに深く浸透していた生き方であるといえる。

七　歴史的時間の指標——雑誌・新聞記事

結末で編集者としてその姿を現す作者は[28]、アイリスの個人史だけではなく、一方で歴史的な時間、とくに植民地カナダの歴史を明らかにしようとする。それが新聞、雑誌記事掲載であり、①から⑲まで順番をふると次のようになっている。

①	1945.5.26	ローラの死亡記事	⑪	1936. 2	仮装パーティ
②	1947.6.4	リチャードの死亡記事	⑫	1936. 7	クイーン・メアリー号処女航海
③	1975.8.25	エイミーの死亡記事	⑬	1936. 9.19	スペイン内乱についてリチャードの演説
④	1998.2.10	ウィニフレッドの死亡記事	⑭	1937.5	アイリスとエイミーがパーティに登場

⑤	[illegible]	[illegible]	⑮	[illegible]	[illegible]
⑥	1933.3.16	リチャードのノーヴァル批判	⑯	1937.5.26	バルセロナで共産党内部対立
⑦	1934.12.5	リチャード反共政策を支持	⑰	1938.10.7	リチャード政治家をめざす
⑧	1934.12.15	ボタン工場閉鎖、暴動、放火	⑱	1939. 6	英国王の誕生パーティ
⑨	1935. 5	アイリス婚約レセプション	⑲	1999.5.29	アイリスの死亡記事
⑩	1935.8.28	ローラ行方不明			

（傍線部は公的な出来事を示す）

　このような新聞記事は、回想録と小説という内面的で閉じた世界に時事的視点と歴史的な広がりをもたらしている。死亡記事とゴシップは、アイリスの個人的な時間を表すために用いられ、婚約、結婚、死亡、皇室、上流階級のファッションなどの記事は、サブカルチャーとしての女の物語である。一方、政治記事は歴史的な時間を表し、「昏き目の暗殺者」の出来事の年代推定のために使われている。また、新聞記事は回想に先立って提示されるので、一種の見出し、あるいは予告のような機能を果たしている。

　しかし、年代からみると、三六年と三七年を中心とした第二次世界大戦前の動向が作品の核心となり、ヒロインが女性として成熟した時代を迎える戦後の記述が極めて少なく、まるで時間が止まっているかのように思われる。いわば戦後五〇年間は大きな空白部分となり、生きられていない。アール・インガソルがいうところの社会的自殺のようである。アイリスには妹の自殺はトラウマとなり、復讐はオブセッションとなってしまい、それに囚われた彼女は、みずからの世界という塔のなかから出ることができない。いわば、「ラプンツェル症候群」に陥っている。この症状は、アトウッドが『サバイバル』のなかで、カナダ女性の特徴的な行動パターンとして挙げていて[29]、グリム童話の塔に幽閉された「ラプンツェル」から命名され、閉じこもることでみずから進んで犠牲となっている。

　ところで、『昏き目の暗殺者』よりも五年前に書かれたイギリス人作家ケイト・アトキンソンの『博物館の裏庭で』[30]（一九九五）もおなじく女性を中心とした第二次世界大戦を挟む家族の年代記である。イギリス、ヨークのロウアー・ミドルクラスのサーガであり、ポストモダン的な仕掛けもそろっているアトキンソンの小説と比べてみたとき、本作品では登場人物たちが生きている実感に乏しいという印象を抱かざるを得ない。アトキンソンの小説では、登場人物たちが明確な自分の意志をもち、行動している。『昏き目の暗殺者』の人物たちは、あまりに虚構性が高く、実感から離れすぎているともいえるだろう。物語の技巧性に凝るあまり、人物像が類型化してしまったために、登場人物たちが自分たちの人生を切実に努力して生きているという真剣な姿を描くことができず、彼らのエネルギーが、行間から伝わってこないという結果になっている。

あるいは、評論家の大塚英志が物語論でいうように、「物語ソフト」をいくら消費しても、そのときだけは「物語」にひたれるが、物語と読者の人生の密接な関係性が構築されることがないので、消費するだけであるということだろうか。物語は娯楽の対象でもあるが、同時にその伝承母胎である共同体の神話的秩序を構成すると大塚はいう。人は物語を通じて自分をとり囲む世界すなわち共同体の輪郭を理解し、同時に物語はそこに帰属する人間の倫理や行動を決定するモデルになる。しかし、今日の消費社会には、こういった明瞭な形で人を縛る共同体が存在しないことが、物語に対する飢餓感を生み、物語ソフトの氾濫を招いていると彼は分析する。[31]もし、彼の仮説が妥当であるならば、この小説の場合、次から次へと物語を創作していくアトウッドの技量が秀抜であることは間違いないが、物語と人物の関連性が薄いために、物語の消費がさらなる飢餓感を生むという落とし穴が潜んでいるのかもしれない。

前述のように、物語を読むときには、筋の面白さと同時に、優れた人物、忘れられない出来事に出会うことも、大きな期待を抱かせる。この小説の場合、作家に物語を次々に作り出していく優れた技量がありながら、情緒的な満足感を得られないのは、人物造型と人物間のつながりの創造に問題があるのかもしれない。ロールモデルとしての人物像とそれらの人々の関係性を想像の世界で作り出し、実践的な型を示すこと、これが「想像力の涵養」[32]を行なう文学の役割である。

想像力は単に文学作品を生み出していくだけの機能をもっているのではない。現実の社会に対して、あるべき社会や人間関係のあり方を想定し、現実をそれに近づけていく推進力としての想像力を、ノースロップ・フライは強調していた。アトウッドもこのような考えに共感しているけれども、作家としての作風の特徴から、技巧に彫琢を凝らし、それを極めたという結果になった。

八　まとめ

この小説では、主人公アイリスは、カナダの植民地時代からチェイス家のサーガを語り、サブリナへ未来への希望を託そうとする。アイリスは必死に彼女に呼びかけるが、アイリスの言葉は、空疎に反響してしまう。これまでの物語の流れで、アイリスの周りで「女の敵は女」「少女の敵は熟女」[33]という図式が成り立っていることを見せつけられてきたからである。批評家のクラークが、「この作品は情緒的な感動を与えるという点で弱点がある」[34]と述べている感想も、そのようなところに原因があるのだろう。『キャッツ・アイ』では、無意識の領域へ閉じ込めてきたトラウマや憎しみを解き放ち、女性同士の新たな人間関係の構築をめざそうとした。『またの名をグレイス』では、技法面、人物造型の面でもさらなる前進が試みられ、新しい女性観を女性的な語りの形式に盛り込むという新しい局面を切り拓き、成功を収めてきた。この作品では、さらなる前進をめざしたが、それは技法面では達成されたとはいえ、人物像の創造、人間関係の絆という点では、停滞するという結果に終わっている。

その結果、アトウッドの小説の世界では、歴史記述的メタフィクションやポストモダン小説としての技巧性には極めて優れているが、人物の心理と人間関係の探究がおざなりな印象を残し、情緒的に深い感銘を与えるという点では一歩譲るという結果になった。

しかし、この作品で示されたSF小説への関心は、未来について考える「思索小説」に受け継がれていく。カナダというローカルな場で探求されたカナダ的アイデンティティの確立というテーマの追求が一段落したときに、次のテーマとして、現代の世界が直面している環境問題が浮上してくる。技法としてのSF小説が、ローカルなテーマの小説からグローバルな作品へ発展する鍵を与えた。カナダ女性の歴史とアイデンティティを語る「女の物語」は終わり、「男の物語」として語られたSF小説が、環境問題と人間のサバイバルという内容を詰め込んで発展する。そして、そのなかでは女性たちが重要な役割を演じていくことになる。

アトウッドはかつて『スザナ・ムーディの日記』のなかで、ムーディを複眼的視点をもつ移民の原型と捉えていた。新しい土地に馴染もうとしながら、馴染んでいくことのできないムーディのアンヴィバレンスを「暴力的な二面性」と定義していた。この二面性を肯定的に捉え、新しい意味体系を生み出すことができるカナダ人特有の「まなざし」として称揚している。[35] この作品では、アトウッド自身が男の物語と女の物語という複眼的な二重性を操っている。

しかしながら、登場人物たちが自分たちの人生を生きているという切実さが、行間から伝わってこない。また、アイリスはローラの自殺の後、ウィニフレッドはもちろん母代りのリーニーとも疎遠になり、自我の殻に閉じこもりすぎているので、女性同士の友情や絆を創造する積極的な生き方が必要である。

けれども、チェイス家の希望の星サブリナは、アイリスの願いどおり、これまで男と女の物語の間に横たわっていたジレンマを統合してくれるのではないかというかすかな予感もある。祖父であるアレックスは出自が不明であるが、そのことがかえって、サブリナの可能性を広げ、カナダに戻ってくる彼女の将来には、さらなる人種的混交と多文化の未来が示唆されている。

註

（1）テキストとして、Margaret Atwood（a), *The Blind Assassin*（2000; New York: Anchor Books, 2001）を使用した。なお、日本語訳については、『昏き目の暗殺者』鴻巣友季子訳（早川書房、二〇〇二）を参照した。以下、本章における翻訳からの引用はカッコ内にページ数のみを記す。

（2）Margaret Atwood（b), *Negotiating with the Dead: A Writer on Writing*（Cambridge: Cambridge University Press, 2002). 翻訳として、『死者との交渉――作者と著作』中島恵子訳（英光社、二〇一一）一九六―九七。

（3）Margaret Atwood（c）, *Survival: A Thematic Guide to Canadian Literature*（Toronto: House of Anansi Press, 1972）306.

（4）「ノーベル賞――文学賞に莫言氏　柔和さと熱意」毎日新聞、二〇一二年一〇月一二日、二四面。

（5）Earl Ingersoll, "Waiting for the End: Closure in Margaret Atwood's *The Blind Assassin*," *Studies in the Nove*（Vol. 35, No.4, 2003）543-58.

（6）大熊昭信「誰が『盲目の暗殺者』を編集したか――マーガレット・アトウッド『盲目の暗殺者』を読む」二十世紀英文学研究会編『二十世紀英文学再評価』（金星堂、二〇〇三）二五九―七五。

（7）Earl G. Ingersoll ed. *Margaret Atwood: Conversations*（Princeton: Ontario Review Press, 1990）181.

（8）Hilde Staels, "Atwood's Specular Narrative: *The Blind Assassin*," *English Studies*（Vol. 85, Issue 2, 2004）147- 60

（9）Staels, 147- 60.

（10）Alan Robinson, "Alias Laura: Representations of the Past in Margaret Atwood's *The Blind Assassin*," *Modern Language Review*（Vol. 101, Issue 2, 2006）347- 59, Barbara Dancygier, "Narrative Anchors and the Processes of Story Construction: The Case of Margaret Atwood's *The Blind Assassin*," *Style*（Vol. 41, No. 2, 2007）133-52, J. Bouson, "A Commemoration of Wounds Endured and Resented": Margaret Atwood's *The Blind Assassin* as Feminist Memoir," *Critique*（Vol. 44, No. 3, 2003）251- 69 などがある。

（11）池澤夏樹『世界文学を読みほどく――スタンダールからピンチョンまで』（新潮社、二〇〇五）四一。

（12）Ann Heilmann and Debbie Taylor, "Interview with Margaret Atwood, Hay-on-Wye, 27 May 2001," *European Journal of American Culture*（Vol. 20, No. 3）132-47.

（13）Ingersoll ed., 43-4.

（14）John Steinbeck, *The Grapes of Wrath*（1939; New York: Penguin Random House, 2006）ジョン・スタインベック「怒

りの葡萄」『愛蔵版　世界文学全集四一』野崎孝訳（集英社、一九七五）

（15）Hillis Miller, 'Narrative,' *Critical Terms for Literary Study*, ed. Frank Lentricchia and Thomas McLaughlin（Chicago: The University of Chicago Press, 1990）67. 他に 'New Critical theories; Chicago school, or neo-Aristotelian, theories; psychoanalytic theories; hermeneutic and phenomenological theories; structuralist, semiotic, and tropological theories; Marxist and sociological theories; reader-response theories; and poststructuralist and deconstructionist theories' が挙げられている。

（16）大塚英志『定本　物語消費論』（角川書店、二〇〇一）二一―二七。

（17）Northrop Frye, *Anatomy of Criticism: Four Essays*（1957; Ontario: Penguin Books, 1990）

（18）島田雅彦『小説作法ＡＢＣ』（新潮社、二〇〇九）一五―二五。

（19）Ingersoll ed., 164-65.

（20）Karen F. Stein, "A Left-Handed Story: *The Blind Assassin*," *Margaret Atwood's Textual Assassinations: Recent Poetry and Fiction*, ed. Sharon Wilson（Columbus: The Ohio State University Press, 2003）136.

（21）Bouson, 262.

（22）アトウッドは幼少期にダシール・ハメットの探偵小説を繰り返し読んだと書いている。ハードボイルドな主人公の性格造型の基本には、ハメットの影響があると考えられる。Margaret Atwood, 'Mystery Man,' *The New York Review of Books*, Feb. 14, 2002.

（23）斎藤美奈子『紅一点論——アニメ・特撮・伝記のヒロイン像』（一九九八、ちくま文庫、二〇〇一）

（24）斎藤、一八。

（25）斎藤、一四―二六。

（26）Bill Freeman, *Casa Loma: Canada's Fairy-Tale Castle and Its Owner, Sir Henry Pellatt*（1998; Toronto, James

Lorimer & Company, 2012)

(27) Stein, 140.

(28) この小説の編集者として、まず第一にはサブリナが考えられる。結末で全編における語り手であるはずのアイリスの死亡記事が掲載されるので、この作品を編集したのはいったい誰なのかという疑問が残り、読者は小説の起源に立ち返り、読みを再構築する必要に迫られる。本章では、ジョン・ファウルズの『フランス軍中尉の女』(*French Lieutenant's Woman*, 1969)における作者のようにはっきりとした形ではないが、作品中に作者が顔を出したと考え、自己言及的な作者の戯れであると考えている。サブリナが雑誌記事を使ってミステリー仕立てに小説を語る必然性は薄く、読者としては小説家の存在を感じてしまうからである。

(29) Atwood (c), *Survival*, 249-51.

(30) Kate Atkinson, *Behind the Scenes at the Museum* (1995; New York: Picador, 1997)

(31) 大塚、二四一二七。

(32) Northrop Frye, *The Educated Imagination* (Bloomington: Indiana University Press, 1963)

(33) 斎藤、五七。

(34) Alex Clark, 'Vanishing Act,' *The Guardian*, September 30, 2000.

(35) Margaret Atwood (d), *The Journal of Susanna Moodie* (Toronto: Oxford University Press, 1970).『スザナ・ムーディーの日記——マーガレット・アトウッド詩集』平林美都子・久野幸子・ベヴァリー・カレン訳(国文社、一九九二)、また、伊藤節編著『現代作家ガイド5　マーガレット・アトウッド』(彩流社、二〇〇八)三五七―五八頁を参考にした。

第五章　緊迫感あふれる抵抗の文学——『侍女の物語』

一九八五年に発表された『侍女の物語』[1]は、アメリカで神権政治が復活したという近未来を描いたディストピア小説である。時は二一世紀初め、過剰な産児制限、エイズの流行や細菌戦争、放射能流出、化学薬品の濫用などの複合的な理由から、白人の出生率が極端に落ち込み、遺伝的な障害が現れる確率は二五パーセントにも上るという。それらの危機を乗り切ろうと、アメリカ社会は旧約聖書に由来する代理母制度を復活させ、宗教独裁体制に戻っていく。出産能力をもつ女性たちを、権力を握ったごく少数の年長の男性たちが囲い込み、女性は年齢、能力にしたがって分割されるのだが、果たしてどのような社会なのだろうか。

一　はじめに

アトウッドがこの小説の構想に取りかかったのは、一九八一年、共和党のロナルド・レーガン（任期一九八一—八九）がアメリカ大統領選挙に勝利した直後である。レーガン大統領の支持層のなかで中核的な役割を荷っていた「新宗教右派」とよばれるキリスト教原理主義の一派が、大きな政治的影響力をもつようになったことに、アトウッドはかつてのピューリタン独裁社会が再来するかもしれないという危機感を強くした。(2)

キリスト教原理主義はみずからの存在意義を際立たせる要素を伝統のなかから取捨選択し、近代化の過程で生じてきた社会的課題への解答として示している。そのひとつがプロ・ライフ、プロ・ファミリーというスローガンを掲げた中絶を巡る論争で、政治において女性の問題が焦点化された。大統領になったレーガンは、米国や国外で中絶や避妊に関する支援をしている団体に、アメリカ政府からの資金援助を行なわないメキシコシティ・ポリシー(3)を実施した。また、中絶に関する規制が多くの州で強化され、レーガン革命と呼ばれた。

このような動きは、カウンター・カルチャーが席巻した六〇年代の揺り戻しといえるような保守勢力の台頭であり、フェミニズムやホモセクシュアル擁護の運動に対する巻き返しである。伝統的価値観を支持し、「聖なる家庭」における「男性の権利と責任」を回復しようと、全米でテレビ伝道師(テレバンジェリスト)による布教活動が繰り広げられた。宗教独裁体制へと移行するかもしれない、このような危うい時代の流れに対抗して、警告の意味を込めてこの小説が構想されたのである。テレビ伝道師の一人であるジム・ベイカーの妻タミー・ベイカーは、小説では、司令官フレッドの妻セリーナ・ジョイとして登場し、自分の主張してきた主義に裏切られ、不幸な生活を送る女性として描かれている。(4)

英文学のディストピア小説としては、オルダス・ハクスリーの『すばらしい新世界』(一九三二)と、ジョージ・オーウェルの『一九八四年』が代表的なものである。前者は合理主義と科学技術が支配する未来に対する文明批評的な作品で、後者は、全体主義と共産主義に対する批判が主題となっている。『侍女の物語』もディストピア小説であるが、宗教原理主義体制における女性の抑圧という問題を提起している点が新しいといえる。アメリカの作家トマス・ピンチョンは、『一九八四年』の解説で、ディストピアをもたらす体制として、共産主義と宗教原理主義体制があると指摘し、宗教は古くからの非常に重要な問題であるにもかかわらず、『一九八四年』ではそのテーマは取りあげられていないと批判していた(5)。そのようななか、オーウェルの未来小説が設定された一九八四年がまさに到来しようとするころ、アトウッドが宗教原理主義体制下の女性を主人公にしたディストピア小説を試みたのである。

この作品執筆にインスピレーションを与えたもうひとつの出来事は、一七世紀のアメリカ、コネティカットのピューリタン社会で、一人の女性が魔女として処刑されようとしたが奇跡的に助かり、かろうじて無罪放免となった事件である。じつは、この女性メアリー・ウェブスターは、アトウッドの先祖の一人だった。一六八三年の出来事であったが、宗教原理主義が席巻していくなかで、このような事件が再び繰り返されないようにと祈りつつ、アトウッドは筆を執った。

二　作品の受容

『侍女の物語』は出版されると、たちまち大きな反響を呼んだ。すぐにベストセラーとなり、一九八五年にはカナダ総督賞、一九八七年にはアーサー・C・クラーク賞を受賞した。その他に、ネビュラ賞、ブッカー賞、プロメテウス賞にノミネートされるとともに、一九九〇年にはドイツ人の映画監督フォルカー・シュレンドルフによって映画化され、高い評価を受けた。一九九六年には、MLA（米国現代語学文学協会）の「世界文学を教えるアプローチ」シリーズの作品に選ばれ、さらに、二〇〇一年には、ハロルド・ブルームが編集する「モダン・クリティカル・インタープリテーション」のなかに加えられた。二〇〇〇年にはオペラとしても上演された本作は、これまでのアトウッドの執筆活動のなかで、最も注目を集めた代表作である。

このように、文学史上に着実に地位を固めていったアトウッドの重要作品も、二一世紀に入ると次第に活発な批評の対象ではなくなりつつあると指摘されていた。[6] しかしながら、二〇一七年、アメリカにトランプ政権が誕生すると、状況は一変する。人々は福音主義に重きを置いた、独裁的な傾向の強い新政権の政治姿勢に懸念を抱き、『一九八四年』と『侍女の物語』が再び注目を集める。二〇一七年、この作品はインターネット書店、アメリカ・アマゾン社の書籍のなかで「最も読まれた本ランキング」の第一位となった。[7] オーウェルの作品は、個人の自由のはく奪と独裁者による事実の改ざん、すなわち「オータナティブ・ファクト」（代替真実）を取りあげており、『侍女の物語』は「女性の人権」と身体、とくに「生殖」の権利に焦点を当てている。それぞれアメリカ国民がトランプ政権に対して懸念を抱いている事柄が、テーマとなっている作品である。[8]

この人気の一因として、政治的な背景と同時に、オンライン動画配信サービス会社の「Ｈｕｌｕ」が『侍女の物語』をテレビドラマ化し、ネット配信した番組が非常な人気を呼んだことが挙げられている。テレビドラマは二〇一七年四月二六日より『ハンドメイズ・テイル／侍女の物語』として配信され、配信サイトの作品として初めて、二〇一七年の第六九回プライムタイム・エミー賞で、作品賞・主演女優賞・助演女優賞・監督賞・脚本賞の五部門を受賞した。原題は『The Handmaid's Tale（TV series）』である。さらに、二〇一八年の第七五回ゴールデングローブ賞では、テレビドラマ部門作品賞と主演女優賞を受賞した。このドラマは日本でも二〇一八年二月より配信され、視聴が可能である。ちなみに、『またの名をグレイス』もNetflixによってドラマ化され、好評を博している。[9]さらに、「マッドアダム三部作」も各社の争奪戦の末に、アノニマス・コンテントとパラマウント・テレビジョンが、ドラマ化の権利を獲得している[10]（二〇一八年三月現在）。

『侍女の物語』の今回の映像化は、映画ではなく、ネット配信のテレビドラマなので、時間をかけ物語の流れをじっくりと追いかけることによって、映画より緊迫した雰囲気を伝えることができる。また、一九九〇年の映画化では、日本の映倫にあたるＭＰＡＡ（Motion Picture Association of America）の規制があったということだが、新しい形式のネット配信のドラマでは、スポンサーや公的な機関のチェックを受ける必要がなかったので、より原作に近い緊迫感溢れる作品になっている。アトウッドはこのドラマについて、「声をあげることができるうちに声をあげること、一票を投じることが可能なうちに投票をすることが如何に大切なことか、ドラマを通して視聴者の皆さんに理解してもらえたらと思います」と原作者の意図を述べている。[11]

三　作品の特徴

『侍女の物語』は、いったいなぜこれほどまでに、アメリカの人々を惹きつけたのだろうか。その魅力はどんなところにあるのだろうか。テーマの時事的な問題性に対する関心はいうまでもないが、この作品には小説としての複合的な魅力が満ちているからだろう。

この作品が読者にアピールするのは、その緊迫感である。何が降りかかってくるかわからない不安に満ちたディストピアの日常生活が、サスペンスあふれるストーリーの展開によって、一人の女性の小さな視点から少しずつ明らかになる。

フェミニズムが大きなテーマであり、ユーモアや皮肉を交えてこれまでの女性差別に対する批判が展開される。しかし、それにとどまらず、女性特有の体験を語る文章「エクリチュール・フェミニン」が、詩的なイメージとリズムで展開される。女性による女性の体験の表現が、文学上で成し遂げられていることは、この作品の優れた特徴である。

また、主人公は言葉によって心のなかにさまざまな可能性をもった未来の物語を展開し、自己を奮い立たせ、物語に助けられながら、過酷な現実を辛うじて切り抜けていく。言葉や物語と人間の生き方の関わりの解明も、この作品の魅力である。

歴史観についても、新しい試みがなされている。テープを書き起こすという音声資料の利用によって、アトウッドは新しい歴史学の方法を実践している。オーラル・ヒストリーの掘り起しは一九六〇年代ごろから始まった「下からの歴史」[12]への関心につながっていき、さらに豊かな歴史理解への可能性を開く方法として注目され始めていた。[13]史料が文字資料として残っているかどうかは、あるときは偶然に左右されたり、またあるときは時代の権力関係に依存するにもかかわらず、文字資料による実証主義のみが科学的であるとされがちである。このように限定されがちな歴史研究に対し、オーラル・ヒストリーの掘り起こしを敢然と試みている。

さらに、未知の史料がもし発見されたとしても、それが主流の歴史解釈によって判断されるとき、その正当な評価には大きな困難が立ちはだかっていることも明らかにする。隠蔽されてきた出来事は時代のトラウマでもあり、その意義を発見することは、現在の知の枠組みに拘束され、困難が伴うという解釈の過程そのものを表現している。その点で、文化の他者として抑圧された者を掬いあげようとする、アトウッドの深い洞察が示されている。

このようにサスペンスに富んだプロットとテーマの展開のなかに、文学的な達成と歴史解釈の問題が幾重にも盛り込まれている。しかし、アトウッドは「小説に書かれた女性に対するひどい仕打ちのなかで、私が創作したものはひとつもありません」と語り、事実に添った状況設定であることを強調する。また、宗教自体を批判したわけではなく、宗教を利用して女性差別が行なわれていることを描いたと述べている。

四　ギレアデの女性たち――語り、言葉、関係性

ギレアデでは「出産やその他の目的のために女性を統制する最良の、そして最も経済効率のいい方法は、同じ女性自身によって統制させることだ」（五五五）と考えられ、『小母たち』として知られている卓越した女性統制機関」が作られていた。たしかに、「小母たち」と「女中たち」は進んでみずからの役割に順応し、嬉々として仕事に勤しんでいる。女性たちは「妻」「便利妻」「侍女」「女中」「小母」「不完全女性」などの役割によって分断され、支配されている。

ギレアデの権力者たちは、『一九八四年』と同様に言葉の力に注目し、「小母たち」以外の女性には読み書きを禁じ、文字言語という記号による象徴化と表現の力を奪っている。しかし、このような状況下においても、オブフレッドはサバイバルのために言葉を最大限利用し、その可能性を極限まで追求する。さらに、モイラを中心にしたつながりや、オブグレンを中心に「女性地下鉄道」（かつてアメリカで黒人奴隷の脱出を助けるために組織された「地下鉄道」から名づけられた）による連帯なども確実に存在していた。

ギレアデでは書き言葉が禁じられているので、女性たちはそれに代わって話し言葉による伝達力を磨いた。オブフレッドは、近代的自我の確立方法としてデカルトの「我思う、ゆえに我在り」を強く意識し、それに対抗して「我話す、ゆえに汝在り」（四八六）と主張する。この言葉は関係性を重視した人間の在り方のもうひとつの真理だろう。

言葉は、孤独な自我の世界で思惟を深めることができる手段であるが、それ以前に言語本来の役割は伝達である。「語ることで相手の存在を意識し、その存在を信じる」というオブフレッドの言葉のなかに、聞き手とのコミュニケーションを大事にする意味が込められている。彼女は話をすることで他の何千もの人々と連帯していく可能性があることを示唆している。

……もしこれが物語ならば、頭のなかで話しているにすぎないにしても、わたしは誰かに向かって話しているにちがいない。人は物語を自分に向かってだけ語ることはない。いつでも他に誰かがいるものだ。

誰もいないときでさえ。
物語は手紙に似ている。親愛なるあなたに、とわたしは言おう。……古いラヴ・ソングのように、あなた、あなたと言おう。あなたはひとり以上の者かもしれない。
あなたは数千人の人間かもしれない。（八〇―八一）

ここには、発話は常に宛先（アドレス）をもつ、すなわち「発話は……話し手の存在だけでなく聞き手の存在を前提とする」[14]というバフチンの言葉のエコーがある。オブフレッドは語ることによって誰かとつながっていくことができると確信したが、実際、ギレアデでは、女性同士の世間話、噂話、打ち明け話などのオーラル・コミュニケーションによるネットワークが張り巡らされている。

さらに彼女は、回想、現状の分析や登場人物の心理、また未来の筋書きを想像することによって、心のなかに自分が少しでも息がつけるサンクチュアリ的空間を言葉によって作りあげた。サバイバルのためには、言葉を素材にして築きあげた内的世界が必要だったのである。この内的空間は独裁体制がその成員に対し、いかに徹底して洗脳しようとしても手が届かない「個人性」が存在するところで、それは言葉と想像力によって可能になる。したがって、通常、人があたり前だと思っている、言葉で築きあげる想像力の世界が、実際どのような重要な意味をもっているかが、極限的な場面設定で強調されている。

ある晩のこと、オブフレッドは司令官から秘密裡に呼び出される。恐怖におびえ緊張して出かけて行く。すると、スクラブルゲームの相手になってほしいと言われ、拍子抜けしてしまうという事件が起こる。ギレアデで女性の個性を抑圧する管理体制を作った司令官自身が、個性を消し去ってしまった状況に大きな不満を覚え、スクラブルゲームでパートナーが言語を操る創造的な能力を楽しみ、そのあとも個人的な感情に基づく愛情の交換を強く求める。体制内で最高の待遇を受ける司令官でさえ、女性の能力の発揮と個人的な感情の交流を促すというアイロニカルな状況が描かれている。

もうひとつの重要な言葉は、クローゼットの床に落書きしてあった'Nolitebastardescarborundorum'という謎めいたラテン語の文句である。オブフレッドは前の侍女で自殺したらしい女性が残したこのメッセージを、意味がわからないまま祈りの文句として使っていた。

オブフレッドが司令官に呼ばれたとき、この言葉はどんな意味なのか尋ねると、ラテン語の授業に退屈した男子学生が教師に反抗して作った「奴らに虐げられるな」という意味の擬似ラテン語だと、自分の学生時代の教科書を示しながら説明する。そこで、自殺した前の侍女もオブフレッドと同様に、スクラブルゲームをするために呼ばれ、そのときに彼からこの文句を教えてもらい、自分を励ますメッセージとして書いていたのだと理解する。そして、「侍女」とはいくらでも取り替えがきく、取るに足りない存在なのだと、つくづく思い知らされる。パブリックスクールでラテン語を学ぶ男性エリート文化が創出したこの文句は、リサイクルされ、死者が残すメッセージとなり、祈りの言葉となり、自分の立場についてオブフレッドの自己認識をもたらす大きなきっかけとなる。このように言葉を使ったプロットでサスペンスを効果的に盛りあげている。

さらに、女性特有の経験や肉体の叙述を語るエクリチュール・フェミニンとして、身体、生理、妊娠の徴候を探る描写（七三―四）、出産の場面と笑いの爆発などが挙げられる。出産はギレアデの社会では最も重要な出来事であり、妊娠に失敗したときの月経の訪れは侍女にとっては生死にかかわる大問題である。そのために、通常は小説で描写されることはほとんどない、女性特有の身体的体験が重大な事件として描かれている。

どろ沼や湿地に沈み込むように、自分の体のなかに沈み込んでいく。そこは、わたしだけが足場を知っている場所。足元の不確かな、わたし自身の領域だ。わたしは、未来の噂を聞くために自分の耳を当てる大地になる。体のひとつひとつの疼き、かすかな痛みのつぶやき、分泌物のさざ波、体の組織の拡大と縮小、肉の洩らすたわごとに聞き入る。それらは兆候であり、それについて知っておかねばならない。毎月、わたしは血の訪れを恐る恐る待つ。というのも、月経があればわたしは失敗したことになるから。今まで何度もわたしは他人の期待に応えるのに失敗してきた。それは今ではわたし自身の期待になっている。（一四〇）

わたしは西洋梨の形をした中心物のまわりに凝結した雲にすぎない。その中心はわたしよりも堅固でリアルな存在であり、半透明の膜のなかで赤く輝いている。そのなかには、夜空のように巨大で暗くて湾曲した空間がある。もっとも、それは真っ黒ではなくて赤みがかった暗闇だ。その内側で、星の数ほどあるちっぽけな光が膨らみ、きらめき、破裂し、縮む。そして毎月、ばかでかくて、丸くて、重たい不吉な月が出る。それは通りかかり、停止し、通り過ぎて姿を消す。すると、今度は絶望感が飢饉のようにやってくるのが見える。その空虚感を何度も何度も感じるこ

と。わたしは自分の心臓が時を刻む音、塩辛くて赤い波が何度も引いては押し寄せる音に聞きいる。（二四二）

従来『侍女の物語』までは文化的に忌み嫌われ隠されてきた、女性の生理的な現象が、このように詩的な表現で描写されている。女性自身がみずからの身体とその機能について、微細に観察し、描写していくことによって、身体についてその主体性を取り戻すきっかけとなっていくだろう。

また、アンチ・ユートピアの暗い雰囲気のなかで、笑い、ジョーク、アイロニーは、コミック・リリーフの役目をもち、女性たちが過酷な状況のなかでサバイバルしていく、抵抗の重要な手段となっている。前述のように、司令官から突然呼び出され緊張して出かけたオブフレッドは、スクラブルゲームの相手をしてくれないかと頼まれ、その意外性に思わず腰が砕けてしまう。司令官の突飛な行動に、一人になると大声をあげて笑いころげそうになる。

……すると体のなかから何か音が聞こえる。体が故障したにちがいない、どこかにひびが入ったにちがいない。その音は壊れた場所から顔へと上がってきて外へ出ようとする。何の予告もなしに。ここだろうかそこだろうかなどと考える余裕もなく。もしも音が外に出るのに任せたら、笑い声になるだろう。手に負えないくらい大きな笑い声に。そして当然誰かが聞きつけ、駆けつけてくる足音や誰かの命令の声などが聞こえ、それからどうなるだろう？　診断が下されるだろう。不穏当な感情です、と。子宮が動き回っていると言われてきました（The wandering womb, they used to think. Hysteria.（146））。ヒステリーです、と。……笑い声が溶岩のように喉のなかで煮えたぎっている。……窒息しそうだ。無理に笑いをこらえようとすると、肋骨が痛み、体がひきつる。地震のように、火山のように。爆発しそうだ。クロゼットのなかは赤い色だらけ。爆笑《マース》は誕生《バース》と韻を踏む、ああ、笑い死にしそうだ。（二六九、一部変更）

フランスの批評家、エレーヌ・シクスーは女性独自の言説である「エクリチュール・フェミニン」を従来の言語や思想の抑圧的な構造を爆破してしまうような革命的なエクリチュールであると定義しているが、(15)オブフレッドの笑いの描写には、そのようなエネルギーが感じられる。オブフレッドは宗教独裁体制の矛盾を笑い飛ばしながら、同時に、「ヒステリーは子宮が動き回るのが原因で起きる女性特有の病気だ」と奇妙な診断を下され、さげすまれてきたこれまでの医学的な診断を笑いのめしている。

この小説の文脈では、これまで女性同士が助け合うことは、社会的には公認されていなかったといわれる。オブフレッドの夫ルークの説明によると、親しく交わるというのは'fraternize'という言葉で、これは「兄弟のようにふるまう」という意味があり、「姉妹のように親しく振舞う」という言葉は存在しないからである。あえてラテン語から派生させて作れば、'sororize'という言葉になると彼はいうが（二七）、この作品では、このように言語的には表現されてこず、公認されることもなかった女性同士の親しい交わりと助け合いが見られる。

女性は役割によって分断され、年長の女性たちによって支配されているけれども、同時に同じ立場の女性同士が助け合う場面も多い。「侍女たち」は地下組織を作って協力しようと、いわゆるネットワーク作りをやっている。また、モイラというトリックスター的な人物が彼女たちの中心にいて、レジスタンスの強力なモデルを提供している。

女性の連帯に関連して、キャロリン・ハイルブランは『女の書く自伝』（一九八八）のなかで、ナサニエル・ホーソーンの『緋文字』（一八五〇）、ウィラ・キャザーの『おお開拓者よ！』（一九一三）における女性の生き方について、次のように述べている。

……女主人公は独自の宿命を生き抜くが、将来の女たちのために道を残してはいないし、女たちといっしょに生活したこともなく、他の女たちとの繋がりの感覚ももってはいない。これらの女性たちは、大部分の女性たちが生きてきたプロットを拒否しただけで、ほかには何の物語ももってはいず、みずから学び取った事柄を語りあう女性もいなかった。(16)

……女たちが物語を語りあい、集団として野心や可能性や成功について読んだり話したりするところでは、女の語りが見つかるだろうと考えている。(17)

ハイルブランがこのように考えている「女の語り」が、『侍女の物語』では部分的に実現しているようだ。活発なフェミニスト活動家であったオブフレッドの母親、大胆不敵なモイラ、逃亡を助けるメイデイの組織の一員として目立たないよう働くオブグレンなどが、メンターとして描かれ、侍女たちはお互いに語り合い、連帯を実現していく。

さらに、大部分が現在形で語られていることが、オブフレッドの語りの特徴である。この語りの時制は、ドミニク・グレイスが 'an eternal "now"' とよんでいる実験的なものである。「意識の流れ」のようであり、客観的な歴史のレポートとは異なっているが、その文体にはおそらく、「ギレアデ共和国には国境線などありません、……ギレアデは我々の心のなかにあるのですから」（五一）というアトウッド自身の信念と、よそ事ではなく常に起こりうる事態だという思いが込められているのだろう。[18]

五　作品の構成

構成の面では、本文と「ヒストリカル・ノーツ」の二部から成り立っているので、先行作品である『一九八四年』を踏襲している。オーウェルの作品では、主人公ウィンストン・スミスの拷問、洗脳、処刑という絶望的な物語が語られ、そのあと付録として、独裁体制で強制される言語についての分析「ニュースピークの諸原理」が収録され、二部構成になっているからである。

未来の共産主義体制の社会では、拷問と洗脳に加え、言葉のもつ意味をできるだけ狭く限定するように作り出された新しい言葉「ニュースピーク」が強要される。個人としての人間が構築している内面的世界をできるだけ狭め、単純なものにしていこうという意図のもとに言語が改変される。言葉の統制は独裁体制の極めて重要な要素である。しかし、悲劇的で衝撃的な物語のあと、付録として学問的な論文が淡々として語られるという構成には、出版当時少なからず違和感を覚えた読者もいた。

構成

『一九八四年』　…　本文＋「ニュースピークの諸原理」
『侍女の物語』　…　本文＋「ヒストリカル・ノーツ」

本文と付録という『一九八四年』の二部構成には、アメリカの読書クラブ「今月の本クラブ」からクレームがつき、会員用の推薦書として採用する条件として、同クラブはこの付録を削除するよう、作家側に要求した。結局、その要求は撤回されることになったが、ペンギン版の序文を書いたトマス・ピンチョンも、付録について「なぜ、これほど情熱と暴力と絶望に満ちた小説が、学問的と見える附録によって終わるのか？」と疑問を投げかけている。しかし、この付録は一貫して過去形で書かれているので、独裁体制はすでに過去の出来事で、オーウェルは「ニュースピークの諸原理」を書くことで、作品世界の回復と救済をほのめかしているのではないかとピンチョンは考えた。「そうでなければあまりに悲観的で殺伐としたエンディングに光を与えているのではないだろうか[19]」と彼は推測している。それでは、『侍女の物語』では、「ヒストリカル・ノーツ」はどのような役割を果たしているのだろうか。

六　「ヒストリカル・ノーツ」と歴史認識

『侍女の物語』では一九九〇年代にクーデターによって成立した「ギレアデ共和国」で、独裁体制を生きのびようとした一人の女性の語りを録音したテープが約二〇〇年後に発見される。このテープはケンブリッジ大学ピークソート教授らによって編集され、二一九五年に開かれた世界歴史学会において、「ヒストリカル・ノーツ」というコメントを加えて報告される。したがって、小説は第一章から第一五章まで、四六セクションにわたる主人公の自伝的な語りの部分と、その後につけられた学会での講演の音声記録を起こした書写の二部から成っているので、全体は音声資料を活用したオーラル・ヒストリーであると定義できる。

学会の講演記録では、ピークソート教授はセクシャルハラスメント的なギャグをくり返し、聴衆の失笑を買っている。アトウッドはあくまでも暗いトーンの第一部の語りに対し、第二部には悲劇的な場面にはさむ息抜きとしてのコミック・リリーフ的な役割をもたせようとしている。しかし、教授のジョークは高名なケンブリッジ大学教授の学問的信頼性を傷つけ、アイロニーに満ちた笑いが「ヒストリカル・ノーツ」の特徴となっている。

名前はこの小説では、個人のアイデンティティを象徴するものとして重要視されてきた。女性は固有名詞で呼ばれずに、司令官の所有物として、「オブフレッド」（フレッドのもの）と呼ばれるのである。さらに、「ヒストリカル・ノーツ」に登場する歴史学教授の「ピークソート」という名前は、ブラジルの小説から取られ、何世紀にもわたり同じ姿で死者の国からよみがえってくるという人物が暗示されている。この名前によって、性差別はギレアデの体制とともに滅びたのではなく、歴史上にくり返し登場してくることが示唆されている。[20] 実際、レーガン大統領の政策に不安を感じて書かれたこの作品が、それから三〇年後のトランプ大統領の方針に抗議する読者の間で、再び人気を博したことは、同様の差別が繰り返し歴史上に現れていることを示している。

ピークソート教授のセクハラ的なジョークに観客は笑いと拍手、ときにはブーイングなどで敏感に反応し、それによって、二一九五年という未来に設定されているスピーチの臨場感がかきたてられている。語りには、臨場性、声の音響性、笑いを含めて表情があり、その場で感じられるニュアンスと独特の味わいがあるが(21)、このような効果を含め、世界歴史学会は、未来というよりむしろ同時代的な雰囲気を感じさせる。

そのなかで、最も現代との類似性が強調されるのは、ピークソート教授の歴史研究の手法である。六〇年代から起こった「下からの歴史」に注目し、歴史の可能性を広げようとする流れに対し、教授は女性のオーラル・ヒストリーの史料を入手しながらも、政治体制についての情報のみを優先する従来の研究方法に固執する。

オーラル・ヒストリーの史料としての信頼性が充分に認められていないことと、それが女性史の資料であることが、彼のジレンマとなっているようだ。女性たちに関する情報も歴史に補われるべきだという要求が、歴史家たちの過去についての精通度が部分的でしかないことを示唆しているからだろう(22)。教授の講演に見られる矛盾は、このオールドヒストリーとニューヒストリーがせめぎあう様子を如実に写し出している。

ピークソート教授は、オブフレッドの手記について、かつてのメイン州で発掘されたカセット・テープ約三〇本に録音されていた、同一女性の声による話を書き取ったものであることを明らかにする。テープはアメリカ陸軍の小型トランクに入れられ、カモフラージュのために最初に二、三曲の歌が入っていたこと、三〇本のテープの順序が示されていなかったので、教授たちが一五章四六のセクションからなる文書に編集したことなどが報告される。「下からの歴史」を記述するひとつの技法として、八〇年代からオーラル・ヒストリーに関心が寄せられているが、その手法を確立したイギリスの歴史学者ポール・トンプソンは、オーラル・ヒストリーは、他の史料を使うのに比べて、複数の視点を再構成でき、より現実的で公平な過去の再構成を可能にすると主張する。また、そうした挑戦は、既存の歴史から見落とされてきた人々を含む全体的な歴史の社会的メッセージを伝えることをめざしていると述べている(23)。

オーラル・ヒストリーは口述による自伝やインタビューの資料を指すが、作品中バンゴアで発見されたテープの物語としての構成に関していえば、ピークソート教授たちは極めてたくみにテープを編集、再現している。しかし、彼らは抑圧された女性の心理に感情移入できる共感力という点で高い能力をもっているにもかかわらず、結果的には依然として、政治制度に主眼を置く伝統的なアプローチから離れられていない。

――まだたくさんの謎が残ります。もしも我々の匿名の作者が違った精神構造の持ち主だったら、その謎の一部は解明されたことでしょう。彼女がジャーナリストかスパイの本能を持っていたなら、ギレアデ帝国の仕組みについてもっと多くを語っていたでしょう。じっさい、二十ページかそこらでいいから、ウォーターフォードの個人用コンピューターのプリントアウトがあったならどんなに助かったことか！　しかし、我々は歴史の女神がほんの少しではあれ、手掛かりを与えてくれたことに感謝せねばなりません。（五五八―五九）（傍線は筆者による）

ここで教授は、オブフレッドをギレアデ帝国の仕組みを解明するための単なる情報源、それもあまり有能ではない情報提供者にしか過ぎないと捉えている。彼女の語りよりも、むしろ司令官だったウォーターフォードのコンピューターの情報が、ずっと彼にとっては信頼できる史料なのである。

オーラル・ヒストリーの史料が実際に存在したとしても、それを問題に取りあげる視点がなければ、その史料はほとんど意味をもたないことが示される。この小説でオブフレッドの語りを真の意味で受け止めることができるのは教授ではなく、第一部を読んできた読者自身である。教授が最後に、「何かご質問は?」（五六一）と尋ねるとき、読者は彼の研究のパラダイムにみずからチャレンジすることが求められている。この一文は歴史学会の聴衆に対する呼び掛けを越えて、読者のアクティブな読みを促すメッセージとして発信されている。

七　歴史と文学

『侍女の物語』は二一九五年から二二〇〇年前を振り返るという、未来小説の枠組みのなかに、今から約三〇〇年前、ピューリタンの宗教独裁政治の時代に生きた女性の声を再現しているという歴史小説の構造ももっている。アトウッドは歴史の闇のなかへ消された血縁の女性の声を呼び戻し、歴史のなかにその位置を与えようとした。このような動きは現代の女性作家に顕著で、一九八七年のトニ・モリスンによる『ビラヴド』、一九九〇年のA・S・バイアットの『抱擁』などが、このような「女性の過去の体験の掘りおこし」というテーマの成果である。[24] 埋もれてしまった過去を掘りおこし、未来の可能態を想像力によってイメージ化し警告を与えるという点で、小説のもつ社会的役割を深く感じさせる作品となっている。

しかし同時に、アトウッドの問題提起は、文学や文学研究に投げかけられている、大きな問題にぶつからざるを得ない。それは小説は娯楽のための架空の物語で、たとえ史実をもとにしても充分に現実的な基盤があるわけではない、想像力による非科学的なジャンルの読み物なので、歴史に比べると学問的に信頼できる価値に乏しいという批判である。

この問いは文学研究の意義に関わる問題であるが、架空の物語は実証主義、科学性に反するという批判に、文学はどのように反論すればいいのだろうか。この点を明らかにするために、哲学者の鹿島徹がハイデガーの議論をもとに、文学作品を擁護している箇所を引用してみたい。

文学作品は現実そのままをでなく、過去にありえた可能性、これから実現されうるだろう可能性を描きだす。……

しかしながらむしろ歴史こそ、じつはありえた過去、その意味での「可能性」に向けて探究を行うのではなかったか。これは歴史を事実と結びつける通念からすれば、いかにも反語的に響くことながら、自覚的な歴史研究者のあいだでは夙《つと》に共有されている認識であるだろう。……

……過去とは人間の実存可能性の貯蔵庫なのであり、人間は各自が自己の将来のありかたを選びとるさいに、遺産として蓄積されたそれら過去の生のありようを無自覚にも反復することになるが、その反復は過去の再現というよりも、過去に潜む未実現の可能性の取り戻しとして遂行される。過去とはそのように、将来へと向け取り戻されるべき可能性としてこそ、人間の生の構成契機をなしているのだ（『存在と時間』第二篇第五章）。狭義の歴史家の作業においてひたすら過去の事実が探究され記録される場合にも、実はこの将来へと向けた可能性の反復が企てられているのだとするなら、文学は歴史への関心の底にこのように潜むものを顕在化させ、自己の表現の動因としているといわなければならない。その意味では虚構《フィクション》としての文学作品のほうが、史資料による実証のみに自己限定する専門研究よりも、歴史というものの本質により近いとすらいえるかもしれないのである。(25)（傍線は筆者による）

歴史的事実を示す史料として使われる自伝やオーラル・ヒストリー自体も、著者の価値観のもとに、再構成されたものであり、虚構化され、物語化されている。ヘイドン・ホワイトはさらに、一般的な歴史的叙述のなかに含まれている物語性は、歴史学が科学として客観的な学問に転じたときに、いまだに説明されずにすまされてきたものであると主張している。物語性は架空でしかありえないような人生像のもつ一貫性、統一感、完成度と結末とが、現実の出来事においても示されてほしいという願望から生まれるのだともいう。(26)とすれば、歴史を科学的であるとする根拠は薄れ、過去にありえた出来事を共感的に捉え、「今ここ」にいる私の生き方の可能性を示し、社会との関連を探る小説の価値をあらためて認識する必要があるだろう。(27)

八　国際的な視野

歴史との関連と同時に、作品のテーマは国際的な視点ももつことが、「ヒストリカル・ノーツ」では強調されている。ナチズムだけではなく、執筆当時実際に起こった、女性の人権問題や出産管理に関する、イランとルーマニアでの独裁体制が言及されているからである。ピークソート教授の研究として、『イランとギレアデ——日記を通して見た二十世紀末のふたつの独裁神権政治』という論文が挙げられていて、一九七九年に現実に起こったイラン革命のもとでの神権政治と仮想国ギレアデが比較研究されたという想定になっている。また、八〇年代のルーマニアにおけるチャウシェスク政権下での避妊の禁止、強制的な妊娠検査についても教授は言及する。このようにアトウッドは、宗教あるいは経済体制の違いにかかわらず、独裁政治における生殖の管理を国際的な問題として描こうと試み、さらに旧約聖書の時代、ピューリタン社会、生殖テクノロジーによる代理母の現代と歴史横断的に描き、作品に通史的な視座を与えている。

イランの神権政治の実際については、二〇〇三年にイランの女性作家アーザル・ナフィーシーが書いた回想記、『テヘランでロリータを読む』がアメリカだけで約一五〇万部売れ、二年以上もベストセラーになったことがある。イランのイスラム教独裁政治下での女性に対する人権侵害に、男女を問わず多くのアメリカ人が憤りを覚えたのである。

ナフィーシーは女性として「個人であること」の尊重を強く訴え、読者の大きな反響を呼んだ[28]。このような現象に二〇年も先立って、アトウッドがイランの宗教独裁と女性の問題を取りあげ、キリスト教原理主義的な神権政治と比較する視点を提示し、キリスト教世界においても、とくにアメリカにおいて、このような問題はかつて起こり、また起こるかもしれないと警告していることは、彼女の先見性が実証されているといえよう。

九　続編『遺言』[29]について

前述のように『侍女の物語』はアメリカでテレビドラマ化され、二〇一七年にシリーズ一、二〇一八年にシリーズ二、二〇一九年にシリーズ三が放送されている。なかでも、数々のドラマ賞を総なめにした『侍女の物語、シーズン一』が放送されると、その影響はエンタテインメントの枠を越えて広がっていった。すべての自由を奪われた侍女の物語が、アメリカ大統領トランプ政権に対する抗議運動や、女性の権利運動が高まっている時代にマッチし、ドラマの衣装が抗議活動や州議会で着用されるなどの社会現象を巻き起こしている。ドラマで主役のオブフレッドを演じた女優のエリザベス・モスも、この事態を受けて、ドラマの影響が「ここまでとは予想していませんでした」と少なからぬ驚きを示している[30]。

シーズン二では、物語は「母であること」をテーマに進展し、立場の違う女性たちの関係性の変化に焦点が当てられ、シーズン三では、侍女たちの反乱が描かれている。ドラマでは原作が孕んでいたテーマが、原作を超えて大きく展開していき、現在はシーズン四までの制作が決定している。

しかし、二〇一九年出版の続編『遺言』は、テレビドラマとはまったく構想が異なる小説である。アトウッドにとって、オブフレッドの物語を彼女の一人称で語り続けることは難しく、続編の執筆は困難に思われたが、そのようななかで、もっと違ったやり方で物語にアプローチしてみようというアイデアが浮かぶ。それは、宗教独裁国家ギレアデがどのようにして崩壊したか、あるいは壊れ始めたのかを描くことであった[31]。そして、二〇一八年一一月に、続編を一年後に出版すると宣言し、見事にその企画を実現させ、ブッカー賞まで取るという快挙を成し遂げる。

アトウッドはＢＢＣのインタビューで「何年もの間、（『侍女の物語』の）続編はないのか、続きを教えてと言われてきたけれど、それはできないとずっと答えてきた。……（しかし）世界はギレアデの社会から遠ざかっていくと思っていたが、実際には米国を含めて多くの国がギレアデに戻りつつある」と述べ、それが続編を執筆する理由でもあると語った[32]。

『侍女の物語』では、独裁政権がどのように国民を、とくに女性を支配しているか、オブフレッドの一人称の語りで少しずつ明らかにされた。それに対して、『遺言』では、政権の中枢部にいるリディア小母の語りから、ギレアデの成立過程、組織体制が明らかにされ、アトウッドが多くの読者から受けた質問の回答となっている。

作品の主要な登場人物は、女性再教育機関の「赤のセンター」長であるリディア小母、カイル司令官の養女アグネス、そしてカナダで育った一六歳のデイジーである。アグネスとデイジーは、オブフレッドの娘たちで姉妹だと思われる。ギレアデ体制のシンボルであるかのような、冷酷無慈悲なリディア小母は、『侍女の物語』ではサディスティックで恐ろしい人物であったが、この作品では、ラウンドな人物として描かれ、彼女の経歴や思いが語られる。

リディアは貧しい家庭の出身だったが、苦学して弁護士となり、最後には判事の職についたエリート女性である。しかし、ギレアデが建国されたとき、女性たちの反抗を先導しかねないという理由から、まず最初に捕えられ収容されたのは、高等教育を受けた女性たちであり、彼女はそのうちの一人であった。

修羅場をくぐりぬける厳しい生活に直面したリディアは、心のなかでふたつの揺るぎない決意を固める。それは、どんなことをしても生き残ろう、そして、最後には体制の指導者たちに必ず復讐してやるという思いであった。その結果、『侍女の物語』では生き残るために、冷酷無慈悲なふるまいで指導者たちの意思を貫徹するリディアの姿、『遺言』では体制への復讐をめざし、ギレアデの転覆を図る彼女の計略が描かれる。

リディアは長年にわたって、指導者たちの犯罪の証拠となるデータを大量に収集した。そのデータを、「真珠の乙女たち」というギレアデの国際的な伝道大使になるアグネスとデイジーを使って、カナダのレジスタンス組織「メイデイ」に渡し、ギレアデ政権の転覆を図ろうとしている。

三人のヒロインたちの命運とともに、ギレアデの崩壊がいかにして起こるのかが、読者の興味の中心となる。しかし、すでに崩壊するとわかっているので、『侍女の物語』ほど不気味さやサスペンスが差し迫って感じられないが、その分アクションがふんだんに盛り込まれている。前作は本章で分析したように、さまざまな文学的な特色をもっていたが、『遺言』のテーマはいかにして独裁体制は崩壊していくかを明らかにすることである。したがって、世界のいわゆる独裁政権はこのようにして崩壊するのかという興味がより強くなり、リディアに対する個人的な共感を越えていくところがある。

アトウッドは、続編について「小説の世界と酷似したアメリカの現実社会との奇妙な対比をもっと表現したかったから」だと述べていた。実際にアメリカでは、女性たちが侍女の制服を着て抗議活動を行なうなど、物語と現実が極めて近くなっている。

アトウッドは作家としてのキャリアを始めたとき、「文学は心の地図であり、それなしには生き残れないので、精神的な地図を作ってみよう」と述べていた。その後、まさに現実を予言するような作品を執筆し、それがサバイバルのために必要とされるという体験をしたことは、文学者にとって極めて貴重な経験である。

一〇　まとめ

この章では『侍女の物語』における語りと言葉、歴史記述の問題について考察した。ピューリタン社会での女性の抑圧という過去を未来によみがえらせ、言葉遊びによるサスペンスと肉体的体験の叙述によってその恐怖をまざまざと見せつけ、宗教原理主義に傾いていこうとするアメリカ現代社会に警告を与えている。また、「ヒストリカル・ノーツ」では、文化の他者に関する史料の扱いの問題が浮き彫りにされている。

しかし、全体の暗いトーンのなかで、オブフレッドの母とモイラのエネルギッシュな活力と、オープンエンディングの結末に、かすかな希望の光を感じとることができる。女性の語りと男性の語りを自在に操って、オブフレッドが置かれたアンチ・ユートピアの極限状態をスリリングに描写する力、サバイバルのために言葉を使って内的世界を構築する想像力の強調は、フェミニズムのテーマを越えて特筆に値し、オルダス・ハクスリーの『すばらしい新世界』やジョージ・オーウェルの『一九八四年』とともに、この分野の代表作として注目され続けるだろう。

●●●●●●●●●●●●●●●●●●●●●●●●●●●

註

（1）テキストとして、Margaret Atwood, *The Handmaid's Tale*,（1985; New York: Doubleday, 1998）を使用した。なお、日本語訳については、『侍女の物語』齋藤英治訳（早川書房、二〇〇一）を参照した。以下この章での引用は翻訳書のページ数のみを記す。

（2）小原克博他『原理主義から世界の動きが見える――キリスト教・イスラーム・ユダヤ教の真実と虚像』（PHP研究所、二〇〇六）一四三。

（3）アジア・太平洋人権情報センター、https://www.hurights.or.jp/archives/newsletter/section4/2018/05/ggrshr.html、二〇二〇年一月四日アクセス。

（4）伊藤節「『侍女の物語』――「わたしだけの部屋」のハンドメイド」伊藤節編著『現代作家ガイド5　マーガレット・アトウッド』（彩流社、二〇〇八）二〇六。

（5）Thomas Pynchon, "Introduction," George Orwell, *Nineteen Eighty-Four*（1949; London: Penguin, 1989）v－xxv.

（6）三杉圭子「マーガレット・アトウッドの『侍女の物語』における文学的審美性」『女性学評論』三巻（神戸女子大学、二〇〇八）一六。

（7）"2017 This Year in Books" https://www.amazon.com/article/this-year-in-books. 二〇一八年三月二九日アクセス。

（8）「現政権樹立後間もなく、男性ばかりの執務室で、トランプ大統領が人工妊娠中絶を支援する非政府組織に対する連邦政府の資金援助を禁止する大統領令に署名する姿がＳＮＳで広く出回ったのも記憶に新しい。女性の身体、とくに生殖という究極のプライベートなことに関する決断が、（老いた）男性陣の一存で決定されてしまったのだ。敏感な人たちがこの事態に危機感を覚えたのも無理はない。エコノミストグループの隔月誌『1843』は饒舌にこう指摘する。『アトウッドの物語はとくに現代に関連がある。ドナルド・トランプの政策の時代錯誤な性差別は、古い慣習の復古の可能性を示唆する。そしてこの（ＴＶ）シリーズの力は、さらなる悪へのスパイラルにいかに陥りやすいかを描き出していることだ』。西側諸国でも女性に基本的な人権が認められていなかったのは、そう昔のことではない。」NewSphere, May 18, 2017. https://newsphere.jp/culture/20170518-1/ 二〇一八年三月二一日アクセス。

（9）「極東ブログ」Pina Ivent「［書評］またの名をグレイス（マーガレット・アトウッド）」2018/01/16 http://finalvent.cocolog-nifty.com/fareastblog/2018/01/post-9b28.html. 2018/01/16. 二〇一八年三月三〇日アクセス。

（10）映画.com「マーガレット・アトウッドの「MadAddam」3部作がドラマ化」2018/02/14 22:00. http://eiga.com/news/20180214/19/. 二〇一八年三月三〇日アクセス。

（11）ダ・ヴィンチニュース「蹂躙される女性たちの〝性〟を描いた小説『侍女の物語』！　エミー賞総なめのドラマをＨｕｌｕが独占配信！」2017/11/5　https://ddnavi.com/review/411023/a/ 二〇一八年三月五日アクセス。

（12）ピーター・バークによれば、「上に立つ人の歴史」に代わる別の視点の必要は一九三六年ごろからいわれていたが、それを実行に移す可能性を取りあげたのは、エドワード・トムソンが『タイムズ・リテラリー・サプリメント』誌に「下からの歴史」という論説を発表したのが初めてであった。それ以後、下からの歴史という概念は歴史家たちに共有されるようになった。ピーター・バーク編『ニュー・ヒストリーの現在――歴史叙述の新しい展望』谷川稔他訳（一九九一、人文書院、一九九六）三二。E.P. Thompson, 'History from Below', *The Times Literary Supplement*, 7 April 1966, 279-80.

（13）ジム・シャープ「下からの歴史」『ニュー・ヒストリーの現在』四二。

（14）ミハイル・バフチン『バフチン言語論入門』桑野隆、小林潔編訳（せりか書房、二〇〇二）一三七。

（15）エレーヌ・シクスー『メデューサの笑い』松本伊瑳子、藤倉恵子、国領苑子訳（紀伊國屋書店、一九九三）

（16）Carolyn G. Heilbrun, *Writing A Woman's Life* (1988; London: The Women's Press, 1997). キャロリン・ハイルブラン『女の書く自伝』大社淑子訳（みすず書房、一九九二）四九。

（17）ハイルブラン、五三。

（18）Dominick M. Grace, '*The Handmaid's Tale*: "Historical Notes" and Documentary Subversion,' *Science-Fiction Studies* (Vol. 25, No. 3, 1998) 481-94.

（19）Pynchon. トマス・ピンチョン「解説」ジョージ・オーウェル『一九八四年［新訳版］』高橋和久訳（早川書房、二〇〇九）五〇六―八。

（20）Coral Ann Howells, *York Notes Advanced: The Handmaid's Tale, Margaret Atwood* (1998; London: York Press, 2003) 82.

（21）南博文「臨場するものとしての語り」能智正博編『〈語り〉と出会う――質的研究の新たな展開に向けて』（ミネルヴァ書房、二〇〇六）二四二。

（22）ジョーン・スコット「女性の歴史」『ニュー・ヒストリーの現在』六四。

（23）ポール・トンプソン『記憶から歴史へ――オーラル・ヒストリーの世界』酒井順子訳（青木書店、二〇〇二）二四。

（24）拙論「*Possession* における女性作家の創作――クリスタベルによる童話と叙事詩『妖女メリュジーヌ』を中心に」、井上義彦教授退官記念論集編集委員会『井上義彦教授退官記念論集――東西文化會通』（臺湾学生書局、二〇〇六）四六七―八四頁を参照されたい。

(25) 鹿島徹『可能性としての歴史——越境する物語り理論』（岩波書店、二〇〇六）二六八―六九。

(26) ヘイドン・ホワイト『物語と歴史』海老根宏、原田大介訳（一九八一、リキエスタの会、二〇〇一）五三―四。

(27) 金子幸男「『ウォーターランド』を読む——物語・歴史」吉田徹夫監修『ブッカー・リーダー——現代英国・英連邦小説を読む』（開文社出版、二〇〇五）一一二―一三。

(28) Azar Nafisi, *Reading Lolita in Tehran: A Memoir in Books* (New York: Random House, 2003). また、拙論「ナラティブの持つ力——*Reading* Lolita *in Tehran* を読んで」長崎大学環境科学部編『総合環境研究　環境科学部創立10周年記念特別号』二〇〇七、一八七―九九を参照されたい。

(29) Margaret Atwood, *The Testaments* (London: Chatto & Windus, 2019)

(30) 映画.com「エリザベス・モスが語る『ハンドメイズ・テイル』が世間に与えた影響と今後の行方」二〇一八年八月二九日。https://eiga.com/news/20180829/1/、二〇二〇年一月三〇日アクセス。

(31) Hayley, "What Happened to Offred? Margaret Atwood's Big Sequel Answers Readers' Questions," https://www.goodreads.com/interviews/show/1462.Margaret_Atwood/ 二〇二〇年二月二日アクセス。

(32) ＢＢＣ『「現実に近づいた」、「侍女の物語」の続編発売、著者アトウッド氏インタビュー』、二〇一九年九月一〇日、https://www.bbc.com/japanese/video-49644003、二〇二〇年二月二日アクセス。

第六章　人類滅亡はすぐそこに？――『オリクスとクレイク』

二〇〇三年に出版された一一作目の長編小説『オリクスとクレイク』(1)は近未来における、人類滅亡をテーマにしたディストピア小説である。アトウッドは『侍女の物語』から一八年後、再びディストピア小説の創作にその才能を開花させた。小説では、地球温暖化による危機的な異常気象を背景に、遺伝子操作や感染症の問題が取りあげられ、文明の崩壊が射程に入りつつあるグローバル資本主義社会への警告の書となっている。

一　はじめに

一九六七年、カナダが建国一〇〇周年を迎えたころ、ノースロップ・フライやアトウッドが先導してきたカナダ人による創作や表現活動が盛んになり、宗主国からの文化的自立がようやく実現した。そのような流れのなかで、アトウッドが取りあげる作品の主題もまた新たな展開を迎える。植民地主義の克服から、グローバルなテーマへと進展していくのである。『侍女の物語』で起こっていた環境問題、隣国アメリカで進展するグローバル資本主義との相関関係、その先に見えつつある文明の崩壊などの世界的な課題と取り組み、人類全体のサバイバルを見つめた作品が『オリクスとクレイク』である。

科学技術と資本主義が手を取り合って進む未来社会。先端技術を手中にしたグローバル企業は技術力と宣伝力によって世界を席巻し、巨大な富を我がものにしていく。先端技術のファーストランナーが遺伝子工学で、企業は消費者の欲望をさらにそそるような薬品や生物を、つぎつぎと生み出していく。さらに、優秀な子孫を望む消費者のために、天才科学者がデザイナー・ベイビーの創造に取りかかる。しかし、やがて彼は生物テロを引きおこし、人類はまたたく間に滅亡していく。彼も自殺し、彼が創造した理想的な新人類だけが残される。なぜ彼はそのようなテロを引き起こすに至ったのか、新人類はどうなるのだろうか。

二　グローバル・クライシス——未来への危機感

作家で編集者でもあるベンジャミン・クンケルは二〇〇八年の時点で、毎月少なくともひとつディストピアや黙示録的なテーマの文学作品か映画がリリースされ、世界には新たな危機感が広がっていると述べている。[2]「規制されないグローバルな企業活動と、とくにその遺伝子実験に対する警告」がテーマの本作もそのような作品群のひとつである。[3]

遺伝子操作について「現在生殖テクノロジーに携わっている研究者の大多数はヒトの生殖テクノロジーに手を出すと口にしてはいないが、もし本音を語らせれば、機会があればやりたいと言うのは間違いないだろう。……彼らがそのことを公言しないのは、不用意な発言で社会的な軋轢が生じるのをおそれてのことに過ぎない」(4)といわれている。とくに、現代の生命科学の最先端に位置する科学者たちは、研究の倫理的側面についての議論にコミットするよりも、いかに研究成果をあげるかという競争に邁進しがちだという指摘がなされている。それだけに、最先端のテーマを取りあげ、世界がどのように進むべきなのかについて洞察を与えてくれるこの小説の意義は大きいといえよう。

この作品の社会的背景としては、環境問題を巡るカナダでの活発な動きがある。(5)カナダの環境保護運動は、生物学者で遺伝学者のデヴィッド・スズキによって広がりを見せた。さらに、彼の娘セヴァン・カリス＝スズキが、一九九二年ブラジルのリオ・デ・ジャネイロの環境サミットで、一二歳という若さで環境保護を訴えるスピーチを行ない、カナダのみならず、全世界の注目を集めた。また、女性の社会活動家であるモード・バーロウやナオミ・クラインのグローバル企業批判も大きな動きである。さらに、カナダの農民、パーシー・シュマイザーが自分の畑に風で飛ばされてきた遺伝子組み換え種子を使ったという理由で、アメリカの多国籍企業モンサント社から遺伝子組み換え作物の特許侵害のため訴えられ、敗訴するという訴訟事件（一九九八〜二〇〇四）が起こっている。(6)この事件で暗躍したのが、企業の私的な警察組織モンサント・ポリスであった。このようなカナダとアメリカでの環境問題を巡る社会的な動きが、作品執筆の原動力となっている。

物語が進むにつれて、現代文明がどのような問題を抱え、どのように崩壊にしていくかが示される。複数のグローバルな大企業は地球政府のような役割を果たし、企業に貢献するエリートと消費者である平民の居住地を完全に分け、大きな格差を生み出している。企業がみずから警察組織をもち、企業活動に支障をきたすような行動をする人間をひそかに処刑していたり、インターネットでは人間の尊厳を蹂躙するようなゲームが横行し、子どもたちの性格や倫理観形成に大きな影響を与えている。また、遺伝子工学を使って食糧増産と臓器移植のために、奇怪な外見の新種の動物を作り出していることや、医学の発展のため、ほとんどの病気は撲滅されているが、それでは製薬会社は利益を得られないので、薬がコンスタントに売れるように、定期的に感染症のウイルスをばらまいていることが明らかになる。

小説のなかでは科学者たち（ナンバーズピープル）の研究によって技術が驚くべき速度で発展していくが、人文系の人々（ワードピープル）は、それに対し、いったいどのようなスタンスを取っているのだろうか。遺伝子工学の抱える倫理的な問題や、企業の警察組織の取り締まりの法制上の問題など、人文系の学者が取り組むべき事柄は数多いが、研究の動向はそのような方向に進んではいない。彼らは科学者たちが開発した新製品の販路拡大のために、言語という象徴体系を操り、もっぱら広告の造語に努力を傾けている。ここでは、科学者も人文学者もともに、大衆の欲望を少しでも掘り起こし、グローバル資本主義の拡大のための研究に没頭している。

このような未来が到来し、人間の欲望に従ってデザイナー・ベイビーが創造されると、最大の問題は、人間性そのものが変化していく可能性である。それはこれまでの社会の基盤を壊してしまう恐れがあるとして、アメリカの政治学者フランシス・フクヤマは二〇〇二年の時点で「バイオテクノロジーに対して、これから二、三年の間に下す政治的判断によって、我々の未来は決まるのだ――『人間後』の未来に入り込み、その未来が仕掛ける道徳の罠にはまってしまうのか。それとも人間性に基づく世界に踏みとどまるのか。二つに一つである」という。[7] このような転換期に出版されたこの小説で、作家は未来社会についてシュミレーションを試み、現代文明の在り方について、読者にメッセージを発している。そこでまず遺伝子工学が発展する未来はどのような問題性を孕んでいるのか考えてみる。[8]

つぎに、物語の背景となる環境問題をもたらした原因として、ナンバーズピープルとワードピープルの対立と共犯的ともいえる関係について分析する。さらに、子どもの養育について母親的資質の重要性が強調されているように思われるので、母の不在と表象を中心に女性の人物像について考察する。また、母性に関してポーラ・アレンのいう、文化の「育んでいく機能」が重要だという視点から、語り手である人文学専攻のスノーマンの役割を考えていきたい。[9] そこから、この作品において展開されるアメリカ主導の現代文明に対するアトウッドの批判を明らかにする。

三　遺伝子工学の発展が孕む問題

ヨーロッパ精神の柱として、フランスの批評家ポール・ヴァレリーは、「ギリシャ文明」「キリスト教」と「科学」の三つを挙げ、[10] とくに、科学がヨーロッパ文明の大きな特色であるという。科学は現実世界の成り立ちを事物の細分化によって分析し解明する。現代ではこの三本の柱のひとつであった科学が、技術と結んで極めて急速に発展し、他の分野を凌駕する勢いである。科学技術によって人類の夢が実現するかに見えるが、資本主義と結びつきを強め、そのことが人類の滅亡を招いてしまう未来が想定されている。

『オリクスとクレイク』に描かれる未来社会では、遺伝子工学がさまざまに使われている。臓器移植用に人間に移植する臓器を取るため、あるいは食糧となる肉を増産するための動物や農作物の遺伝子組み換え、グローバルな感染を引き起こすウイルスに対する新薬の製造などがその例である。また、単に技術の精度を高めるための実験として、さまざまなハイブリッド動物が作り出されている。

アトウッドは「マッド・アダム三部作」として、第一作目『オリクスとクレイク』、第二作目の『洪水の年』に続き、第三作目『マッドアダマム』を出版している。第一作では科学者に焦点が当てられるが、『洪水の年』と『マッドアダマム』では、宗教が取りあげられる。環境保護を教理とする宗教団体「神の庭師たち」が登場し、彼らは環境問題、平和問題に重要な役割を果たしている実在の人物を聖人として崇めている。これらの人物から、アトウッドが共感している活動家や学者がわかり、環境問題や社会問題についての、アトウッドのスタンスが明らかになる。

『洪水の年』における主な聖人たちは以下のとおりである。

ダイアン・フォッシー（アメリカ）
スティーヴン・ジェイ・グールド（アメリカ）
ジェームズ・ラブロック（イギリス）
カール・フォン・リンネ（スウェーデン）
E・F・シューマッハー（イギリス）
ジャック・イヴ＝クストー（フランス）
E・O・ウィルソン（アメリカ）

ファーリー・モウェット（カナダ）
カレン・シルクウッド（アメリカ）
アニル・アガルワル（インド）
マハトマ・ガンジー（インド）
デヴィッド・スズキ（カナダ）
ジャン・アンリ・ファーブル（フランス）
レイチェル・カーソン（アメリカ）
シコ・メンデス（ブラジル）
ソジャーナ・トルース（アメリカ）
アル・ゴア（アメリカ）
ロバート・バーンズ（イギリス）

聖人の一人であるアメリカの昆虫学者E・O・ウィルソンは、生物学の立場から遺伝子工学について反対の立場を取っている(11)。その著書『知の挑戦——科学的知性と文化的知性の統合』（一九九八）も取りあげられているが、彼は、種はすべて何億年という歴史をもち、進化の傑作であり、その環境に徹底的に適応していると述べている。さらに彼は、遺伝子操作について、安易に取り掛かると、自分たちを神のように思い、あたかも人間としての束縛から解放されたかのようにイメージしながら、結局、何物でもなくなってしまうと警告を与えている。

一方、政治学者で古典哲学に造詣が深いフランシス・フクヤマは、前述のとおり遺伝子操作により人間性が変化していく可能性があり、これまでの社会の基盤が壊れてしまう恐れがあるので、何らかの規制を必要とするという議論を展開している(12)。

フクヤマはふたつの理由から、人間の改造に反対する。第一は今後、人間の改変が進めば、どのような複雑系的な動きが人間の意識や身体に起こるか予測することができない。想定外の出来事が起こるかもしれないというものである。第二には現在の人間性を前提にして、人間の権利やさまざまな政治制度が考案され、歴史が作られてきた。人間性が変わるとなると、人間社会の基礎が成り立たないようになる恐れがあり、現代人はまさにその分岐点に立っていると論じている(13)。

さらに遺伝学の知見によれば、種が遺伝的多様性を失えばさまざまな弊害が起こり、滅亡への道を突き進むことになるという。集団内の遺伝的多様性の減少は適応進化の原動力を失い、その結果、病気や環境変化への耐性が低下したり、近交弱勢が起こったりすることが知られている(14)。

実際にクレイクによって作り出された新人類は、素晴らしい容姿ではあるが、いずれも似通っていてAIやクローン人間のような雰囲気があり、個性をもつ人間としての尊厳と魅力に乏しい。たとえば、優秀な人類の代表であるベンジャミン・フランクリン、アブラハム・リンカーン、ナポレオン、レオナルド・ダ・ヴィンチ、エリノア・ルーズベルト、キュリー夫人、シモーヌ・ド・ボーヴォワール、ジョセフィーヌなどの名前が与えられていて、偉大な人物を目標に、人間の改良が行なわれていた。しかし、その一方で彼らはまるで偉人のクローンのようで、個人としての魅力にはなはだしく欠けている。

ジミーは遺伝子操作で作り出されたハイブリッドな動物を見て、次のような感慨を抱いている。

何かの一線が越えられ、何かの範囲が越えられてしまった（二五四）

同じく禁じられているものの感覚がした。本来は施錠されているべき扉が大きく開いた感覚。地下の足元直下の暗闇にいくつもの人生が極秘に流れているという感覚がした（二六七）

このようにコメントするのは、ジミーがキリスト教の文化のなかで育っているからだろう。しかし、新しい種の創造に携わる科学者たちは、動物づくりは「最高に楽しい、……神になった気分になれるよ」（六二）と単純に喜びを露わにしている。このように科学者と人文学者の、際立ったふたつの立場の対立が描かれている。

ジミーの遺伝子工学に対するコメントは、単なる個人的な感想に終わっていて、社会的に議論が展開され深められた様子はない。このように変化の渦中にある社会の趨勢のなかで、科学帝国主義に対抗するために、人文学の役割は大きい。けれども、この作品には、ジミー以外に人文学専攻の人物は登場しない。バイオテクノロジーの進展に対し、人文学者たちが有効な反論を展開することができない。それどころか、彼らが大会社の販売促進のために、その知識を総動員し協力していることは大きな問題である。

四　地球環境問題

現代の科学技術文明の問題点として、ナンバーズピープルとワードピープルの共犯的関係およびメディア環境が挙げられている。現代文明では文化も資本が独占するところとなり、広告によって人々の物質的な欲望の掘り起しにやっきになった結果、伝統的な文化的価値観は確実に衰えを見せている。そして、社会の倫理規範を次世代へ伝えていく子育てや教育がうまく機能しなくなっている。

資本主義の社会では、人々の経済的需要が一応満たされると購買意欲は収まると考えられ、その結果必然的に恐慌が起こり、資本主義体制は崩壊すると予言されたが、現実にはそうならなかった。むしろ、体制はしたたかに個人の欲望の掘り起しによる需要を創出し、さらに経済が発展するという段階に至ったのである。(15) しかしその結果、人類は恐慌に代わって、環境問題という新たな課題に直面することになる。地球という資源は有限であり、資源の枯渇や汚染が温暖化をはじめとする環境問題を引き起こしたからである。(16) この勢いに歯止めをかけるのは極めて難しく、地球環境問題の進行が懸念され、作品の舞台となっている二〇二七年には、環境的危機がすでに到来しているという設定である。

たとえば、作品の舞台であるアメリカ東海岸では、熱帯アジア原産の果物であるマンゴーが自生する亜熱帯的な気候になっている。大気にはオゾンホールがあき、強い日差しと、気温の上昇に悩まされている。きびしい気象条件や災害については、「北部の永久凍土が溶け」「広大なツンドラがメタンで泡だち」「干ばつが延々と続き」「アジアの大草原地帯が砂丘と化し」（三二）「海面が急上昇した」「カナリー諸島の火山が噴火して巨大津波も起きた」（七八）などが挙げられている。

そして、赤死病という感染症による文明の崩壊後の世界で、自然はさらにそのすさまじい様相を見せる。「外で吹きすさぶ風が聞こえる。鎖を解かれ、荒れ狂う巨大な動物のような、この世のものとは思えない音」（二九二）がする。このように、解き放たれた巨大な動物が荒れ狂うという比喩表現は、自然をコントロールすることができたと過信している人間が、自然の逆襲にひそかな畏れを抱いていることを示している。

凶暴な自然の力は、カナダというコンテクストでは、モンスターになぞらえられるカナダ北部のおそるべき自然の姿に通じている。[17] 語り手のジミーは人類滅亡後に、自分のことを「スノーマン」と名乗るが、そのニックネームは「雪男」や「雪だるま」と同時に、カナダ先住民の伝説中の雪の怪物「ウェンディゴ」を思わせる。この怪物は北部の過酷な自然の土地の霊と考えられ、旅人はそれに取りつかれ、狂ってしまい、やがてみずからがその自然の表現者となるのである。

作品では二月にすでに夏を思わせる季節が訪れ、ボストン近郊に位置する総合大学のハーバード大学は温暖化による海面上昇のため、水没の憂き目に遭っている。代わって、バイオテクノロジー研究に重点をおくワトソン・クリック研究所が、今をときめく学界の主流となり、このことは時代の遺伝子工学志向を象徴する隠喩である。

地球の気候の変化について二〇〇一年に「気候変動に関する政府間パネル」（IPCC）の第三次評価報告書が、二〇〇七年には第四次評価報告書が公表され、[18] 地球温暖化、砂漠化、氷河の溶解などが大きな問題となっている。『オリクスとクレイク』では、このような未来予測がすでに現実になっている。

環境問題を解決するためには、人間社会は自然の『征服』モードではなく『共存』のモードに転換しなければ永続できないと指摘されている。[19]それにもかかわらず、科学は依然として、自然を『征服』し、利益と経済成長を優先する路線を突き進んでいく。人間に関していえば、最も身近な自然といえる身体の最大の課題である老い、病い、そして死の問題に、科学は挑戦しつづけている。

とはいえ、もし製薬会社が地球上からすべて病気をなくしてしまうと、皮肉にも自己の存在意義を失うことになり、販売成績は壊滅的になる。そのために、ヘルスワイザー社はビタミン剤のなかに、ひそかにウイルスを忍び込ませ、人々の間に病気を蔓延させるという秘密作戦を実行している。クレイクの父親は、そのような販売戦略の闇の部分を知ってしまい、口封じのため会社によって処刑されたのである。

息子であるクレイクはグローバル企業最大大手リジョービンエッセンス社の研究組織のトップまで上りつめる天才科学者であり、企業に従順であれば、大きな権力と富を手中にできる立場にいる。しかし、彼は大企業の方針や社会のあり方に疑問を抱き、時代の流れに逆らおうとした稀有な存在となる。[20]いったい彼はなぜこのような行動に走ったのだろうか。彼は父親の死を、事故に見せかけて、会社に処刑されたのだと主張する。さらに母親かあるいはそのパートナーが、父が秘密を知ったことを会社に密告したのではないかと疑っている。ここで、クレイクをつき動かしているのは、父親に対する親子の間の深い情愛である。

そして、会社が病気を広めているやり方を逆手にとり、企業に対する復讐と改革をめざして人類を滅亡させ、新人類を生み出すという生物テロを実行に移す。いわば文明のリセットを試みるのである。彼は開発中の新薬、ブリスプラスというバイアグラのような薬のなかに「赤死病」という致命的なウイルスをしのばせて世界中に売り出す。ブリスプラスは、性的な快感を高める、性病を予防する、若さを保ち、避妊もできるというめざましい効果をもつが、じつはそのなかには致命的なウイルスが潜んでいた。

感染症の世界的流行は、グローバル化の時代に、最も警戒すべきことのひとつであり[21]、現在新型コロナウイルスの蔓延は世界的問題であるが、本作では赤死病が地球規模で爆発的に広がっていくダイナミックなプロットが展開される。病いが重篤になると、出血して死んでしまう「赤死病」は、エボラ出血熱の連想があり、また、中世の「黒死病」（ペスト）に対抗してつけられた名称である。

五　ナンバーズピープルとワードピープルの共犯的関係

この小説では、科学者と人文学者すなわちナンバーズピープルとワードピープルが対比的に示されるが、企業の利潤追求にじかに貢献する科学者の優位は歴然としている。資本をもつものが科学を手に入れ、科学をもつものが資本を手に入れ、企業はさらなる資本の蓄積を企てる。したがって、科学は資本主義の領域になり、技術の進歩に多くの資金が費やされる。ジミーは、これまでの歴史を見ると、文明の崩壊後に残るのは芸術作品だけであるというが、現実には芸術はそれほど経済的価値がない。世界的な大会社は、多くの利益を生み出す手段としての科学に期待を寄せ、科学万能がさらに進んでいく[22]。

その結果として、科学専攻のクレイクが進学したワトソン・クリック研究所の宮殿のような様子と、ジミーが進む人文系の大学、マーサ・グレアム・アカデミーの老朽化した施設、設備は極めて対照的である。研究助成金交付における科学の優位性を鮮烈に印象づけている。さらに、クレイクの新薬の研究開発には、企業からも何億ドルという資金が出ている。

ナンバーズピープルが重用されるのに比べ、ワードピープルは軽視され、時代の急速な流れをただ傍観するだけである。このような人文学者たちの様子には、バイオテクノロジーが社会を席巻していく潮流に対して、反対のための有効な手段を取ることができないジレンマが表されている。

一方で、彼らは情報化の時代に、大衆の心理に食い込み、彼らを束ね、操作していくという広告の技法によって、その存在意義を主張する。わかりやすく短い独特な言語表現であるキャッチフレーズ、音楽、映像などに加えて、市場調査や社会心理学など社会科学の技法も駆使している。そういった点で、親友であるジミーとクレイクは現代文明の二面性を表し、分身的な存在である。

大量消費社会では、消費と個人の間をつなぐ不可欠の文化装置として「スタイルとモード」の考え方が創出された。それは、理想の身体や外見を獲得したいという人々の欲望を操り、グローバル市場で商品の売りあげを伸ばすための企業の戦略である。[23] しかも、「人は完璧さを求めています」……「使用前と使用後についても知りたがります」（三〇三）という目に見える形での、物質的な即効性と結果を示すことが求められている。

ジミーが働いていた広告会社アヌーユー社は、自己啓発のマニュアル的な指導書をＤＶＤやＣＤ－ＲＯＭにしたり、ウェブサイトに載せるという業務を行なっていた。ジミーは、面接試験のときに、マーサ・グレアム・アカデミーで、「セルフヘルプ」について卒業論文を書いていたことが気に入られ採用される。大学卒業後は、広告会社アヌーユーの会社員として広告、ネーミングとキャッチコピーの製作にその才能を費やしている。彼の仕事は言葉を操り、「言葉の加工」（二四九）あるいは「バカげた造語」（二五〇）によって独特の表現法を手中にし、消費者の心理に働きかけ、購買欲を刺激することである。

ジミーは会社の面接試験で、受け持ちの仕事について次のような説明を受けている。

　心と体は緊密に提携しており、ジミーの職務は心への働きかけとなる。他言すれば、販売促進。（二〇二）

そして、このことが人文系の人間の役割である。心理操作が人文系の領域、身体への効果が理系の科学者たちの領域で、両者は協力して、グローバルな市場での新商品販売を促進させるために協力している。その結果、人文学者たちは芸術や哲学、社会の価値観の追求から離れ、科学者たちの暴走を止めることができず、科学重視の資本主義のなかに取り込まれてしまっている。人文系の人々の抵抗がまったく書き込まれていないのは、現実の社会を反映しているのだろう。

一方、ワトソン・クリック研究所は分子生物学を主とした理系の大学であるが、その学生寮では機知に富む言葉が書かれたマグネットを冷蔵庫に貼りつけ楽しむという「冷蔵庫用マグネットカルチャー」が盛んである。その作品の例が挙げられているが、このような文句は、標語やキャッチコピーのような短い文で、広告の文面に酷似している。

No Brain, No Pain（脳《ブレイン》なくして苦痛《ペイン》なし）（二五八）
I think, therefore, I spam（我思う、ゆえに我スパムする）（二五八）
We understand more than we know（知恵は知識にまさる）（三六九）
To stay human is to break a limitation（人間味を保つことは限界を破ること）（三六九）

などが、その例である。これらのフレーズは科学者のやっていることの自己弁明でもあり、プロットの伏線にもなっている。

広告業界ではテレビの広告に関して、一五秒以内のワン・コマーシャルに対し、ワン・メッセージでないと伝達しようとする意味がうまく伝わらないといわれている。(24) したがって、広告は短い同じ言葉をくり返し、スローガンの羅列のようでもあるのだが、その手法としては慣用表現、詩や引用のもじり、頭韻・脚韻によるリズムなど、独自性のある言語表現が工夫されている。右記のマグネットカルチャーもまったくこれと同様の特徴をもっている。

哲学者のジャン＝フランソワ・リオタールは、近代とはキリスト教、啓蒙主義、マルクス主義、貧困からの解放など資本主義の物語という「大きな物語」が信じられた時代であると定義したが、(25) ポストモダンの時代には、人間性は理念的には普遍性をもっているという信念までも失われてしまう。それに代わる「（世界の）有意味化戦略」として、個別の小さな物語の消費が日常的で大衆的な文化のなかで、行なわれるようになっている。そして、広告もその小さな物語のひとつとして大きな役割を果たす。企業のイニシアティブのもとで、人間の欲求の人為的な創出が広告によってなされた結果、アイデンティティ形成よりも、どのように欲望を満たすかという物質的自己実現が多くの人に共通する物語となった[26]。

これまで人々は自己の生活の規範となる物語やメンター的人物を、主に小説などのなかに求め続けてきた[27]。それらの物語にはある一定の時間軸が設定され、その枠組みのなかで出来事が起こり、読者は登場人物の生き方に、自身を重ねることによって自分探しを行ない、文化は実存に重要な意味をもつ領域として考えられてきた。

しかし、広告は小説、映画、あるいは自己啓発本などの物語と比べると、一定の時間軸という概念がほとんどなく、短く断片的である。もし、そのメッセージを自己のアイデンティティの基礎概念とするならば、短絡的なものにならざるを得ない。消費社会においては、モノそのものが機能と意味の体系から離脱し、束の間のうちに消えていき、広告もまたその道をたどるからである[28]。

それに加え、電子的なコミュニケーションの時代の特徴として、印刷物による書き言葉の交換の時代と比べると、自己と世界との関係が、根底から変化している。電子空間に成立する自己は、脱文脈的で、モノローグ的で、受け手は多様な言説の様式で会話することによって、たえず自己を作り直すと考えられている[29]。作品のなかで、クレイクは眠っている間に、本人は気づかないが、大声で叫び声をあげるほどの悪夢に日常的に悩まされている（二六九）。これは新しい人類を作り出す際の、神を畏れぬ行為に対する内面的な葛藤の表れであると考えられるが、同時にインターネットの映像やゲームに表わされている。断片的なモノ化しつつある人間像と、パートナーとの関係の不安定性などがもたらした恒常的な個としての不安が象徴されているのだろう。

スノーマンは物質的、肉体的な欲望の充足に走る文明に対して、「いつから肉体は独自の冒険に乗り出したのだろう。……昔なじみの道連れである知性と魂を捨てたあとだろう」（一〇六–〇七）と述べ、肉体は精神を見捨て、文化も一緒に捨ててしまったという。そして、肉体が編み出した独自の芸術が処刑とポルノであるとしている。

作品におけるメディア環境としては、暴力、ポルノ、臓器移植、セックスなどが、オンラインゲームで日常的に楽しまれている。児童ポルノサイトの「ホットトットット」「野蛮人ダンス」「血と薔薇」「絶滅マラソン」などがあり、鮮烈な映像の心臓手術の実況もされている。ハイスクール時代のジミーとクレイクは、クレイクの義父のＩＤをこっそり使ってこれらのサイトに毎日アクセスした。そして、コンピューター画面において展開される生々しい映像イメージが彼らの日常の環境を形成していた。

社会学者の吉見俊哉はメディアのテクストは視聴者の主体性やまなざしを構築していく力を内包していると述べている。(30) そうだとすれば、子どもたちがメディアによって世話をされ、人間のモノ化したイメージに囲まれていることは大きな問題である。養育者である両親たちは、みずからの仕事と恋愛関係に忙しい。人間的な交流によって子どもを育てるという場面が希薄な生活で、子どもたちはメディアの支配的なメッセージに無防備にさらされ、伝統的な文化の機能が失われている。

ジミーがコンピューターの画面を開くと「絶滅マラソン」のホームページに、「アダムは動物に名前をつけた。マッドアダムは動物を改造する」という文句が現れる。「狂ったアダム」は現代のマッドサイエンティストのことを表し、改造を表す「カスタマイズ」は、「特別注文に応じて変える、好みに合わせて改造する」という意味である。カスタマイズという概念は、パソコンや技術の世界だけではなく、遺伝子工学によって、生物の世界でも、人間の肉体や生殖にも適用が可能になっており、その点で小説の中心テーマのひとつとなっている。神が作って、アダムが名前をつけた生き物たちを、現代の科学者たちが好みにしたがって改造していく。それらに対し、さらにコピーライターたちが新しい名前をつけていくという共犯的関係性が結ばれている。

二一世紀に入って書かれた『オリクスとクレイク』は、「グローバル・ポストモダン」の小説で、グローバルな高度消費主義社会のもつ企業的精神が、コミュニティ、家庭生活、メディア環境、身体にどのような影響を与え、メンタリティをどのように変化させているか、最も現代的な問題が探られている。二〇世紀後半のポストモダン的な現実について、アメリカ文学者の杉山直子は、「世界には確固たる中心が存在せず、消費者としての主体以外に確固たる統一的な主体もまた、存在しない。レイプ、拷問、生体解剖といった、人体そのものをモノ化し、文字どおり断片化、商品化する場面が写真やビデオに撮影され、複製されて、それがさらに営利目的で売買される。この生々しい『弱肉強食』の世界には、確固たる秩序もまた存在しない(31)」と述べている。これは、『オリクスとクレイク』の社会にもそのまま当てはまる。しかし、このような性的な欲望と暴力的攻撃性に基づく人体の商品化を阻止し、モノ化された身体に再び血肉をかよわせることができるという希望は、いったい、どこにあるのだろうか。

六　母の表象

この作品では、遺伝子操作によって、女性が受け持ってきた生殖のプロセスを、主に男性である科学者が主体となって行なうという転換がなされている。しかも、『フランケンシュタイン』のように、人体の各パーツを血みどろになりながらつなぎ合わせるというおぞましさと後ろめたさなしに、実験室での気軽なカスタマイズのための遺伝子操作で、創造の行為が日常的行為の延長として、簡単に行なわれる。このように出産という自然界における女性の役割が、男性を表象する科学技術によって侵食を受けている。

また、主要人物の現実生活でも「母の不在」が印象に残る。[32] ジミーにとっては父親についての断片的な記憶より、母親との思い出が強く脳裏に焼きついているのだが、母と一緒にいた記憶はなく、むしろ母の不在についてくり返し夢を見る。このことは、母の存在感の喪失を象徴する出来事である。

……夢を見る。またしても母親の夢だ。いや、母親の夢は決して見ない。彼女の不在の夢のみを見る。……どこかでドアが閉まる。フックに母親のナイトガウンがかかっている。赤紫で、抜け殻で、恐ろしい。

……母親が去ったあと、あのナイトガウンを着たことをいま思い出した。まだ母親のにおいがした。彼女がいつもつけていたジャスミンを基調とした香水のにおいがした。……その瞬間、どれだけ彼女を憎んだことか。息もできないほどだった。憎悪で窒息しかけ、憎悪の涙が頬を伝った。それでも両腕で自分の体をしっかり抱きしめた。（三三八―三三九）

ここでは、母の不在の強烈な感覚と同時に、母の香水のかおりと腕に抱いてくれたときの身体的感覚があざやかによみがえっている。場所的な帰属の感覚が薄れている、電子空間の時代においても、母の身体のもつ原初的な意味合いはなお大きな力をもっている。しかし、母のシャロンはジミーを家に置いて出るときに、ペット動物のラカンク（ラクーンとスカンクの合成動物）のキラーまでも彼から奪っていき、ジミーのスキンシップ、パートナーシップの要求やその重要性をまったく理解していない。彼女の母親としての感受性と養育力はあまり機能していない。

このような、作品における「母の不在」は、現代文明のなかで女性や母に表象される人間の肉体的自然と、その養育の重要性もまた顧みられていないことを象徴している。欧米の両親にとっては、子どもの養育も大切だが、カップルとしての関係性がより重要な雰囲気である。また、ポルノや攻撃性といった欲望が、資本主義によって利益をあげるために利用されている社会では、「母親の声」自体も不在であり、母親が統一された主体をもつことの難しさを表している。

シャロンはジミーが六歳になるまでは、フィリピン人の家政婦ドローレスを雇い、何とか職業と母親業を両立させてきた。ところが、ジミーが学校へ行くようになったときに、シャロンはジミーと一緒に家にいたいからといって、仕事をやめる。ジミーの記憶に残っているシャロンのイメージは次のように描かれている。

……ジミーがお昼を食べに学校から戻るとまだバスローブを着て、台所のテーブルに向って腰を下ろしていた。手をつけていないコーヒーが前にある。いつも窓の外を眺め、タバコを喫っていた。バスローブは赤紫色で、いまだにその色を見ると落ち着かなくなる。たいてい昼ご飯はできていなくて、自分で作らなくてはならなかった。母親は平板な声で指図を出すだけだった。……く

たびれ果てているような声だった。彼にうんざりしているのかもしれない。または病気なのかも。（四〇）

ナタリー・フォイはシャロンのこのようなうつ的な症状を、ベティ・フリーダンが描いて見せた一九五〇年代の北米の家庭婦人が抱えていたとされる問題と同根だと分析する。[33] しかし、シャロンは職業をもち企業で働いているので、むしろ彼女の病気は、微生物学者としての遺伝子操作に対する良心の呵責が、関連しているのではないだろうか。

彼女の仕事は、遺伝子接合によって、人間の臓器を望みどおりいくつも生やすことのできるピグーンという豚の新品種を作るためのプロジェクトの一翼を担い、ピグーンが微生物やウイルスに感染しないよう対策を講じることであった。家で自分の仕事の内容を幼いジミーに説明するときに、ウイルスが細胞に侵入していく様を彼女がコンピューターのスクリーンに大きく映し出す場面は、のちのパンデミックのプロットを予想させる伏線である。

やがて彼女は出奔し、環境運動の活動家となっていくが、このような人物像は『侍女の物語』における、主人公オブフレッドの母親と共通点が多い。シャロンもオブフレッドの母も、ともに反体制運動に加わり、その活動がテレビで放映され、ジミーやオブフレッドが彼女たちの映像を目にすることで、親子は擬似的な再会を果たす。シャロンは、ヘルスワイザーの子会社が開発した「ハッピーカッパコーヒー」という、遺伝子組み替え作物に反対する抗議行動に参加したところを、ニュース映像として流され、その姿をジミーが目撃する。

このように母親たちが、時流の動きに対する反対運動に積極的に参加していることは、アトウッドの未来小説で特筆すべき特徴であろう。作品に登場する女性たちの反グローバル企業活動の社会的背景として、前述のとおり、多国籍水道企業が地球の水を商品化すると批判するモード・バーロウやグローバル企業のブランド化を批判するナオミ・クラインなどの活動がアトウッドの念頭にあると考えられる(34)。

シャロン自身の声は不在であり、またその積極的行動はカリカチュア的に描かれるものの、一定の社会的な意義をもっている。結局、彼女は捕えられ、処刑されてしまい、ジミーはその場面を警察組織のコープセコーに見せられる。母親の姿を再び目にしたジミーは、彼女のやつれた姿にショックを受け、心のなかでひそかに復讐を誓う。母の不在に苦しんだジミーが、しだいに母親の主張に共感していく姿には、彼の精神的な成長のあとが見られる。クレイクもジミーも父親や母親が企業の方針に反対行動を起し処刑されるが、最終的には両親の思いに共感し、企業社会の変革に深くコミットしていく。ここに、この小説の倫理観と希望を見出すことができる。

その他に、女性人物としては、東洋人として、オリクス、オリクスの母、オリクスが生まれた村の呪術師、ジミーの家の家政婦ドローレスが登場し、白人系アメリカ人として、シャロン、ジミーの二番目の母ラモーナ、メロンズ（ジミーの先生）、クレイクの母などが登場する。この作品では母親的な性格の東洋人女性と性的な魅力を追求する西洋人女性の性格造型に際立った違いが見られる。また、伝統的な女性役割的な職業につく人と男性の職業分野に進出していく人がいる。そこで彼らの性格と職業を、次の四つのタイプに分類し、その役割を集計すると表のようになる。各人は複数の役割をもっ

A＝女性的な魅力を目標にする女性
B＝母親的役割を果たす女性
C＝女性役割的職業に就いている女性
D＝男性役割的職業に就いている女性

東洋人		アメリカ人	
オリクス	A、C　→　B	シャロン	B、D
オリクスの母	B	ラモーナ	A、D
呪術師	C	メロンズ	A、D
ドローレス	B、C	クレイクの母	A、D

	A	B	C	D	合計
東洋人女性（四人）	1	3	3	0	7
米国人女性（四人）	3	1	0	4	8

【図2】女性達の性格と職業

ていて、その役割を分類すると上のような図になる。

この図を見ると、東洋人女性の場合は多くが母親的役割を果たし、女性役割的な職業に就いている。男性役割的な職業に就いている女性はまったくいない。アメリカ人の場合は、全員が男性役割的職業に就き、母親的役割よりも性的な魅力ある女性をめざしている女性が多い。

シャロンの他にも、父の再婚相手のラモーナやジミーの学校の先生メロンズなどの生き方を通して、先進国アメリカの女性たちは社会進出を果たしているものの、女性として常に性的な魅力を保たなければならないという、カップル文化としての性的な役割がオブセッションとしてつきまとい、母親として、養育者としての存在感を喪失しがちであることが描かれている。

ジミーの高校の卒業式に出席した義母ラモーナの服装は、「売春婦のランプの笠」に喩えられる。性的な魅力を追求する彼女は、同時に母親になりたいとも願っているが、子どもがなかなかできず、不妊対策のため優秀なエージェントを探している。このように、母としての存在、個としての自立、女性のセクシュアリティの確立という役割を巡っての葛藤が見られるが、カップル文化を重視するあまり、常に性的な魅力が優先されている。文化全体が男性主導的であり、個人としての性的な欲望を重視するあまり、精神的な価値を次代に伝え、養成するという機能を失っているようだ。

一方、アジア系女性のもつ、養育的な母親的役割については、白人中産階級女性である作者の視点から、やや理想化されたイメージが描かれている。ベトナムかあるいはカンボジアではないかと思われる貧しい農家に生まれ、人身売買されたオリクスは、ジャングルで暗いうちからさえずる鳥を、母親の魂が飛んできてくれたのだと思う。その地方では、鳥は人の魂と考えられ、鳥を使いにしてメッセージを送ることができると考えられていた。彼女は離れていても、遠くから自分を見守っていてくれる母の存在を身近に感じる。

……鳴き声ひとつ……は母の精霊だと想像した。自分を見守るために鳥の形で送り出され、こう言っている。あなたはいずれ戻るのよ。

あの村では一部の人は生前からそのようにして精霊を送り出せる、と彼女は話した。有名な話だ。方法も学べる。おばあさんたちが教えてくれる。そうすればどこにでも飛んでゆけるし、将来も予見でき、メッセージも送れるし、夢にも登場できる……（一五四）

このように呪術的なアジアの民俗的慣習が描写されている。この描写には前述のポーラ・ガン・アレンのいう「育んでいく文化[35]」（Nurturing Culture）に通じるものがある。アレンは、西洋の家父長制に根ざした文化を「レイプ文化」と規定し、それをどのようにして男性と女性が協力するシステムの「育んでいく文化」へと変えることが可能なのか考察した。そして、ラグナ・プエブロ[36]のアメリカ先住民の母権的な文化的伝統に、その解決の糸口を見出している。アトウッドにも、アジア人女性について、アレンの先住民に対するのと同様の視点をうかがうことができる。

そのようななかで、オリクスはアジア人女性と白人女性の接点ともいうべき人物であるが、その特徴はどのように描かれているだろうか。ジミーとクレイクがオリクスにはじめて出会ったのは、児童ポルノサイトであった。画面に映った八歳ぐらいの彼女が、振り返りながら視聴者の目を射るように見つめる。その軽蔑に満ちたまなざしが、彼らをとりこにした。彼女の視線には、無垢と軽蔑と洞察が混じり合って彼らを強く惹きつけるものがあったからである。しかし、現実の彼女は決して否定的なことを口にすることはなく、そのイメージは曖昧で謎に満ち神秘的である。彼女についての物語は幾重にも本人を取り囲んでいる。そして、その神秘的な美しさにジミーとクレイクはともに魅了され、なかば彼女に操られている。

ところが、物語の後半では、彼女はセックスシンボルから一転して、クレイカーたちにとって、植物や動物についてわかるまで辛抱強く教えてくれるよき教師となる。彼らにとって、オリクスは「母親的存在」であると同時に、「大地の女神」的な存在である。しかし、彼女の母親として、養育者としてのイメージは、年齢的にも、また単純すぎるその教授内容からも弱点があると思われる。

そして、文明の崩壊後、彼女に代わって、新人類クレイカーたちの養育者となるのがジミーである。

哲学者サラ・ラディックは、ある子どもを育てるために必要な時間、エネルギー、経済などの負担を、責任をもって引きうける成人は「母親」と定義され、子育てする男性——いわゆる最近流行の「イクメン」もまた「母親」であるという。(37) 旧人類として一人残されたジミーは仕方なく、クレイカーたちの世話に心を砕いているが、最終的に彼は男性でありながら、自分が育った社会には欠けていた養育者となっていくのである。

七　新人類と彼らを巡る人々

クレイクは、環境悪化の原因である、人口増加を抑制するブリスプラスプロジェクトと、新しい人類を創造するパラダイスプロジェクトを同時に進行させていた。そして、新しい人類からは現人類のもつネガティブな部分をすべて消し去る。たとえば、人種差別、階級性、家系、結婚、離婚、王国、宗教、貨幣などを形成する遺伝子を消したのである。また、彼らは生息地に完璧に適応するように造られているので、家、道具、武器などを作る必要はない。

新人類は、見た目の美しさは完璧で、肌は紫外線にも害虫にも強い。そして、老いを知らないまま三〇歳になれば病気になることもなく死んでしまう。菜食であるが、クレイクによればとくにいいのは、排泄物を食物としてリサイクルできることだそうである。この食餌法は、現在、養鶏業において実際に試みられている。(38) また、彼らは差別的な感覚をもたないので、ジョークを言うことはできない。ジョークは多かれ少なかれ、差別的な要素を含んでいるからだ。

ジミーはこの話を聞いて、こんな子どもを欲しがる人がいるだろうかと疑問に思うが、クレイクは市場調査をやったし、消費者の好みに合わせてカスタマイズできると強気である。けれど、いかに人類からネガティブな部分を取り去るといっても、新人類は、生き生きとした魅力に乏しい。人類は遺伝子操作ではなく、やはり地道な文化的な努力によって、その弱点を克服するしか道はないと思われる。フランシス・フクヤマが論じるように、人間の意識は複雑な要素から成り立っており、還元主義で理解できるような単純な存在ではないからだ。また、エドワード・ウィルソンが遺伝子について述べているように、環境に適合を重ねてきた遺伝子の歴史があり、種のサバイバルにおける遺伝的多様性も重要である。しかし、人類が段階的に弱点を克服していく道のりもまた、険しいものである。

ジミーの再婚した父親は、彼の高校の卒業式にやって来るが、ジミーは父親はとにかく欲しくない、父親にもなりたくないし息子もいらないと思う。しかし、物語の結末には、ただ一人残された旧人類として、新人類の父として養育者の役目を果たさなければならない。クレイクとオリクスはジミーに、もし自分たちに何かあったら、新人類クレイカーの世話をしてくれるように約束をとりつけていたからだ。クレイクは、ナンバーズピープルにではなく、ワードピープルに新人類の世話を託すのである。クレイカーの世代では、子どもに対する性的な虐待はなく、レイプもない、また、誰が子どもの父親であるかも問題ではないという。クレイクは、このように家父長制の崩壊をめざしていたが、まさにそれが実現し、母親的役割を果たす男性が出現したのである。人文学専攻のオプティミストであるジミーに、作品世界の希望が託されたのだ。

ジミーは足にけがをするが、夜のうちに腫れあがって、傷が大きく広がったように感じる（四三九）。ここにはギリシャ悲劇のオイディプス王の（歩けないようにと父親から足を傷つけられた子どもは「腫れた足」オイディプスと名づけられた）イメージが重ねられている。オイディプスは父を殺した息子だということを考えると、ジミーは今までの父権的な文化に決別しようとしている息子だともいえる。しかし、ジミーに託されている希望もまた、かすかなものである。

ジミーについては、幼いころからの彼の生い立ちや、両親との関係などが丁寧に描きこまれ、その葛藤や現実などを詳しく知ることができるので、登場人物として共感することができる。しかし、カナダの天才ピアニスト、グレン・グールドを念頭に置いて創造されたクレイクについては、殊更に神秘性が付与されているようだ(39)。

ウイルスを使ってパンデミックを引き起こしたいきさつは、シューリ・バルジライが分析するように、父の死に対するハムレット的な復讐劇と呼ぶにふさわしいものである(40)。けれど、ハムレットと違って、クレイクが内的な独白によってみずからの思いを表白することはないので、クレイクがなぜ遺伝子工学で作り出したウイルスで人類を滅ぼしてしまうかその動機はわからない(41)。復讐のため企業に打撃を与えるというなら理解できるが、人類全体を絶滅させることは、なぜなのだろうか。実験をやってみたいというマッドサイエンティストの狂気なのだろうか。

実際、人類の脳にセットされている、経済は成長していくものだという固定観念や、欲望最優先の考え方を変え、環境問題が生じることのないような未来のライフスタイルを考えることはかなり難しい。そのような生活のイメージを描き、それに沿ったライフスタイルをめざして努力するのが重要だが、それはかなりの困難を伴う。アトウッドの評論集『負債と報い』でも、目標とできるような、環境にやさしい、未来のライフスタイルは未だ考え出されていない。それゆえに、エホバの神がもたらした「ノアの洪水」と同様に、人間存在をリセットする行動に走ったのかもしれない。遺伝子工学の推進は、科学者を神の位置まで高め、非常な危険性を孕んでいるということがわかる。

さらに神秘的で謎めいているのはオリクスの性格である。欧米の読者にとって、東洋的で神秘的な女性像が描かれているのだろうか。オリクスの性的奴隷としての経歴については、アジアからの人身売買という物語が語られている。また、彼女を巡る人物同士の関係性、すなわちジミーとクレイクとの三角関係の展開、クレイカーに対する教師としての役割や大地の女神的な人物像への急激な転換などもバーチャルな空間で生きる人物という印象を受け、ここでは全体的に小説のメッセージ性が人物造型に優っているといえるだろう。

八　まとめ

物語の結末はオープンエンディングとなり、ジミーに率いられる新人類には、生き残っている旧人類とどのように共存し、サバイバルしていくかという問題が残っている。しかし、アトウッドはこの作品で、アジアの民俗的慣習のなかに、近代西洋文明が失いつつある「育んでいく文化」を表現し、また、男性の主人公ジミーが養育者として成長していく姿を描き、今後の方向性を示している。ナンバーズピープルによって推進されてきた現代文明に対し、ワードピープルがその倫理的方向性を明らかにする必要がある。

また、ジミーとクレイクはそれぞれ、母親と父親を大企業から処刑されてしまい、その復讐のために行動を起こしている。未来世界においても、親子関係は重要な意味をもっていることが示され、試験管のなかでの新人類の創造という現代的事象に対し、重石のような役割を演じている。養い育てられる過程で、子どもたちの人間的な愛情が育まれているからだ。

ポストモダンの時代における高度消費社会は、ナンバーズピープルとワードピープルの共犯的関係によって、推し進められてきた。その過程のなかで、遺伝子操作という危険な技術を手中にし、消費社会の終わりを迎えようとしている人類は、この作品の黙示論的世界に描かれているように、種としての終わりを迎えようとしているのかもしれない。重大な岐路に立つ人類に対し、生命科学や文明の在り方について、議論と思索を重ねるための貴重な機会が『オリクスとクレイク』によって提供されている。

註

(1) テキストとして、Margaret Atwood (a), *Oryx and Crake* (2003; New York: Anchor Books, 2004) を使用した。なお、日本語訳については、『オリクスとクレイク』畔柳和代訳 (早川書房、二〇一〇) を参照した。以下、本章における引用はカッコ内に翻訳書のページ数のみを記す。

(2) Benjamin Kunkel, "Dystopia and the End of Politics," *Dissent*, Fall 2008, 89-98.

(3) Nathalie Foy, "The Representation of the Absent Mother in Margaret Atwood's *Oryx and Crake*," *Margaret Atwood: The Open Eye*, eds. John Moss and Tobi Kozakewich (University Ottawa Press, 2006) 409.

（4）垂水雄二「あとがき」グレゴリー・ストック『それでもヒトは人体を改変する――遺伝子工学の最前線から』垂水雄二訳（早川書房、二〇〇三）三三五。
（5）この点については、戸田清教授（長崎大学水産・環境科学総合研究科）から、情報とアドバイスをいただいた。
（6）清水亮子「シュマイザー裁判ついに最高裁判決――『特許権侵害』を僅差で認める」『土と健康』日本有機農業研究会、二〇〇四年八・九月合併号。http://www.joaa.net/gmo/gmo-0408-01.html 二〇一三年八月一〇日アクセス。
（7）フランシス・フクヤマ『人間の終わり――バイオテクノロジーはなぜ危険か』鈴木淑美訳（ダイヤモンド社、二〇〇二）二一。
（8）フクヤマの他に、Jeremy Rifkin の *The Biotech Century: Harnessing the Gene and Remaking the World* (New York: Tarcher Perigee, 1998) がある。
（9）Paula Gunn Allen, "Father God and Rape Culture," *Off the Reservation: Reflections on Boundary-Busting, Border-Crossing Loose Canons,* (Beacon Press, 1998) 67.
（10）ポール・ヴァレリー『精神の危機　他十五編』恒川邦夫訳（岩波書店、二〇一〇）四二―五三。
（11）エドワード・O・ウィルソン『知の挑戦――科学的知性と文化的知性の統合』山下篤子訳（角川書店、二〇〇二）
（12）長崎大学生産科学研究科の秦シンはフクヤマの遺伝子工学に対する反対論を引用し、生命倫理についての議論を展開している。秦シン『*Never Let Me Go* と *Oryx and Crake* におけるバイオテクノロジーと生命倫理の問題』長崎大学生産科学研究科博士前期課程学位論文、二〇一三年三月。
（13）フクヤマ　二一。
（14）アルマン・マリー・ルロワ『ヒトの変異――人体の遺伝的多様性について』上野直人監修、築地誠子訳（み

すず書房、二〇〇六）
（15）佐伯啓思『「欲望」と資本主義――終わりなき拡張の論理』（講談社、一九九三）
（16）見田宗介『現代社会の理論――情報化・消費化社会の現在と未来』（岩波書店、一九九六）
（17）Margaret Atwood（b）, *Strange Things: The Malevolent North in Canadian Literature*（Oxford: Oxford University Press, 1995）62-86.
（18）*The Third Assessment Report of the IPCC*（2001）, and *The Fourth Assessment Report of the IPCC*（2007）.
（19）見田『現代社会はどこに向かうか――高原の見晴らしを切り開くこと』（岩波書店、二〇一八）一五。
（20）格差が進む現実の社会では、宗教的なマイノリティによるテロが見られ、貧困層の白人が白人至上主義など差別的な動きを強めている。
（21）環境省、http://www.env.go.jp/earth/ondanka/pamph_infection/full.pdf, 二〇〇七年三月八日発表。
（22）Stephen Swain, "Casebook – Atwood's *Oryx and Crake*," 21 Nov. 2006.
（23）吉田文和「大衆消費社会の形成」樺山紘一他『20世紀の定義［3］欲望の解放』（岩波書店、二〇〇一）二〇五。
（24）週刊金曜日取材班『増補版　電通の正体』（金曜日、二〇〇六）
（25）ジャン＝フランソワ・リオタール『ポスト・モダンの条件――知・社会・言語ゲーム』小林康夫訳（水声社、一九八九）
（26）西武百貨店のキャッチコピー、「じぶん　新発見。」（一九八〇）「おいしい生活」（一九八二－八三）「ほしいものが、ほしいわ」（一九八八）などを見ると、広告によるアイデンティティ形成と欲望誘導の過程を見ることができる。
（27）ヒリス・ミラー「物語」フランク・レントリッキア、トマス・マクローリン編『現代批評理論』大橋洋一他訳（平凡社、一九九四）一四九—一八〇。
（28）上村忠男「『消費社会』と欲望のディストピア」『20世紀の定義［3］欲望の解放』四三。
（29）吉見俊哉『メディア文化論——メディアを学ぶ人のための15話』（有斐閣、二〇〇四）八〇。
（30）吉見、一〇〇。
（31）杉山直子『アメリカ・マイノリティ女性文学と母性——キングストン、モリスン、シルコウ』（彩流社、二〇〇七）一九七。
（32）平林美都子『表象としての母性』（ミネルヴァ書房、二〇〇六）一九五。
（33）Foy, 408.
（34）モード・バーロウ、トニー・クラーク『「水」戦争の世紀』鈴木主税訳（集英社、二〇〇三）。ナオミ・クライン『新版　ブランドなんか、いらない』松島聖子訳（大月書店、二〇〇九）
（35）Allen, 67.
（36）アメリカ合衆国ニューメキシコ州に居住するネイティブ・アメリカンの共同体プエブロ民族のひとつ。
（37）Sara Ruddick, *Maternal Thinking: Toward a Politics of Peace* (Beacon Press, 1995) 28-57.
（38）D. L. Arndt, D. L. Day, E. E. Hatfield, 'Processing and Handling of Animal Excreta for Refeeding,' *Journal of Animal Science*（Vol. 48, Issue 1, 1979）157-62.
（39）J. Brooks Bouson, "'It's Game Over Forever': Atwood's Satiric Vision of a Bioengineered Posthuman Future in *Oryx and Crake*,' *The Journal of Commonwealth Literature*（Vol. 39, 2004）139.
（40）Shuli Barzilai, "'Tell My Story': Remembrance and Revenge in Atwood's *Oryx and Crake* and Shakespeare's *Hamlet*," *Critique*（Vol. 50, Issue 1, 2008）87-110.
（41）Anthony Griffiths, "Genetics According to *Oryx and Crake*," *Canadian Literature*, Issue 181, 2004, 192-95.

第七章　環境問題へ文学からのアプローチ
――『負債と報い――豊かさの影』

　未来小説「マッドアダム三部作」執筆の合間をぬい、アトウッドは『負債と報い――豊かさの影』[1]というタイトルで連続講演を行なった。この「マッシー講演会」は、トロント大学マッシー・カレッジその他の後援によって、時代が直面する重要な問題について、当代きっての知識人たちが、カナダの都市五ヵ所を回り、聴衆に直接語りかける名高い講演会である。

一　はじめに

　アトウッドの講演は、二〇〇八年一〇月一二日から一一月一日にわたって、ニューファンドランドのセント・ジョンズ、バンクーバー、ウィニペグ、モントリオール、トロントで行なわれた[2]。その後、講演内容はCBCラジオで放送され、出版社によって書籍化される。五回の講演はそれぞれ違った内容であり、後日出版される本の各章を構成する。これまでに、「マッシー講演会」ではノースロップ・

フライ、アメリカの言語学者ノーム・チョムスキー、イギリスのノーベル賞作家ドリス・レッシングなどが講演を行ない、聴衆を魅了してきた。(3) アトウッドの講演もすでに書籍として出版され、さらに、ドキュメンタリー映画化もされているので、DVDで視聴することができる。

アトウッドのマッシー講演は当初、二〇〇九年に計画されていたが、小説『洪水の年』の出版と重なるので、一年前倒しされ、二〇〇八年一〇月に変更された。そして、講演のテーマとして、アトウッドが選んだのが「負債」であった。

それにさかのぼる二〇〇三年三月、アトウッドはアメリカのイラク侵攻に抗議し、カナダの国内紙『グローブ・アンド・メイル』に「アメリカへの手紙」を投稿した。そのなかで、アメリカの巨大な負債は上昇を続け、うなぎのぼりに記録を更新しているので、すぐに他国での戦争に多額の戦費を費やすことはできなくなるだろう。アメリカは自国の経済を消尽したあげく、やがてそのつけが回ってくる。自国での生産はむずかしくなり、他国が作ったものを横取りするしかなくなってしまう、と述べている。

これがひとつのきっかけになり、彼女は「負債」をテーマに取りあげ、マッシー講演の準備を重ねる。しかし、その講演のわずか一ヵ月前、二〇〇八年九月一五日に、アメリカの投資銀行リーマン・ブラザーズが、約六四兆円という史上最大の破産申告を行ない、世界的金融危機の大きな引き金となった。リーマン・ショック、サブプライムローンという現代の金融事情に人々の大きな関心が集まっている、まさにそのときに、アトウッドは「負債」と「報い」をキーワードに、神話、宗教、文学など、西洋の文化の歴史を縦横に紐解きながら、経済と道徳の両面からアプローチし、分析してみせたのである。

しかし、金融や経済の問題点についてはいうまでもなく、地球という資源の枯渇と地球環境問題を前にして、資本主義経済からの脱却をどう図るかというところまではいかず、結論的には、人類は地球という自然から大きな恩恵を受けているので、その借りを返していかないと地球は破滅するという概論的な警告に終わっている。それでも、その警告が極めてあざやかなイメージとともに展開されているところが、この本の大きな特色であるといえるだろう。

評論集『サバィバル』出版以来三六年が経ち、カナダは見事にその文化的な自立を果たすことができた。少し振り返ってみただけでも、マーガレット・ローレンス、アリス・マンロー、マイケル・オンダーチェ、ティモシー・フィンドリーなどが挙げられる。また、評論においても、マーシャル・マクルーハン、リンダ・ハッチオンなどカナダの文化的潮流は世界的な注目を集めるようになっていった。そして二〇一三年秋には、アリス・マンローがノーベル文学賞を受賞するという快挙を成し遂げた。

一方で、世界ではグローバル資本主義の拡大と、地球環境の危機的な状況から、人類の未来は果たしてどうなるのだろうかという、暗い予感が漂うようになった。このような事態を憂慮したアトウッドは、地球環境問題に対し、大きな警鐘を鳴らした。

人類の未来を考えるときに、『サバィバル』で取った方法が彼女の大きな指標となっている。それにならって『負債と報い』では西洋の文学作品を検討することで、現代の精神的な地図を描こうとした。本章では、その内容を概観したのち、特徴と問題点を探ってみる。

二　作品の概要

負債というテーマをアトウッドは複合的概念と捉えており、負債は単に金銭的なものだけではなく、人間の生き方そのものに関わるとされる。

……人間の複合概念としての負債を取り上げ……飽くなき人間の欲望と強烈な恐怖をこの複合概念がどのように映し出し、拡大しているかを探ること（二）

が『負債と報い』のねらいである。

この作品のテーマは次のように展開していく。生き方としての負債、金銭的負債、それを巡る顛末を描いたストーリーの分析、復讐という負の側面、負債が払えない場合の清算である。第一章「古代の貸借均衡」では、アッシリアやエジプト神話、ギリシア・ローマ神話が取りあげられる。つぎに第二章「負債と罪」では、キリスト教における、罪としての負債の意味が問われる。第三章「筋書としての負債」では、「負債」が物語の重要な原動力となっている英米の文学作品を扱っている。第四章「影なる部分」では、「負債」を返済することができなかった場合の、暗い結末が描かれる。最後の第五章「清算」では、現代のグローバル資本主義の時代には「負債」の概念が劇的に変化する。そして、自然を蕩尽している人類の生き方の末に待っている、清算について語られる。

この評論で繰り返し取りあげられる文学作品のキャラクターは、フォースタス博士とエベニーザ・スクルージである。物語の主要なモチーフとしては、ミルが粉屋、工場、挽き臼の意味でも使われ、もしコントロールが利かなくなったら、どうやって止めればいいかを考えている。

二―一　古代における公平の観念

第一章では、最初に貸借のシステムを成り立たせている公平の原理について考察し、「相互利他性は人間の認知力を作ってきた」（二〇）原動力であるとする。また、世界中で、人々は宇宙には公平を守る基本原則が存在するという考えを共通にもっているという。

シャーマニズムの時代には、「野生動物の生産力は女の神によって管理」（二九）されていて、「殺し過ぎることもなく、食べ物になってくれたことに感謝し、習慣通りに獲物を均等に分配しないと、動物の女神が動物たちを与えてくれなくなった」（二九）という。自然界のバランスが要求されていたわけである。

古代エジプトにおいては、死後の世界で心臓の重さが量られ、人生における個人の道徳的なプラスとマイナスが明らかにされるといわれた。キリスト教の世界でも、死後に大天使ミカエルが魂の重さを量るので、人生をいかに生きるかにおいて、天秤（バランス）は重要な役割を果たした。

しかし、宗教から離れてきた現代では、バランスは単なる預金通帳の残高であり、数を示すだけになってしまっている。かつては、人間がコントロールすることのできない自然現象や運命を考えるとき、人間は神に対し負債を抱えているとみなした。現代では、科学を駆使できる人間の力は、自然を凌駕すると考えられ、自然や神に対する負債という概念は薄れている。

二—二　罪の隠喩としての負債

金銭的負債は、宗教的には罪の比喩であり、罪そのものでもあるという。キリスト教では、神が人間に生命を与えたので、人間は神に感謝し、服従すべき負債がある。しかし、人間は神との約束を破ってしまったので、キリストがすべての人の罪を背負って十字架にかけられ、身代わりの生贄になった。人間の魂は、魂の質屋に住んでいると考えられている。キリストの教えに従い、善行を積むことで、時計が真夜中の鐘を打ち、死神が到着するまえに、そこから請け出してもらえるかどうかという人生を賭けたドラマに、各人が参加してきた。

かくして、生きとし生ける者の魂は、まったき奴隷でも、まったき自由でもない状態で、魂の質屋に住んでいるのだと考えることができます。……

このことがキリスト教信者の生活にドラマチックな緊張状態を与えています。決してわからないのです。（七二）

一方、金銭的な負債については、『ハムレット』のなかで、ポローニアスは息子のレアティーズに「金の借り手にも貸し手にもなるな」（八二）と忠告する。「貸せば金も友人も失うことにもなる。借りると倹約心がにぶる」（八三）からだ。けれども、今ではその忠告に従う人は極めて少ない。消費を第一とする現代の格言はまったくその反対だからだ。

借り入れをするということは賞賛に値することなのだ、と。「システム」の車輪を回し、消費に多額の金を使うことで、……「経済」というものを沈まないようにできるのだ（八三）

しかし、「借り手と貸し手のバランスが長きにわたってあまりにも大きく崩れたままだと、恨みが強まり、互いの目に相手が卑劣に見え」（八三）、負債者と債権者がともに非難される諸刃の剣となっていく。

二―三　物語としての負債

かくして、負債は長い間、物語のテーマとして取りあげられ、文学作品の主題として活躍してきた。クリストファー・マーロウの『フォースタス博士』（一五八九―九二）、チャールズ・ディケンズの『クリスマス・キャロル』（一八四三）、ワシントン・アーヴィングの「悪魔とトム・ウォーカー」（一八二四）、ウィリアム・サッカレーの『虚栄の市』（一八四七―八）、ジョージ・エリオットの『フロス河畔の水車小屋』（一八六〇）などがその例である。

しかし、負債の筋書きは、社会状況、階級関係、経済風土、文学の流行などの変化につれて、時代とともに変化した。一九世紀には、商人と実業家が最大の富裕層として、貴族階級にとって代わりつつあり、キリスト教の弁証家のなかにも、「裕福であることは神の恩寵と祝福の印とみなす者たち」（二〇一）も現れた。宗教改革の時代には、貸付金に利子を取ることが、キリスト教徒にとっても正式に禁止されなくなった。イギリスではヘンリー八世以後、キリスト教徒が金利を取ることが合法化され、他国もそれに倣っていく。

マーロウのフォースタス博士は、『クリスマス・キャロル』のエベネーザ・スクルージよりはるかに寛大で思慮深いが、最後に肉体は引き裂かれ、魂は地獄へと落ちてしまう。壮大な野心をもったフォースタスがこれほどひどく罰せられるのは、マーロウの時代には、富の蔑視、禁欲主義などのキリスト教的な美徳が、聖者の行動の基本とされていたからである。当時はまだ、金持ちが天国に入るよりラクダが針の穴を通る方が簡単だというのがキリスト教としての考え方であった。

バニヤンが『天路歴程』(一六七八)で描く「虚栄の市」では、すべてのものが商売の対象になっている。お金より崇められる美徳と忠誠心のある古い秩序を守る人々は、間近に迫る富の神の勝利を前にして絶望感にかられる気持ちをイメージとして描いている。けれども、一九世紀半ばになると、人々はそのような変化にも慣れてくる。

その後、一九世紀には資本主義の成長を背景に、他人の困窮と苦しみにまったく無関心なスクルージは、情け容赦のない高利の貸金を貸しつけ、返済金を搾り取るという罪を犯す。彼の貸金行為は、霊的な罪でもあり、物質的な罪でもある。改心したあとも彼は貸金業を続けるが、貸金をため込んで凍結していたスクルージは、他人のためにその金を使う。スクルージのハッピー・エンドは「通貨は流通するものである」という、資本主義の中心的信条と完全に一致した生き方をすることである。この生き方は、アンドリュー・カーネギーのやり方に匹敵する。すなわち、はじめは搾り取ることで巨万の富を作り、その後は慈善事業に打ち込むのである。

負債を経済的破滅と性的破滅に結びつけているのが、ジョージ・エリオットの『フロス河畔の水車場』である。水車小屋は、魔法の挽き臼という民話のモチーフを連想させる。望みの物を挽き出してくれるが、ひとりでに回り始めるとコントロールが利かなくなって、その回転が止まらなくなる。このイメージは、アトウッドの論の展開の伏線となっている。

二―四　負債が返せないとき

ここでは、債権者と負債者の間で起こる「ハード・ゲーム」を取りあげている。もし、負債を返済しなければどうなるのか。あるいは、お金で返済できない「負債」の場合、どうなるのだろうか。

債務整理契約がうまくいかなかった場合は、借り主と貸し主の双方に責任があるけれども、一九世紀イギリスでは、債務者は家族ともども債務者監獄に入れられ、子どもや妻たちが働きに出た。北アメリカでは、強制的に年季奉公労働者をさせられた。しかし、現代では個人破産という過去にはなかった救済法で、窮地から抜け出すことができる。

税金とは、体裁よくいうならば、政府が市民から借金することを指している。みずからの正義を主張して始められる戦争を理由に、多くの重税案が立案される。「多くの政府は、自分たちは神と固く手を結んでいるのだから、納税は神への捧げ物と同じであるという印象をことさら与えよう」（一四九）としてきた。しかし、指導者が自国民に重い負債を抱えさせるのは、結局、権力と影響力を失うことになり、賢いやり方とはいえない。

現実の世界では、債務整理の方法として復讐は普遍的であった。相手への憎しみと復讐心を抱いたとき、決済されるべきものは、精神的な負債であり、魂につけられた傷である。債権者と債務者の関係は、復讐する者と殺害や処罰の対象となる人物との関係と同じである。『ヴェニスの商人』（一五九四―九七頃）では、アントニオは、自分の影の部分、彼自身がもちながら承認できずにいる悪意や強欲さをシャイロックに投影する。アントニオはキリスト教の中心教義「隣人を自分のように愛しなさい」に背き、シャイロックは「人の生計手段を抵当に取ってはならない」というモーセの律法を犯し、復讐という暴力のとりこになる。復讐願望は重い鎖であり、復讐自体が連鎖反応を生み出している。

借り方と貸方のバランスが収拾のつかないほど暴走したときに、清算としていったい何が起こるのか。自然に対する畏敬の念を失った人類の未来においても、暴動か、疫病か、とにかく精算は行なわれる。これから地球や人類はどうなっていくのだろうか。

二―五　つけを払う

現代では、現世的な利益が人生の最大目標となったが、人生の終わりにそのつけを払わなければならないことには変わりがない。清算のときが待っているのだ。もし、スクルージが現代に生きていて、私たちと同じ問題に直面しているとしたら、どうなるだろうか。

スクルージが二一世紀の初頭に生きていると仮定して、彼を「スクルージ・ヌーボー」と名づける。多くの会社をもち、若くて美しい五番目の妻と暮らしている彼の前に、亡くなったかつての経営パートナー、ジェイク・マーレイが現れる。彼はやはり長い鎖を引きずっているが、これは彼が生涯に出したゴミからできているのだ。このゴミの鎖は、現代人が直面する最大の課題が環境問題であることを象徴している。マーレイはこれから三人の精霊がやってくることを告げ、ゴミの鎖を引きずり悪臭を振りまきながら消えていく。

まず最初に、過去の地球の日の精霊が現れ、これまでどの宗教でも人々は地球から与えられたものに感謝してきたという。すべての富は自然から生まれるので、人間は自然に「エコロジカルな負債」を抱えていて、そのつけを払う必要がある。もし、浪費と強欲を慎まなければ、疫病や凶作が必ずやってくる。疫病の世界的流行は大自然の費用便益分析[4]の一端と考えられ、アイルランドのジャガイモ飢饉、ロンドンの資本主義初期の公害と悲惨な労働者の状況などを見て回る。

次に現れるのは、現在の地球の日の精霊で、魚の乱獲、熱帯雨林や森林の伐採、地球温暖化など、現在起こっている地球環境問題を見学する。このような地球規模の自然破壊も、貧しい国が抱える「負債」によって進行していく。さらに貧民と富裕層の格差が大きくなりすぎていくと、指導者の追放などの暴動が起こるだろう。

一方、一人の年配の女性が現れ、一九七二年に彼女の母親が切り抜いていた新聞記事を見つける。記事によると、民間のシンクタンクであるローマ・クラブはＭＩＴの科学者チームに未来予測を依頼した。彼らは、経済成長をすぐに停止しないと、世界経済は七〇年以内に崩壊へ向かうと報告していた。[5]それ知ったスクルージは、人々は一九七二年にそのことを知っていたのに、まだ時間はあったのに、なぜ何もしなかったのかと叫んでしまう。

最後に現れる未来の精霊は、人類絶滅後も生き残る巨大なゴキブリである。彼は世界のリーダーたちが地球温暖化対策に真剣に取り組み、すべての宗教指導者たちが地球保護を自分たちの使命であるとして努力し、環境保護がうまくいく未来を示すが、そうなる確率はあまり高くない。別の未来では、ハイパーインフレ、大量死、市民秩序の崩壊が起こる。精霊は、「人類の科学技術システムは、人が注文したいと思う物を何でも挽き出せる挽き臼だ。でも、その機械の止め方を誰も知らない」（二一五）と言う。そして、科学技術が自然を搾取し、天然資源は使い果たされてしまい、人類の支払期限が来てしまうのだ。

目を覚ましたスクルージは、呆然として「自分が持っているものはすべて借りものにすぎない。……大きな負債を抱えているのだ。どうやって借りを返していけばいいのだろうか。どこからはじめるべきなのだろうか」（二一七）と自問する。

三　サバイバルのビジョン

アトウッドは『負債と報い』で、人間の人生で大きな位置を占めている「負債」の意味の変遷について、歴史的に振り返った。社会学者の清水幾太郎は、歴史を振り返ることは、「過去を語りながら、現在が未来へ食い込んで行く、その尖端に私たちを立たせる」[6]ことだと述べているが、まさにそのような意図のもとに、経済的、宗教的、哲学的見地から、「負債」の意味を神話や文学から探究し、さらに、環境問題という地球に対する人類の負債をどのように支払っていけるのか考察した、独創的な評論である。

ここでは負債のもつ意味合いがさまざまに変遷していることがわかる。まず、宗教的な人生の意味づけにおける「負債」の定義がなされ、次第にその意味が経済的、現世的な色合いを強めていく様子が描かれる。金融工学という現代の錬金術とグローバル化による富の集中、これらが行きつく未来が暗示される。底に流れているムードは、現代は大きな転換期、あるいは危機的状況に達しているという認識である。読者にその危機を危機として認識し、行動に移させるために、物語によるイメージの明確な刷り込みという方法がとられている。

第五章でスクルージ・ヌーボーの環境問題のドラマが地球規模のスケールで展開していくなかで、トロントの住宅の地下室が浮かびあがり、ローマ・クラブの進言を記した新聞の切り抜きを読む、アトウッドの母とアトウッド自身の姿が舞台の袖で演じられる。

これまでの評論の客観的な調子が、想像力を駆使した物語へと変わり、人間のサバイバルに大きな役割を演じてきたと、アトウッドが主張する物語の様式で、環境問題が語り直される。ノースロップ・フライの思想は、読者の想像力を涵養する文学の力と文学者の社会的役割を強調するものだが、これらは『負債と報い』の独特の形式として、実を結んでいる。環境文学と評論の歴史のなかで、大きなランドマークとなる作品であり、かつての『サバィバル』と同じように、地球環境問題を巡る現代人の精神的な地図が描かれたといえるだろう。

本書では、第一章で科学、ギリシア文明、キリスト教が、西洋文明を支える三本の柱であると論じているポール・ヴァレリーを引用した。そのなかでも科学は、物事を細分化し、分析的なアプローチを取って解明していく。さらに先行研究を調査し、これまで試みられたことのない研究に着手するというシステムを作り出し、科学はみずから発展していく回路を備えた。やがて科学は技術と結びつき、さらに資本主義と結びついて、生活を近代的で便利なものに変えていった。その科学技術の現状についてアトウッドは「止めることのできない挽き臼」という比喩で表す。これに似たような物語は『グリム童話』などの民話、ゲーテの『魔法使いの弟子』（一七九七）、ウォルト・ディズニーの『ファンタジア』（一九四〇）、アンドルー・ラングの『あおいろの童話集』（一八八九）などに登場しているので、読者のなかに既視感が生まれている。

民話の挽き臼は、持ち主のために、金、ニシン、お粥、塩など役に立つ大事なものを挽き出す。そして持ち主は望んだものが出てくるのではじめは喜んでいるが、あまりに多量に出てくるために、コントロールできなくなる。他の人々は、はじめは幸運だった主人公が、うろたえパニックになっていく様子を傍から眺め、そこから人間の欲望についての教訓を引き出す。

しかしながら、科学技術という現代の挽き臼についていえば、挽き臼が挽き出すものによって、すべての人が何らかの形で恩恵を被っている。便利さ、それが生み出す豊さと利潤は無限に拡大するという幻想のなかで生きている。そのための負債の支払いなど自分たちには関係がないと思い込む。言い換えると、挽き臼が作り出す渦のなかに、人々が入り込んでしまっている。そこでは、もはや傍観者的な態度を取ることはできないのに、そのための負債の支払いなど自分たちには関係ないと思い込んでいる。そこから抜け出すためには、成長戦略や欲望などとは違った、新しい生き方のコンセプトが必要となってくる。そうでなければ、渦のなかにさらに巻き込まれていくだけである。権力欲・金銭欲が人類を滅亡のふちまでに追いつめている。

スクルージ・ヌーボーは結末で、環境保護のために「どこからはじめるべきなのだろうか」と自問する。彼には元祖スクルージと違って、周りの人々に施しをするという単純な行為とはまったく違う、難しい行動が求められている。環境保護に対する問題提起と、行動を起こさなければならない重要性、時間が差し迫っていることは示されたが、その具体策はいまだ示されていないのである。誰もが、誰かが環境問題を解決してくれるだろう、とりあえず自分は経済活動に邁進して、自分だけは裕福で安楽な生活を送りたいと考えているからだ。経済活動中心の考えから抜け出すことができず、自然に対する畏敬の表明など、どこかの誰かがやってくれるだろうとよそ事である。宗教的な世界観が薄れてきているという趨勢も大きな影響をもっている。

この評論集の第一章で、「正義の表象は女性の姿を保ってきました」（三五）とされているが、自然や運命の表象もまた、女性の姿をしている。スクルージ・ヌーボーの物語とともに演じられる、アトウッドとその母の物語は、温暖化に対し何もしないで過ぎ去ってしまった時間の経過を表すと同時に、二人の姿は正義や運命を司る女神たちのイメージをもっている。さらに、『オリクスとクレイク』において、時代の否定的な流れを食い止めようとして、女性たちの反グローバル企業活動が描かれてきたので、女性たちの活動にひとつの期待感があることは間違いないだろう。

また、大人は少しでもゆとりのある暮らしを送ることに主な関心があり、経済活動に邁進し、景気の動向に一喜一憂するが、近年の異常気象に若者たちは危機感を募らせ、真剣に人類の未来を考えるようになっている。二〇一九年三月一六日には、彼らの運動について次のような報道がなされた。「各国の指導者に地球温暖化対策を求める若者たちが一五日、授業を欠席し、世界一斉デモに参加するため通りに繰り出した。世界全体で百万人以上が参加したとみられる。この抗議行動はスウェーデンの高校生で環境活動家のグレタ・トゥーンベリさん（一七歳）の呼び掛けに触発されたもので、主催者は世界百ヵ国以上でのデモを呼び掛けていた(7)」。

トゥーンベリは地球温暖化を摂氏一・五度内に抑制するためにさまざまな政府が採用した戦略は不充分であり、温室効果ガスを二〇二〇年までに急速に減らす必要があるとしている。また、二酸化炭素排出量を極力減らす生活を試み、誰もが科学に基づいて団結する必要があると主張している。[8]『負債と報い』では、キリスト教の来生観、金銭観を中心に、イギリス文学で描かれた人間像が検証されている。今日、環境問題をもたらしたものは科学技術の発展であり、科学は西洋文明に起源をもっている。そうであるならば、また別の世界観に拠る文明の人々は、環境問題や自然観についてどのような心理的な特性をもち、人生観を養ってきたのかを探究する必要がある。『オリクスとクレイク』で、未来の人類の養育係になるオリクスの姿には、アジアや異文化の自然観に対する期待が表されている。それらの物語を総合することによって、科学技術と資本主義の発展という渦から離れていく、新たな取り組みが生まれてくるかもしれない。

••••••••••••••••••••••••

註

（1）テキストは Margaret Atwood, *Payback: Debt and the Shadow Side of Wealth* (Toronto: Bloomsbury, 2008) を参考にした。また、日本語については、『負債と報い——豊かさの影』佐藤アヤ子訳（岩波書店、二〇一二）を参照した。以下、本章における引用はカッコ内に翻訳書のページ数のみを記す。

（2）堤稔子「〈書評〉マーガレット・アトウッド著、佐藤アヤ子訳『負債と報い——豊かさの影』（岩波書店、二〇一二年）」『カナダ文学研究』第二〇号（日本カナダ文学会、二〇一二）一三一―一三二。

（3）佐藤アヤ子「訳者あとがき」『負債と報い――豊かさの影』二三五。

（4）公共事業の社会的便益と社会的費用を計測することで、その事業によって社会全体としてどの程度の利益が見込まれるのかを分析する。

（5）ドネラ・H・メドウズ他『成長の限界――ローマ・クラブ「人類の危機」レポート』大来佐武郎監訳（ダイアモンド社、一九七二）

（6）清水幾太郎「はしがき」E・H・カー『歴史とは何か』清水幾太郎訳（岩波書店、一九六二）

（7）『温暖化対策を！　若者たちが世界一斉デモ　推計１００万人超　国連事務総長も支持』https://www.afpbb.com/articles/-/3216078 2019/03/16　二〇一九年六月一二日アクセス。

（8）https://ja.wikipedia.org/wiki/ グレタ・トゥーンベリ、二〇二〇年五月二六日アクセス。

まとめ

一九六一年に詩集『ダブル・ペルセポネ』を出版し、作家としてスタートを切ったアトウッドは、一九八五年の長編小説『侍女の物語』で国際的な評価を確立する。その後カナダを代表する作家として成長を遂げ、小説家・詩人・批評家として多大な業績を積み重ねていった。カナダ文学のキーワードを「サバイバル」と捉え、女性・移民・労働者の立場からカナダの人々のアイデンティティを明らかにしようとした。

その後二一世紀に入り、地球環境問題が人類のサバイバルを脅かすような事態になってくると、「環境と文学」というテーマで、未来小説と評論集を著わしている。文学者の社会的使命を強く意識しながら、ローカルな地点から出発した作家は、グローバルな問題へその方法論を応用しようと努力を重ねている。

本書では代表的作品である五つの長編小説を選び、評論集『サバィバル』と『負債と報い』とともに分析を試みた。カナダの文化的な自立を求めて、文学作品の分析によって精神的な地図を描き、そこから出発したアトウッドの作品世界の中核ともいえる作品群がどのようなものであるか分析し、その創造空間にアプローチする手掛かりにしたいと考えたからである。

アトウッドの長編小説『侍女の物語』『キャッツ・アイ』『またの名をグレイス』『昏き目の暗殺者』『オリクスとクレイク』を通じてのテーマとして、本書では「カナダ的なアイデンティティ確立」「女性の生き方の探究」「現代文明批評」の三つを取りあげた。『キャッツ・アイ』『またの名をグレイス』『昏き目の暗殺者』の三作品で、移民国家カナダの人々が生きてきた歴史が明らかにされる。『またの名をグレイス』における召使メアリーは、労働によって自立し、みずからの人生を切り拓いていこうとする姿勢を表し、独立をめざす考え方がカナダ社会のアイデンティティの根底にあることを示している。また、家父長的な社会で分断されがちな、女性同士の連携を深めていく方向性も示された。

一九八〇年代のアメリカにおける「新宗教右派」とよばれるキリスト教原理主義の一派の台頭に危機感を覚えたアトウッドは、宗教的独裁へと移行しかねないアメリカの政治的風潮に対し、警告の意味を込めて『侍女の物語』を世に問うた。この作品には、現代でも社会の成員が注意を怠っていると、いつ何時、独裁政治体制が再び席巻するようになるかもしれないという自戒の念が込められている。『オリクスとクレイク』では、寡占的なグローバルな大企業が、地球政府のような役割を果たしていること、企業のもつ警察組織が、企業活動に支障をきたすような行動をする人間をひそかに処刑していること、遺伝子工学を使ってさまざまな新種の動物や植物が創り出されていることなど、現代文明が批判的に描かれている。

アトウッドは、科学技術の発展について、「人類の科学技術システムは、人が注文したいと思うものを何でも引き出せる挽き臼だ。でも、その機械の止め方を誰も知らない」と『負債と報い』で述べている。この「止めることのできない挽き臼」という比喩によって、現代の状況が身近に感じられて、考察への第一歩へと誘われる。

アトウッドの作品では、プロットが作品ごとに変化のある展開をみせる。作者は自身のこのような傾向を「奇抜な表現への衝動」と呼び、読者を驚かせたいという創作上の思いが強い。アトウッドの作品の人気は、このエンタテインメント性と、テーマが時宜に適っていること、テーマを表すための技法が絶妙であることなどが挙げられる。『サバィバル』でアトウッドは、一九六〇年代のカナダの文化的アイデンティティを模索する大きなうねりのなかで、詩人として小説家として成長を遂げ、辺境と周縁におけるサバイバルとフェミニズムをテーマにしながら、次第にグローバルな地球環境の悪化と人類のサバイバルについて関心を広げていった。このような創造的な展開の原動力になっているのは、アトウッドが若き日に受けた、ノースロップ・フライの薫育の賜物である。

想像力は芸術的な機能と社会的で実践的な機能ももっているとフライは説いた。それゆえに、文学者は批評や創作活動によって人々の想像力を触発し、読者の人生における希望やあるべき社会を構想する力を養うことができる。人類のサバイバルが喫緊の問題となっている現代において、このような想像力の可能性を最大に利用しながら、「マッドアダム三部作」や『負債と報い』など環境と文学をテーマにした作品を創造することによって、社会変革の途を探るアトウッドの姿勢は、女性作家の枠を越えて、世界を牽引する文学的リーダーの姿を示しているといえるだろう。

そのことを如実に証明する出来事が、アメリカ・トランプ政権下での『侍女の物語』のドラマ化とその人気の沸騰ぶりである。続編執筆の折には、作家自身が、小説と現実社会との奇妙な対比をもっと表現したかったと述べているが、女性の問題と同時に、環境問題についても、さらにどのような切り口を見出していくことができるか、今後の創作活動が待たれる次第である。

参考文献

〈一次資料〉

小説（年代順）

Atwood, Margaret. *The Edible Woman*. 1969; London: Virago,1980.（『食べられる女』大浦暁生訳、新潮社、一九九六）

——. *Surfacing*. 1972; London: Virago, 1979.（『浮びあがる』大島かおり訳、新水社、一九九三）

——. *Lady Oracle*. 1976; London: Virago, 1982.

——. *Life Before Man*. 1979; London: Virago, 1982.

——. *Bodily Harm*. 1981; London: Virago, 1983.

——. *The Handmaid's Tale*. 1985; New York: Doubleday, 1998.（『侍女の物語』斎藤英治訳、早川書房、二〇〇一）

——.*Cat's Eye*. Toronto; McClelland & Stewart Ltd, 1988.（『キャッツ・アイ』松田雅子、松田寿一、柴田千秋訳、開文社出版、二〇一六）

——. *The Robber Bride*. 1993; London: Virago, 1994.（『寝盗る女（上・下）』佐藤アヤ子、中島裕美訳、彩流社、二〇〇一）

——. *Alias Grace*. 1996; London: Virago, 1997.（『またの名をグレイス（上・下）』佐藤アヤ子訳、岩波書店、

二〇〇八）

——. *The Blind Assassin*. 2000; New York: Anchor Books, 2001.（『昏き目の暗殺者』鴻巣友季子訳、早川書房、二〇〇二）

——. *Oryx and Crake*. 2003; New York: Anchor Books, 2004.（『オリクスとクレイク』畔柳和代訳、早川書房、二〇一〇）

——. *The Penelopiad: the Myth of Penelope and Odysseus*. New York: Canongate, 2005.（『ペネロピアド』鴻巣友季子訳、角川書店、二〇〇五）

——. *The Year of the Flood*. New York: Nan A. Talese, 2009.（『洪水の年（上・下）』佐藤アヤ子訳、岩波書店、二〇一八）

——. *MaddAddam*. London: Bloomsbury, 2013.

——. *The Heart Goes Last*. London: Bloomsbury, 2015.

——. *Hag-Seed*. London: Vintage, 2017.

——. *The Testaments*. London: Chatto & Windus, 2019.

詩（年代順）

Atwood, Margaret. *Double Persephone*. Toronto: Hawkshead Press, 1961.

——. *The Circle Game*. 1966; Toronto: House of Anansi Press, 1978.（『サークル・ゲーム』出口菜摘訳、彩流社、二〇二〇）

——. *The Animals in that Country*. 1968; Toronto: Oxford University Press, 1973.

——. *The Journal of Susanna Moodie*. Toronto: Oxford University Press, 1970.（『スザナ・ムーディーの日記——マーガ

レット・アトウッド詩集』平林美都子、久野幸子、ベヴァリー・カレン訳、国文社、一九九二）

____. *Procedures for Underground*. Toronto: Oxford University Press, 1970.

____. *Power Politics*. Toronto: House of Anansi Press, 1971.

____. *You are Happy*. Toronto: Oxford University Press, 1974.

____. *Selected Poems*. Toronto: Oxford University Press, 1976.

____. *Two-Headed Poems*. Toronto: Oxford University Press, 1978.

____. *True Stories*. Toronto: Oxford University Press, 1981.（『ほんとうの物語』内田能嗣監訳、大阪教育図書、二〇〇五）

____. *Interlunar*. Toronto: Oxford University Press, 1984.

____. *Selected Poems II: Poems Selected and New, 1976-1986*. Toronto: Oxford University Press, 1986.

____. *Selected Poems 1965-1975*. Boston: Houghton Mifflin Company, 1987.

____. *Selected Poems 1966-1984*. Toronto: Oxford University Press, 1990.

____. *Morning in the Burned House*. London: Virago, 1995.

____. *Eating Fire: Selected Poems 1965-1995*. London: Virago, 1998.

____. *The Door*, London: Virago, 2007.

短編集（年代順）

Atwood, Margaret. *Dancing Girls and Other Stories*. 1977; London: Vintage, 1996.（『ダンシング・ガールズ――マーガレット・アトウッド短編集』岸本佐知子訳、白水社、一九八九）

____. *Murder in the Dark*. Toronto: Coach House, 1983.（『闇の殺人ゲーム』中島恵子訳、北星堂書店、二〇〇二）

——. *Bluebeard's Egg*. 1983; New York: Anchor Books, 1998.（『青ひげの卵』小川芳範訳、筑摩書房、一九九三）

——. *Wilderness Tips*. 1991; London: Virago, 1992.

——. *Good Bones*. 1992; London: Virago, 1993.

——. *Good Bones and Simple Murders*. 1994; Toront: McClelland & Stewart Ltd, 2001.（『良い骨たち＋簡単な殺人』中島恵子訳、北星堂書店、二〇〇五）

——. *The Tent*. London: Bloomsbury, 2006.（『テント』中島恵子・池村彰子訳、英光社、二〇一七）

——. *Moral Disorder*. New York: Nan A. Talese, 2006.

ノンフィクション（年代順）

Atwood, Margaret. *Survival: A Thematic Guide to Canadian Literature*. 1972; Toronto: McClelland & Stewart Ltd, 2004.（『サバイバル——現代カナダ文学入門』加藤裕佳子訳、御茶の水書房、一九九五）

——. *Second Words: Selected Critical Prose*. Toronto: House of Anansi Press, 1982.

——. *Strange Things: the Malevolent North in Canadian Literature*. Oxford: Oxford University Press, 1995.

——. *In Search of* Alias Grace: *On Writing Canadian Historical Fiction*. Ottawa: University Ottawa Press, 1997.

——. *Moving Targets: Writing with Intent 1982-2004*. Toronto: House of Anansi Press, 2004.

——. *Negotiating with the Dead: A Writer on Writing*. Cambridge: Cambridge University Press, 2002.（『死者との交渉——作家と著作』中島恵子訳、英光社、二〇一一）

——. *Writing with Intent: Essays, Reviews, Personal Prose: 1983-2005*. New York: Carroll and Graf, 2005.

——. *Payback: Debt and the Shadow Side of Wealth*. 2008; London: Bloomsbury, 2009.（『負債と報い——豊かさの影』佐藤アヤ子訳、岩波書店、二〇一二）

インタビュー

______. "An Interview with Margaret Atwood on her Novel *The Handmaid's Tale*." *The Handmaid's Tale*. 1985; New York: Anchor Books, 1998.

書誌（年代順）

McCombs, Judith and Carole L. Palmer. eds. *Margaret Atwood: a reference guide*. Boston: G.K.Hall, 1991.

Hengen Shannon and Ashley Thomson. eds. *Margaret Atwood: A Reference Guide 1988-2005*. Lanham, Maryland: The Scarecrow Press, 2007.

〈二次資料〉

Allen, Paula Gunn. "Father God and Rape Culture." *Off the Reservation: Reflections on Boundary-Busting, Border-Crossing Loose Canons*. Boston: Beacon Press, 1998.

Atkinson, Kate. *Behind the Scenes at the Museum*. 1995; New York: Picador, 1997.

Banerjee, Chinmoy. "Atwood's Time: Hiding Art in *Cat's Eye*." *Modern Fiction Studies*. Vol. 36, Issue 4, 1990. 513-22.

Barzilai, Shuli. ""Tell My Story": Remembrance and Revenge in Atwood's *Oryx and Crake* and Shakespeare's *Hamlet*." *Critique*. Vol. 50, Issue 1, 2008. 87-110.

Beechey, Veronica. *Unequal Work*. New York. Verso Books, 1987.

Bergthaller, Hannes. "Housebreaking the Human Animal: Humanism and the Problem of Sustainability in Margaret Atwood's *Oryx and Crake* and *The Year of the Flood*." *English Studies*. Vol. 91, No 7, 2010. 728-43.

Bouson, J. Brooks. "'It's Game Over Forever": Atwood's Satiric Vision of a Bioengineered Posthuman Future in *Oryx and Crake*.' *The Journal of Commonwealth Literature*. 2004. Vol. 39. 139.

Blanc, Marie-Therese. "Margaret Atwood's *Alias Grace* and the Construction of a Trial Narrative." *English Studies in Canada*. Vol. 32, Issue 4, 2006. 101-27.

Breslin, John B. and Tracy Alig. "In Their Own Image." *America*. 8/18/2003. Vol. 189, No. 4.

Chicago, Judy. *Through the Flower: My Struggle as a Woman Artist*. New York: Doubleday & Company. 1975. 125-26.

Clark, Alex. 'Vanishing Act.' *The Guardian*. September 30, 2000.

Cooke, Nathalie. "The Politics of Ventriloquism: Margaret Atwood's Fictive Confessions." *Various Atwoods: Essays on the Later Poems, Short Fiction, and Novels*. Ed. Lorraine M. York. Concord. ON: House of Anansi Press, 1995.

_______. *Margaret Atwood: A Biography*. Toronto: ECW Press, 1998.

Darroch, Heidi. "Hysteria and Traumatic Testimony: Margaret Atwood's *Alias Grace*." *Essays on Canadian Writing*. Issue 81, 2004. 103-21.

Dancygier, Barbara. "Narrative Anchors and the Processes of Story Construction: The Case of Margaret Atwood's *The Blind Assassin*." *Style*. Vol. 41, No. 2, 2007. 133-52.

Defalco, Amelia. "Haunting Physicality: Corpses, Cannibalism, and Carnality in Margaret Atwood's *Alias Grace*." *University of Toronto Quarterly*. Vol. 75, Issue 2, 2006. 771- 83.

Dijkstra, Bram. *Idols of Perversity: Fantasies of Feminine Evil in Fin-de-Siecle Culture* 1986, New York: Oxford University Press, 1988.

Ferrero, Pat and Elaine Hedges, Julie Silber. *Hearts and Hands: The Influence of Women & Quilts on American Society*. San Francisco. The Quilt Digest Press, 1987.

Forster, E. M. *Aspects of the Novel*. 1927; New York. Penguin, 2005.

Foy, Nathalie. "The Representation of the Absent Mother in Margaret Atwood's *Oryx and Crake*." *Margaret Atwood: The Open Eye*. Ed. John Moss and Tobi Kozakewich. Ottawa: University Ottawa Press, 2006.

Freeman, Bill. *Casa Loma: Canada's Fairy-Tale Castle and Its Owner, Sir Henry Pellatt*. 1998; Toronto: James Lorimer & Company, 2012.

Friedan, Betty. *The Feminine Mystique*. 1963; London: Penguin, 2010.

Frye, Northrop. *Anatomy of Criticism: Four Essays*. 1957; Ontario: Penguin Books, 1990.

_______. *The Educated Imagination*. Bloomington: Indiana University Press, 1963.

Gadpaille, Michelle. "Odalisques in Margaret Atwood's *Cat's Eye*." *Metaphor & Symbolic Activity*.Vol. 8, Issue 3, 1993. 221-26.

Gilbert, Sandra and Susan Gubar. *The Madwoman in the Attic: The Woman Writer and the Nineteenth-Century Imagination*. New Haven: Yale University Press, 1979.

Givner, Jessie. "Names, Faces and Signatures in Margaret Atwood's *Cat's Eye* and *The Handmaid's Tale*." *Canadian Literature*. Issue 133, 1992. 56-75.

Grace, Dominick M.. '*The Handmaid's Tale*: "Historical Notes" and Documentary Subversion.' *Science-Fiction Studies*. Vol. 25, No.3, 1998. 481-94.

Griffiths, Anthony. "Genetics According to *Oryx and Crake*." *Canadian Literature*. Issue 181. 2004. 192-95.

Heilbrun, Carolyn G., *Writing a Woman's Life*. 1988; London: The Women's Press Ltd, 1997.（『女の書く自伝』大社淑子訳、みすず書房、一九九二）

Heilmann, Ann and Debbie Taylor, "Interview with Margaret Atwood, Hay-on-Wye, 27 May 2001." European Journal of American Culture, Vol. 20, No. 3. 132-47.

Hite, Molly. "Optics and autobiography in Margaret Atwood's *Cat's Eye*." *Twentieth Century Literature*. Vol. 41, Issu 2, 1995. 135-59.

Howells, Coral Ann. *York Notes Advanced: The Handmaid's Tale, Margaret Atwood.* 1998; Person Education Canada, 2003.

_______. *Modern Novelists: Margaret Atwood.* Houndmills: MacMillan Press, 1995.

_______. *Margaret Atwood.* Second Edition. 1996; New York: Palgrave Macmillan, 2005.

Hutcheon, Linda. *The Politics of Postmodernism.* 1989; Abingdon: Routledge, 2002.

_______. *A Poetics of Postmodernism: History, Theory, Fiction.* Abingdon. Routledge, 1988.

Huxley, Aldous. *Brave New World.* 1932; New York. Vintage Books, 2004.

Ingersoll, Earl G. ed.. *Margaret Atwood: Conversations.* Princeton: Ontario Review Press, 1990. （アール・インガソル編『カンバセーション――アトウッドの文学作法』加藤裕佳子訳、松籟社、二〇〇五）

_______. "Engendering Metafiction: Textuality and Closure in Margaret Atwood's *Alias Grace.*" *American Review of Canadian Studies.* Vol. 31, Issue 3, 2001. 385-401.

_______."Survival in Margaret Atwood's novel *Oryx and Crake.*" *Extrapolation.* June 22, 2004.

_______."Waiting for the End: Closure in Margaret Atwood's *The Blind Assassin.*" *Studies in the Novel.* Vol. 35, No. 4, 2003. 543-58.

Jones, Bethan. " Traces of Shame: Margaret Atwood's Portrayal of Childhood Bullying and its Consequences in *Cat's Eye.*" *Critical Survey.* Vol. 20, Issue 1, 2008. 29-42.

Jong, Nicole De. "Mirror Images in Margaret Atwood's *Cat's Eye.*" *NORA : Nordic journal of Women's Studies.* Vol. 6, No. 2, Scandinavian University Press. 1998. 97 -107.

Kogawa, Joy, *Obasan*, 1981; New York: Anchor, 1993.

Kolbenschlag, Madonna. *Kiss Sleeping Beauty Good-Bye.* New York: Harper & Row, 1988.

Knelman, Judith. "Can We Believe What the Newspapers Tell Us? Missing Links in *Alias Grace.*" *University of Toronto Quarterly.* Vol. 68, Issue 2, Spring 1999. 677-86.

Kuhn, Cynthia G.. *Self-Fashioning in Margaret Atwood's Fiction: Dress, Culture, and Identity*. New York: Peter Lang Publishing, 2005.

Kunkel, Benjamin. "Dystopia and the End of Politics." *Dissent*. Fall 2008. 89-98.

Lane, R. D.. "Cordelia's 'Nothing': The Character of Cordelia and Margaret Atwood's *Cat's Eye*." *Essays on Canadian Writing*. Issue 45. 1992. 73-89.

LeClair, Tom. "Quilty Verdict." *Nation*. Vol. 263, Issue 19, 1996. 25-7.

Lessing, Doris. Paul Schuster ed.. *A Small Personal Voice; Essays, Reviews, Interviews*. New York: Knopf, 1974.

_______. *The Golden Notebook*. 1962; London: HarperPerennial, 2007.

Lovelady, Stephanie. "'I Am Telling This to No One But You': Private Voice, Passing, and the Private Sphere in Margaret Atwood's *Alias Grace*." *Studies in Canadian Literature*. Vol. 24, No.2, 1999. 35-63.

MacMurraugh-Kavanagh, Madeleine. *York Notes Advanced: Cat's Eye*. London: York Press, 2000.

McCormick, Patrick. "Thrice-told Tales." *U.S. Catholic*. Vol. 62, Issue 5, 1997. 46-48.

Michael, Megali Cornier. "Rethinking History as Patchwork: The Case of Atwood's *Alias Grace*." *Modern Fiction Studies*. Vol. 47, Issue 2, 2001. 421-48.

Miller, Hillis. 'Narrative.' *Critical Terms for Literary Study*. Ed. Frank Lentricchia and Thomas McLaughlin. Chicago. The University of Chicago Press, 1990.

Miner, Modonne. "'Trust Me': Reading the Romance Plot in Margaret Atwood's *The Handmaid's Tale*." *Twentieth Century Literature*.Vol. 37, No. 2, 1991. 148-68.

Moodie, Susanna. *Life in Clearing versus the Bush*. 1853; Charleston: BiblioBazaar, 2006.

Muzaffar, Hanan. " 'Do You Surprise? Do You Shock? Do You Have a Choice?' Assuming the Feminine Role: Subverting the Patriarchal System." *Women's Studies*. Vol. 40, Issue 5, 2011. 620-44.

Mycak, Sonia. *In Search of the Split Subject: Psychoanalysis, Phenomenology, and the Novels of Margaret Atwood*. Toronto. ECW, 1997.

Nafisi, Azar. *Reading* Lolita *in Tehran: A Memoir in Books*. New York: Random House, 2003.

Neuman, Shirley. "'Just a Backlash': Margaret Atwood, Feminism, and *The Handmaid's Tale*." *University of Toronto Quarterly*. Vol. 75, Issue 3, 2006. 857-68.

Niederhoff, Burkhard. "How to Do Things with History: Researching Lives in Carol Shields' Swann and Margaret Atwood's *Alias Grace*." *The Journal of Commonwealth Literature*. Vol. 35, Issue 2, 2000. 71-86.

Oppenheim, Janet. *The Other World: Spiritualism and Psychical Research in England, 1850-1914*. Cambridge: Cambridge University Press, 1988.

Orwell, George, *Nineteen Eighty-Four*. 1949; London: Penguin, 1989.（『一九八四年［新訳版］』高橋和久訳、早川書房、二〇〇九）

Porter, Carolyn. "History and Literature: 'After the New Historicism,'" *New Literary History*. Vol. 21, No. 2, 1990.

Potvin, Liza. " Voodooism and Female Quest Patterns in Margaret Atwood's *Cat's Eye*." *The Journal of Popular Culture*. Vol. 36, Issue 3, 2003. 636-50.

Rich, Adrienne. *Of Woman Born: Motherhood as Experience and Institution*. 1974; New York: Virago, 1977.

Rimstead, Roxanne. "Working-Class Intruders: Female Domestics in Kamouraska and *Alias Grace*." *Canadian Literature*. Issue 175, 2002. 44-65.

Rimstead, Roxanne. and Deena Rymhs. "Prison Writing/Writing Prison in Canada." *Canadian Literature*. Issue 208, 2011. 6 -11.

Robinson, Alan. "Alias Laura: Representations of the Past in Margaret Atwood's *The Blind Assassin*." *Modern Language Review*. Vol. 101, No. 2, 2006. 347-59.

Rogers, Janine. "Secret Allies: Reconsidering Science and Gender in *Cat's Eye*." *English Studies in Canada*. Vol. 33, Issue 3,

2007. 145-70.

Rogerson, Margaret. "Reading the Patchworks in *Alias Grace*." *The Journal of Commonwealth Literature*. Vol. 47, Issue2, 1998. 5-22.

Rowland, Susan. "Imaginal Bodies and Feminine Spirits: Performing Gender in Jungian Theory and Atwood's *Alias Grace*." *Body Matters: Feminism, Textuality, Corporeality*. Ed. Avril Horner and Angela Keane. Manchester: Manchester University Press, 2000. 244-54.

Rozelle, Lee. "Liminal Ecologies in Margaret Atwood's *Oryx and Crake*.'" *Canadian Literature*. Issue 206. 2010. 61-72.

Ruddick, Sara. *Maternal Thinking: Toward a Politics of Peace*. Boston: Beacon Press, 1995.

Russett, Cynthia. *Sexual Science: The Victorian Construction of Womanhood*. 1989; Cambridge: Harvard University Press, 1991.

Said, Edward. *Orientalism*. New York: Vintage Books, 1979.

Sarton, May. *Journal of a Solitude*. 1973; New York: Norton, 1992.

Sedgwick, Eve Kosofsky. *Between Men: English Literature and Male Homosocial Desire*. New York: Columbia University Press, 1985.

Sellwood, Jane. "Imagining Grace Marks: Susanna Moodie's 'Grace Marks' and Margaret Atwood's *Alias Grace*."『北海学園大学人文論集』第一一号、北海学園大学人文学会、一九九八、一五九―六九。

Showalter, Elaine. *The Female Malady: Women, Madness, and English Culture, 1830-1980*. New York: Pantheon, 1985.

Siddall, Gillian. "'That is What I Told Dr. Jordan…': Public Constructions and Private Disruptions in Margaret Atwood's *Alias Grace*." *Essays on Canadian Writing*. Issue 81, 2004. 84-102.

Simms, Andrew. *ecological debt: Global Warming and the Wealth of Nations* . New York: Pluto Press, 2005.

Staeles, Hilde. "Intertexts of Margaret Atwood's *Alias Grace*." *Modern Fiction Studies*. Vol. 46. Issue 2. 2000. 427-50.

_______. "Margaret Atwood's *The Handmaid's Tale*: Resistance through Narrating." *English Studies*. Vol. 76, Issue 5, 1995.

455-67.

——. "Atwood's Specular Narrative: *The Blind Assassin*." *English Studies*. Vol. 85, Issue 2, 2004. 147-60.

Stanley, Sandra Kumamoto. "The Eroticism of Class and the Enigma of Margaret Atwood's *Alias Grace*." *Tulsa Studies in Women's Literature*. Vol. 22, No. 2, 2003. 371-86.

Stein, Karen F.. "A Left-Handed Story: *The Blind Assassin*." *Margaret Atwood's Textual Assassinations: Recent Poetry and Fiction*. Ed. Sharon Wilson. Columbus: The Ohio State University Press, 2003. 136.

Sullivan, Rosemary. *The Red Shoes: Margaret Atwood Starting Out*. Toronto: HarperCollins, 1998.

Swain, Stephen. "Casebook – Atwood's *Oryx and Crake*." 21 Nov. 2006.

Tolan, Fiona. *Margaret Atwood: Feminism and Fiction*. Amsterdam: Rodopi B.V. 2007.

Toron, Alison. "The Model Prisoner: Reading Confinement in *Alias Grace*." *Canadian Literature*. Issue 208. 2011. 12-28.

Vickroy, Laurie. "Seeking Symbolic Immortality: Visualizing Trauma in *Cat's Eye*." *Mosaic: A Journal for the Interdisciplinary Study of Literature*. Vol. 38, Issue 2, 2005. 129-43.

Woolf, Virginia. *A Room of One's Own*. 1929; London: Penguin, 2004.

Young, G. M.. *Portrait of an Age: Victorian England*. 1936; Gaithersburg: Phoenix Press, 2003.

アトキンズ、ジャクリーヌ『キルティング・トランスフォームド——現代アメリカンキルトの歴史を作った人々』成田明美訳、日本ヴォーグ社、二〇〇七。

池澤夏樹『世界文学を読みほどく——スタンダールからピンチョンまで』新潮社、二〇〇五。

石原千秋『読者はどこにいるのか——書物の中の私たち』河出書房新社、二〇〇九。

伊藤節「記憶の中のブラックホール——『キャッツ・アイ』における「わたし（アイ）」『東京家政大学研究紀要』第四六集（一）東京家政大学、二〇〇六、一—一〇。

――編著『現代作家ガイド5　マーガレット・アトウッド』彩流社、二〇〇八。

――「『侍女の物語』――「わたしだけの部屋」のハンドメイド」伊藤節編著『現代作家ガイド5　マーガレット・アトウッド』二〇〇六。

ウィルソン、エドワード・O『知の挑戦――科学的知性と文化的知性の統合』山下篤子訳、角川書店、二〇〇二。

ヴァレリー、ポール『精神の危機　他十五編』恒川邦夫訳、岩波書店、二〇一〇。

上野千鶴子『資本制と家事労働――マルクス主義フェミニズムの問題構制』海鳴社、一九九六。

大熊昭信「誰が『盲目の暗殺者』を編集したか――マーガレット・アトウッドの『盲目の暗殺者』を読む」二十世紀英文学研究会編『二十世紀英文学再評価』金星堂、二〇〇三、二五九―七五。

大社淑子『ドリス・レッシングを読む』水声社、二〇一一。

大塚英志『定本　物語消費論』角川書店、二〇〇一。

大塚由美子『マーガレット・アトウッド論――サバイバルの重層性「個人・国家・地球環境」』彩流社、二〇一一。

小川信夫『親に見えない子どもの世界』玉川大学出版部、一九九二。

小原克博他『原理主義から世界の動きが見える――キリスト教・イスラーム・ユダヤ教の真実と虚像』ＰＨＰ研究所、二〇〇六。

鹿島徹『可能性としての歴史――越境する物語り理論』岩波書店、二〇〇六。

金子幸男「『ウォーターランド』を読む――物語・歴史」吉田徹夫監修『ブッカー・リーダー――現代英国・英連邦小説を読む』開文社出版、二〇〇五。

樺山紘一他『20世紀の定義［3］欲望の解放』岩波書店、二〇〇一。

川端香男里『ユートピアの幻想』講談社、一九九三。

川本静子『イギリス教養小説の系譜――「紳士」から「芸術家」へ』研究社、一九七三。

窪田憲子「『またの名をグレイス』――深紅のシャクヤクが語る歴史物語」伊藤節編著『現代作家ガイド5　マーガ

レット・アトウッド』二六九―八八。

クライン、ナオミ『新版　ブランドなんか、いらない』松島聖子訳、大月書店、二〇〇九。

コガワ、ジョイ『ナオミの道――ある日系カナダ人少女の記録』浅海道子訳、小学館、一九八八。。

小谷真理「フェミニスト・ユートピア」坂上貴之、宮坂敬造、巽孝之、坂本光編著『ユートピアの期限』慶應義塾大学出版会、二〇〇二。

斎藤美奈子『紅一点論――アニメ・特撮・伝記のヒロイン像』一九九八、ちくま文庫、二〇〇一。

佐藤アヤ子「真実とは時として、知ることができないもの――マーガレット・アトウッド *Alias Grace*」『英語青年』一五一巻一一号、研究社、二〇〇六、一二―一三。

――「マーガレット・アトウッドが描く〈新ディストピア小説〉」『カナダ文学研究』第二〇号、日本カナダ文学会、二〇一二。

柴田千秋「破局への序章――『オリクスとクレイク』におけるリアリティーの崩壊」『新世紀の英語文学――ブッカー賞総覧二〇〇一―二〇一〇』高本孝子、池園宏、加藤洋介編、開文社出版、二〇一一、七九―九四。

島田雅彦『小説作法ABC』新潮社、二〇〇九。

島田眞杉「五〇年代の消費ブームとそのルーツ――夢の実現と代償と」常松洋・松本悠子編『消費とアメリカ社会――消費大国の社会史』山川出版社、二〇〇五、一八六―九九。

清水幾太郎「はしがき」E・H・カー『歴史とは何か』清水幾太郎訳、岩波書店、一九六二。

週刊金曜日取材班『増補版　電通の正体』金曜日、二〇〇六。

シクスー・エレーヌ『メデューサの笑い』松本伊瑳子、藤倉恵子、国領苑子訳、紀伊國屋書店、一九九三。

シュタンツェル、F『物語の構造――〈語り〉の理論とテクスト分析』前田彰一訳、岩波書店、一九八九。

シンシア・イーグル・ラセット『女性を捏造した男たち――ヴィクトリア時代の性差の科学』上野直子訳、工作舎、一九九四。

杉山直子『アメリカ・マイノリティ女性文学と母性――キングストン、モリスン、シルコウ』彩流社、二〇〇七。

ストック、グレゴリー『それでもヒトは人体を改変する――遺伝子工学の最前線から』早川書房、二〇〇三。

竹村和子「〈悪魔のような女〉の政治学――女の『ホモソーシャルな欲望』のまなざし」海老根静江・竹村和子編『女というイデオロギー――アメリカ文学を検証する』南雲堂、一九九九。

――『思考のフロンティア　フェミニズム』岩波書店、二〇〇〇。

垂水雄二「あとがき」グレゴリー・ストック『それでもヒトは人体を改変する――遺伝子工学の最前線から』垂水雄二訳、早川書房、二〇〇三。

チルダーズ、ジョゼフ、ゲーリー・ヘンツィ編『コロンビア大学　現代文学・文化批評用語辞典』杉野健太郎、中村裕英、丸山修訳、松柏社、一九九八。

堤稔子『カナダの文学と社会――その風土と文化の探究』こびあん書房、一九九五。

デルフィ、クリスティーヌ『なにが女性の主要な敵なのか』井上たか子、加藤康子、杉藤雅子訳、勁草書房、一九九六。

富山太佳夫「解題」シンシア・イーグル・ラセット『女性を捏造した男たち』。

トンプソン、ポール『記憶から歴史へ――オーラル・ヒストリーの世界』酒井順子訳、青木書店、二〇〇二。

中島恵子『ヴァージニア・ウルフとマーガレット・アトウッドの創造空間――フィクションの構造と語りの技法』英光社、二〇一五。

東園子「女同士の絆の認識論――『女性のホモソーシャリティ』概念の可能性」『年報人間科学』二七号、大阪大学大学院人間科学研究科、二〇〇六、七一―八五。

バーク、ピーター編『ニュー・ヒストリーの現在――歴史叙述の新しい展望』谷川稔他訳、人文書院、一九九一、一九九六。

ハーマン、ジュディス『〈増補版〉心的外傷と回復』中井久夫訳、みすず書房、一九九九。

バーロウ、モード、トニー・クラーク『「水」戦争の世紀』鈴木主税訳、集英社、二〇〇三。

バフチン、ミハイル『バフチン言語論入門』桑野隆、小林潔編訳、せりか書房、二〇〇二。

バルト、ロラン「作者の死」『物語の構造分析』花輪光訳、みすず書房、一九七九、七九―八九。

平林美都子『待たされた眠り姫――19世紀の女の表象』京都修学社、一九九六。

――『表象としての母性』ミネルヴァ書房、二〇〇六。

廣野由美子『ミステリーの人間学――英国古典探偵小説を読む』岩波書店、二〇〇九。

深瀬基寛『エリオット』筑摩書房、一九六八。

フクヤマ、フランシス『人間の終わり――バイオテクノロジーはなぜ危険か』鈴木淑美訳、ダイヤモンド社、二〇〇二。

フロイト、ジグムンド『夢判断（上・下）』高橋義孝訳、新潮文庫、一九六九。

――『精神分析入門（上・下）』高橋義孝訳、新潮文庫、一九七七。

フライ、ノースロップ『教養のための想像力』江河徹・前田昌彦訳、太陽社、一九六九。

――『創造と再創造』高柳俊一訳、新教出版社、二〇一二。

ホワイト、ヘイドン『物語と歴史』海老根宏・原田大介訳、一九八一、〈リキエスタ〉の会、二〇〇一。

前田愛『増補　文学テクスト入門』筑摩書房、一九九三。

松田雅子「*Possession* における女性作家の創作――クリスタベルによる童話と叙事詩『妖女メリュジーヌ』を中心に」井上義彦教授退官記念論集編集委員会『井上義彦教授退官記念論集――東西文化會通』臺湾学生書局、二〇〇六、四六七―八四。

――「ナラティブの持つ力――*Reading* Lolita *in Tehran* を読んで」長崎大学環境科学部編『総合環境研究　環境科学部創立10周年記念特別号』二〇〇七、一八七―九九。

松村昌家編『ヴィクトリア朝小説のヒロインたち――愛と自我』創元社、一九八八。

三杉圭子「マーガレット・アトウッドの『侍女の物語』における文学的審美性」『女性学評論』第二二号、神戸女子大学、二〇〇八、一―二〇。

水野和夫『世界経済の大潮流――経済学の常識をくつがえす資本主義の大転換』太田出版、二〇一二。

見田宗介『現代社会の理論――情報化・消費化社会の現在と未来』岩波書店、一九九六。

――『現代社会はどこに向かうのか――高原の見晴らしを切り開くこと』岩波書店、二〇一八。

南博文「臨場するものとしての語り」能智正博編『〈語り〉と出会う――質的研究の新たな展開に向けて』ミネルヴァ書房、二〇〇六。

宮澤邦子「『浮びあがる』――〈はだか〉になった巫女」伊藤節編著『現代作家ガイド5 マーガレット・アトウッド』。

ミラー、ヒリス「物語」フランク・レントリッキア、トマス・マクローリン編『現代批評理論』大橋洋一他訳、平凡社、一九九四、一四九―八〇。

メドウズ、ドネラ・H他『成長の限界――ローマ・クラブ「人類の危機」レポート』大来佐武郎監訳、ダイアモンド社、一九七二。

森茂起『トラウマの発見』講談社、二〇〇五。

山口昌男『道化の民俗学』岩波書店、二〇〇七。

吉田文和「大衆消費社会の形成」樺山紘一他『20世紀の定義［3］欲望の解放』岩波書店、二〇〇一。

吉見俊哉『メディア文化論――メディアを学ぶ人のための15話』有斐閣、二〇〇四。

リオタール、ジャン=フランソワ『ポストモダンの条件――知・社会・言語ゲーム』小林康夫訳、水声社、一九八九。

ルロワ、アルマン・マリー『ヒトの変異――人体の遺伝的多様性について』上野直人監修、築地誠子訳、みすず書房、二〇〇六。

若桑みどり『岩波 近代日本の美術〈2〉 隠された視線――浮世絵・洋画の女性裸体像』岩波書店、一九九七。

渡辺保「書評　作品は『作者』を語る――アラビアン・ナイトから丸谷才一まで」毎日新聞、二〇一二年一月八日。

初出一覧——各章のもとになった論文

第一章　書き下ろし

第二章　「『キャッツ・アイ』における女性芸術家の成長——女性たちの絆の回復」新英米文学会編　『英米文学を読み解く——歴史・階級・ジェンダー・エスニシティの視点から』開文社出版、二〇一二年。（加筆改訂）

第三章　「『またの名をグレイス』を読む——植民地の抑圧から希望を求めて」日本カナダ文学会　『カナダ文学研究』第二〇号　二〇一二年。（加筆改訂）

第四章　「*The Blind Assassin* におけるナラティブ・ストラテジー」　日本カナダ文学会　『カナダ文学研究』　第一七号　二〇〇九年。（加筆改訂）

第五章　「アンチ・ユートピアの幻想空間——Margaret Atwood, *The Handmaid's Tale* における歴史記述・語り・言葉」新英米文学会　『新英米文学研究』　第一八七号　二〇〇八年。（加筆改訂）

第六章　Margaret Atwood's Speculative Novel, *Oryx and Crake*: Problems of Bio-engineering in a Future Society, The 16th International Symposium of Geospatial Information Science and Urban Planning 二〇一四年。（加筆改訂）

あとがき

マーガレット・アトウッドの作品に初めて出会ったのは、二〇〇〇年のブッカー賞が決まるというときであった。そのころ、私はバーミンガム大学で英語教授法の勉強をしていたが、近所のMidlands Art Center（MAC）というコミュニティセンターのイベントで、「ブッカー賞のゆうべ」という会合があり、どんなものだろうかと出かけて行った。

案内では、ブッカー賞のショートリストに残った作品のなかから四作品を選び、推薦者がそれぞれプレゼンテーションを行ない、その後、ブッカー賞決定の瞬間をテレビ中継で視聴し、受賞者とその作品を推薦した人を祝福するという催しであった。ビブリオバトルを思わせるようなプログラムで、さすがにイギリスだなあと感心していると、発表者が四人登場したにもかかわらず、ウィークデイのせいか、フロアの方は私も含めて三人しか集まって来なかった。テレビ中継では、『わたしたちが孤児だったころ』をひっさげたカズオ・イシグロの若々しい姿も映し出されていた。

そのときに受賞した作品が『昏き目の暗殺者』だった。それまで、アトウッドは『侍女の物語』『キャッツ・アイ』『またの名をグレイス』の三作品が、最終候補まで残るという輝かしい実績を積み重ねていたが、この年にようやく受賞にこぎつけたのである。

初めて読むアトウッド作品『昏き目の暗殺者』は、すこぶる難解であった。しかし、同時に、この作品を読み解くことができたら、現代小説の高みに少しでも近づくことができるのではないかと思わせるものがあった。ブッカー賞関連の作品を読んでいた、吉田徹夫先生主宰の「福岡現代英国小説談話会」でも取りあげられたので、帰国後、少しずつ読み進めていった。これが、アトウッドとの最初の出会いである。

アトウッドの作品は、とにかく難しいし、やや違和感を覚えるような人物たちも登場した。しかし、アトウッドの文学に対する姿勢には深く共鳴するものがあった。彼女は、「すべての著作は、イデオロギーではなく一般的な意味で、政治的なもの」であるという。また、「地図は道に迷った人間に必要である。文学は心の地図であり、それなしには私たちは生き残っていけない」という文学観には、文学を専攻するものとして、大いに勇気づけられた。とにかく代表的な作品についてだけでも論文を書いてみようと計画したが、かなり長い時間がかかってしまった。そして、ようやく二〇一三年、長崎大学大学院へ博士学位申請論文『マーガレット・アトウッドの軌跡――カナダの文化的自立からグローバルな環境問題へ』を提出することができた。本書はその論文を大幅に加筆修正したものである。

作家ご自身とは、二〇一〇年、東京での国際ペン大会で初めてお会いすることができた。早稲田大学での基調講演の後、明治学院大学で新作『洪水の年』のプロモーションとして、プロの俳優と作家自身によるドラマティック・リーディングが行なわれた。そのときに、日本カナダ文学会会長をされていた佐藤アヤ子先生のご厚意で、学会員が作家と歓談できる機会を設けていただいた。そのときの印象は、女性リーダーとしての堂々とした風格と同時に、柔らかなやさしい雰囲気が感じられた。また、バンドの歌と演奏を織り交ぜたパフォーマンスには、作家の才能が溢れていた。

その後、アトウッド研究で科学研究費をいただくことができ、四人の研究者グループで「アトウッドペイパー」資料閲覧や研究者との交流のためトロント大学を訪れ、そのときに幸運にも作家にインタビューすることができた。彼女は待ち合わせた大学近くの喫茶店 Cafe L'Espresso へ、ブロアーストリートの横断歩道を横切ってふらりと現れ、予定の一時間が過ぎると、また歩いていずこともなく立ち去って行った。私たちのような日本から訪れた一介の研究者にも、多忙ななか時間を割いて、自分の作品の意図を丁寧に伝えようとする姿勢に心を打たれた。いろいろな人たちと価値観を共有していきたいと考えられているのだと実感した。

本の出版に時間がかかり、ぐずぐずしていると、アメリカで『侍女の物語』がドラマ化され、俄然、人気が沸騰しているという。三五年前に、アトウッドが想像していた社会に似た状況が、現代アメリカに出現しているらしいのだ。「小説の世界と酷似したアメリカの現実社会との奇妙な対比」が織りなす、サスペンスに満ちたドラマに、視聴者は釘付けになっている。続編『遺言』がすぐに出版され、たちまちブッカー賞を受賞するというのも驚きであるが、アトウッド人気の賜物だろう。また、昨今の新型コロナウイルスによるパンデミックも『オリクスとクレイク』で人類を滅亡の淵へと追いやった赤死病が描かれていたことを考えると、すでに予言されていたのかという思いである。

ヴァージニア・ウルフの小説『オーランドー』は、詩人ヴィタ・サックヴィル＝ウェストに対する「文学の形式をとった最も魅力的なラブレターだ」と評された。誰しも文学の研究者が作家についてエッセイを著すときには、そのような思いで臨んでいることだろう。本書もアトウッドの作品解明に少しでも近づくところがあればと、願っている。

謝辞

長年にわたって温かいアドバイスと励ましをいただいた、長崎県立女子短期大学名誉教授大屋ふく代先生、長崎外国語大学名誉教授ロレッタ・ロレンツ先生、九州大学名誉教授園井英秀先生、福岡女子大学名誉教授吉田徹夫先生、長崎大学水産・環境科学総合研究科戸田清教授、小鳥遊書房を紹介してくださった若田純子さん、そして、版元の高梨治さんに心よりお礼申し上げる。ここまでこぎつけることができたのは、ひとえに編集をやってくださった林田こずえさんのおかげで、仕事の遅い筆者に辛抱強く付き合っていただき、感謝の言葉もない。また、科学研究「マーガレット・アトウッドのグローバル・ヴィジョン」の研究グループの先生方、「福岡現代英国小説談話会」の先生方、「長崎大学英米文学読書会」の皆様、お力添えをいただき、お世話になった皆様方、最後に常日頃から忍耐強く励ましてくれた家族に、心から感謝の意を表する。

二〇二〇年

松田　雅子

【著者】

松田 雅子

（まつだ・まさこ）

長崎県出身、長崎外国語大学客員研究員。
九州大学大学院文学研究科、博士（学術）。
職歴：長崎外国語短期大学、長崎大学、岡山県立大学。
共著に『ブッカー・リーダー』（開文社出版、2005）
『英文学と道徳』（九州大学出版会、2005)
『新世紀の英文学――ブッカー賞総覧 2001-2010』（開文社出版、2011）
『英文学を読み継ぐ』（開文社出版、2012）他。
共訳に『可視の闇』（開文社出版、2000)、『キャッツ・アイ』（開文社出版、2016)。

マーガレット・アトウッドのサバイバル

ローカルからグローバルへの挑戦《ちょうせん》

2020年8月31日　第1刷発行

【著者】
松田 雅子

発行者：高梨 治
発行所：株式会社**小鳥遊《たかなし》書房**
〒102-0071　東京都千代田区富士見1-7-6-5F
電話 03 (6265) 4910（代表）／FAX　03 (6265) 4902
http://www.tkns-shobou.co.jp

装幀　中城デザイン事務所
印刷・製本　モリモト印刷(株)

ISBN978-4-909812-22-3　C0098